Oliver Steinke

**Die Flamme der Liebe
und des Aufstandes**

Historischer Roman
aus revolutionären Zeiten

Bibliografische Information der Deutschen Bibliothek
Die Deutsche Bibliothek verzeichnet diese Publikation in der Deutschen Nationalbibliografie; detaillierte bibliografische Daten sind im Internet über http://dnb.ddb.de abrufbar.

© Karin Kramer Verlag Berlin
Niemetzstraße 19 – 12055 Berlin
1. Auflage 2003
ISBN 3-87956-269-5
Mit einer Zeichnung von Mona Scheller
Satz und Gestaltung: Ane Woltmann
Druck und Bindung: Digitaldruck leibi.de – 89233 Neu-Ulm

Oliver Steinke

Die Flamme der Liebe und des Aufstandes

Historischer Roman
aus revolutionären Zeiten

**Karin Kramer Verlag
Berlin**

1

Ein Tag im Juni 1896 in der südlichen Ukraine. Gegen Mittag. Der starke Wind ließ die bunten Tücher, die im Garten vor den Pappeln aufgehängt waren, wild flattern. Die Frau stand auf dem Hof und suchte mit ihren Augen die Umgebung ab. "Wo steckt der Junge bloß wieder? – Viktor, Viktor!" Keine Antwort. Michael, der älteste Sohn der Familie, kam mit der Kuh im Schlepptau von der Weide den Hang hinab. Sie lief ihm entgegen. Während er das Tier in den Stall brachte, ging sie neben ihm her und schimpfte: "Dieser verflixte Bengel, ach, Michael, ich glaube, er ist doch hinunter ins Dorf gelaufen. Er hört einfach nicht auf mich. Kaum ist der Vater aus dem Haus, hat er Kraut in den Ohren. Sieh nur, ich habe schon graue Haare, weil er immer so unschuldig lächelt und dann dabei wieder irgend etwas aushsckt. Hoffentlich passiert ihm nichts, ich weiß, Michael, du hast eigentlich etwas anderes zu tun, aber bitte sieh doch mal nach, ja."
Der junge Mann mit dem ersten angedeuteten Schnurrbart über den Lippen und einer Arbeitermütze auf dem Kopf band die Kuh fest und drehte sich zu seiner Mutter um. "Ach, lass nur", er küsste sie auf die Stirn. "Ich wäre sowieso gegangen. Es ist tatsächlich nicht gut, dass er unten im Dorf ist."
Michael überkam eine böse Vorahnung. Der Gutsbesitzer Bulygin hatte angekündigt, er würde zwei kürzlich aufgegriffene Pferdediebe auf dem Marktplatz des Dorfes bestrafen lassen. So hatte es der Pope in einem Schrieb ausgehängt und diejenigen, die lesen konnten, erzählten es schnell weiter. Natürlich wussten als erstes die Jugendlichen und Kinder davon und löcherten ihre Eltern mit Fragen, was das denn zu bedeuten habe. Diese schimpften oder schwiegen, je nachdem.
Als die bewaffneten Männer Bulygins mit ihren beiden Gefangenen, den angeblichen Pferdedieben, in das Dorf geritten kamen, wurden sie eindringlich von zwei kleinen Jungen aus dem offenen Erker einer Scheune beobachtet. Viele Bewohner des Dorfes waren auf den Feldern, nicht wenige standen an den Fenstern und doch hatte sich eine größere Menge auf dem Dorfplatz eingefunden. Auch der Dorfälteste war erschienen. Er stand neben der Linde, die, auf der rechten Seite gelegen, dem Platz seine Schönheit gab. Jetzt zerrte der starke Wind an den hellgrünen Blättern und tobte mit kleinen Staubwirbeln über den Platz. Der Staub verfing sich in den Seitenstraßen an den Wänden der Häuser, so auch an der Scheune, von der aus die Jungen das Geschehen verfolgten.
Bulygin, in der Mitte seiner Männer reitend, zügelte sein Pferd. Der Wind trug die Worte zu den Kindern herüber.
"Seid gegrüßt, Herr", rief der Dorfälteste gepresst.
Der Gutsherr beugte sich halb vom Pferd und sah ihn finster an. "Euer Dorf ist aufsässig, Polumin. Ich habe dich zum Vorsitzenden des Rates gemacht, damit sich das ändert, aber jetzt geht die Jugend sogar zu Diebstahl über."
Der Angesprochene stand still da und wartete.

"Ich werde deinen Dorfbewohnern mal zeigen, was mit solchem Pack geschieht." Er winkte, hektisch gestikulierend, seine Männer herbei. "Jagoda, bring die beiden her."
Die beiden etwa sechzehnjährigen Jungen, die mit vor den Bauch gebundenen Händen auf den Pferden saßen, wurden von ihren Bewachern herunter gezerrt. Sie hatten geschwollene, blau geschlagene Gesichter, doch sie stellten sich gerade vor den Dorfältesten hin und sahen ihm unerschrocken in die Augen. Viktor erkannte den einen als den Sohn des Schuhmachers Saefkow aus dem Nachbardorf. Er hatte ihn schon öfter in der Werkstatt seines Vaters gesehen, in der er bei der Reparatur der Stiefel half, die Viktors Familie für die Feldarbeit dort kaufte. Der Dorfälteste wandte sich jetzt erneut an Bulygin, der noch immer auf seinem Pferd saß.
Obwohl vom Gutsherrn selber eingesetzt, hatte Polumin nichts von dem kriecherischen Verhalten vieler seiner Standesgenossen. Seine Stimme wurde kalt, fast schneidend. "Ihr könnt die beiden nicht so ohne weiteres bestrafen, welches Gericht hat sie verurteilt?"
Der Gutsherr antwortete nicht, wendete statt dessen sein Pferd und ließ es langsam an den Versammelten vorbei traben. Die Leute schwiegen und es gehörte nicht viel dazu, hinter diesem Schweigen Feindseligkeit, ja Hass auszumachen.
"Verstockte Sauhunde", murmelte Bulygin in sich hinein, sagte aber nichts.
"Die beiden wollten Pferde stehlen", rief Jagoda, der oberste Verwalter des Gutes und beantwortete so die Frage des Dorfältesten.
"Das ist nicht wahr", rief der junge Saefkow und versuchte sich loszureißen. "Wir haben sie nicht gestohlen."
Sofort schlug ihm einer der Bewacher mit der Faust ins Gesicht, so dass er strauchelte. Blut schoss ihm aus der Nase, doch er rappelte sich ohne ein Wort wieder hoch.
Empörte Rufe kamen aus der Menge. Bulygin hatte seine Runde beendet. Jetzt sprach er halb zu dem Ältesten, halb zu der Menge, die inzwischen auf vielleicht hundert Menschen angewachsen war. "Nun, es ist wahr, dass sie ihr Vorhaben nicht ausführen konnten. Sonst würden sie auch nicht hier stehen, sondern wären bereits am Ast eines Baumes aufgeknüpft. Ich dachte, es kann nicht schaden, wenn ich euch die Möglichkeit gebe, einmal an der Vollstreckung von Gerechtigkeit teilzuhaben. Gerade weil dieses Dorf doch eine merkwürdige Auffassung davon zu haben scheint."
Er nickte seinen Begleitern zu. Diese rissen den jungen Männern die Arme hoch, schoben Stricke unter den gefesselten Händen durch und hängten sie so an einen starken seitlichen Ast der Linde. Dann zerrissen sie ihnen die Hemden, so dass ihre Rücken frei wurden. Jagoda, der, wie die anderen Männer, in der Kosakentracht gekleidet und bewaffnet war, nahm eine schwere Peitsche aus seinem Gürtel. Sichtlich erfreut, dass es los ging, hieb er erst auf den einen, dann auf den anderen Jungen ein, die jedesmal laut aufschrien.

Viktor und sein Freund Pjotr kauerten kreidebleich auf dem Giebel. Sie bewunderten die beiden jungen Männer und verabscheuten den brutalen Verwalter, der immer wieder mit der Peitsche auf sie einhieb, bis ihre Haut aufplatzte. Jetzt wurden die Bauern unruhig und drängten vor. Schließlich fiel der Älteste Jagoda in den Arm. "Es reicht", sagte er und schubste ihn einen Schritt zurück. Der Verwalter war überrascht.

"Geh weg, Alter, ich bin hier noch lange nicht fertig", fuhr er ihn an und wollte sich an ihm vorbei drängen, doch inzwischen hatten sich Männer und Frauen um die beiden Jugendlichen versammelt, schirmten sie gegenüber Jagoda ab und schnitten sie los.

"Was soll das heißen?", brüllte Bulygin. "Ich vertrete hier das Gesetz. Kein anderer als ich gibt hier Anweisungen."

Er ritt gegen die Leute an. Doch die blieben einfach stehen, und sein Pferd scheute, wollte nicht in die Menschentraube hinein. Einen Augenblick war die Luft zum Zerreißen gespannt. Bulygin starrte zornig in die Gesichter, und die Bauern erwiderten seinen Blick hasserfüllt. Ärgerlich bemerkte der Gutsherr, dass seine Männer inzwischen bereits schnell auf ihre Pferde gestiegen waren. Auch Jagoda ging jetzt zu seinem Pferd, ihm schwante nichts Gutes.

"Herr", rief er, "lassen wir doch diesem Bauernpack seine Diebe. Gestraft sind die ja. Und sie wissen, dass das die letzte Warnung war und Ihr das nächste Mal nicht so gnädig sein werdet."

Bulygin riss erneut an den Zügeln seines nervösen Pferdes, das, mit den Hufen tänzelnd, laut schnaubte. Er kämpfte mit sich. Er war kein Dummkopf und erkannte, dass er sich verrechnet und seine Strafaktion nicht die gewünschte Wirkung erzielt hatte. Trotzdem widerstrebte es ihm, jetzt fortzureiten, nur weil das Geschehen im Dorf außer Kontrolle geraten war. Anderseits konnte er es kaum auf eine Kraftprobe ankommen lassen. Zum einen merkte er, dass seine Männer unsicher geworden waren, zum anderen standen sie zu viert gegen vielleicht dreißig kräftige Bauern, die sich in der Menge befanden.

"Na gut, glaubt ja nicht, ihr kommt immer so billig davon. Dem Nächsten, der von meinem Gut etwas stiehlt und sei es auch nur ein Apfel, wird die Hand abgeschlagen."

Die vier Männer wendeten ihre Pferde und ritten vom Platz. Einige Frauen brachten die Jugendlichen in eine der Hütten, um sie zu verbinden. Die beiden kamen gar nicht aus Novopassowka. Aber darum war es Bulygin auch nicht gegangen. Er selber hatte die Jugendlichen auf der Weide gesehen, wie sie ohne Sattel dahingaloppierten. Während er sie beobachtete, war ihm schnell klar geworden, dass die beiden Jungen die Pferde nicht stehlen, sondern sich gegenseitig ihren Mut beweisen wollten. Doch es waren seine Pferde, und Bulygin hatte seinen privaten Krieg mit dem Dorf.

Die Landarbeiter waren in den letzten Jahren selbstbewusster geworden und wollten einen höheren Lohn für ihre Arbeit haben. Aber anstatt ihnen ent-

gegenzukommen, behandelte der Adelige sie wie Leibeigene. Niemand im Dorf brachte ein gutes Wort für den Gutsherrn über die Lippen. Schon die Kinder spuckten aus, wenn sein Name genannt wurde. Und das Nachtgespenst, vor dem sie sich fürchteten, trug seine Züge.
Hinter einer Scheunenwand standen die zwei kleinen Jungen, die inzwischen von ihrem Giebel heruntergeklettert waren und auf die Reiter zu warten schienen. Als sie vorbei waren, liefen sie ihnen ein paar Schritte hinterher und bewarfen sie mit kleinen Steinen. Einer der Steine traf den Rücken des letzten Reiters. Der hielt an, sah sich verdutzt um, wendete und zog dann seinen Säbel, während die anderen Männer weiter ritten. Der Kosak trabte auf die Jungen zu. "Na, wartet, euch schneid' ich die Ohren ab."
Voller Angst rannten die beiden weg, in eine Seitengasse hinein. Der Kosak auf seinem Pferd folgte ihnen grinsend. Die Knirpse rannten schreiend so schnell sie konnten, bogen um eine Ecke in eine weitere Gasse. Dort stießen sie mit Michael Belasch zusammen, der in den Straßen nach Viktor suchte. Geistesgegenwärtig hielt der überraschte Michael seinen Bruder am Arm fest. Als die Jungen in das vertraute Gesicht sahen, blieben sie stehen.
Der Kosak kam die Gasse hoch geritten. Als Michael den gezogenen Säbel sah, schaute er sich schnell nach einer Waffe um und packte eine Schaufel, die er an einer Häuserwand entdeckte. Der Reiter zerrte an den Zügeln seines Pferdes, so dass es sich wiehernd aufbäumte. Er drehte sich nach seinen Kameraden um, doch die waren anscheinend schon aus dem Dorf geritten. Einen Moment schien er zu überlegen, dann entblößte er grinsend seine schlechten Zähne und fuchtelte mit dem Säbel in der Luft herum. "Ach, macht, dass ihr wegkommt, ihr kleinen Ratten."
Dann wendete er sein Pferd und jagte den anderen hinterher.
Michael stellte die Schaufel an die Wand zurück. "Was war los, Viktor?"
Der Junge verhaspelte sich beim Sprechen. "Der Mann, der, er, er wollte, will uns die Ohren abschneiden."
Michael, der sonst immer für einen Spaß zu haben war, sah ungewohnt ernst aus. "Kommt mit!" Er nahm die beiden Kleinen bei der Hand. "So, du bist doch der kleine Wdowitschenko, dich bring' ich jetzt erstmal zu deinen Eltern."
Ilona Wdowitschenko kam ihnen aus dem Haus entgegen gelaufen. Ihr dunkles Haar flatterte im Wind, denn in der Eile hatte sie vergessen, das Kopftuch umzubinden. "Wenn das der Zar wüsste", meinte sie, als sie die drei erreichte, "er würde diesem Bulygin das Handwerk legen."
Ihre Bemerkung stieß Michael sauer auf. "Der Zar, da kannst du dir sicher sein, weiß Bescheid. Ist er nicht der oberste von diesen Blutsaugern?"
"Ach, ich weiß nicht, ich kann mir nicht vorstellen, dass er so ungerecht sein sollte."
"Ich schon. Jedenfalls haben die Jungen leider alles mit angesehen und einer der Männer hat sich auch noch einen Spaß daraus gemacht, sie zu erschrecken", sagte Michael.

Ilona überlegte. Sie sah, wie bleich die Jungen noch immer waren. Etwas Abwechslung würde sie das Erlebnis vielleicht schneller vergessen lassen. Sie wandte sich an ihren Pjotr, der wie betäubt vor ihr stand und an ihr vorbei ins Leere starrte: "Hör zu, mein Großer, du hast deinen Freund Viktor doch bestimmt hier ins Dorf eingeladen, dann bring ihn jetzt auch wieder nach Hause. Ihr könnt schon mal das Pferd aus dem Stall holen."
Die Jungen sahen sie überrascht an und liefen dann schnell zur Scheune.
Die Frau stemmte ihre Arme in die Seite. "Michael, willst du nicht noch einen Moment mit hineinkommen?"
"Danke, aber ich muss zurück zum Hof."
Schweigend warteten sie einen Augenblick auf die Jungen. Stolz wie kleine Könige saßen die Kinder zusammen auf dem Pferd, mit dem sie aus der Scheune trabten. Michael und Ilona mussten trotz der Bitterkeit über die Strafaktion Bulygins über die beiden schmunzeln.
Und auch auf dem Belaschhof war Viktors Mutter Tatjana sehr froh, als die beiden Jungen auf dem großen Pferd angetrabt kamen, und schimpfte deshalb viel weniger, als sie eigentlich gewollt hatte.
Am Abend war es Michael, der seinen Bruder zu Bett brachte. Im Einschlafen fragte ihn Viktor murmelnd: "Du, können die bösen Männer auch zu uns kommen?"
Michael strich ihm mit der Hand über das Haar. "Sie müssen aufpassen, dass wir nicht zu ihnen kommen und ihnen das Handwerk legen", antwortete er.

2

Der junge Mann saß auf einem der beiden langen Querbalken der elterlichen Scheune und schlürfte etwas Milch von der gerade gemolkenen Kuh, als er die Pferde hörte. Die Schwalben, die ihre kugeligen Nester unter dem halbschrägen Dach gebaut hatten, schwirrten hinein und wieder hinaus in die Frühlingssonne, die mit ihrer Kraft langsam die weiten Ebenen jenseits des Tales wärmte. Viktor war der dritte Sohn der Familie Belasch. Blond, frech, mit leicht abstehenden Ohren, war er der Spaßvogel unter den Kindern des Dorfes gewesen. Als Heranwachsender war er ernster geworden, doch noch immer war der hilfsbereite und freundliche Jugendliche im Dorf beliebt. Seit sein Bruder Michael in der Stadt arbeitete, half er den Tag über bei der Feldarbeit mit.
Der große und schlacksige Mann überlegte: Vater und Iwan arbeiteten auf der langen Koppel an einem Graben. Sie müssten die Reiter also schon gesehen haben. Er nahm noch einen tiefen Schluck aus dem Holzbecher, hielt ihn mit den Zähnen fest und kletterte die Leiter hinunter. Den Eimer mit der Milch stellte er hinter den Pflug, so dass er nicht gleich gesehen werden konnte. Man konnte ja nie wissen. Dann lief er los, um zu sehen, wer da kam.
Eine Gruppe von Reitern war bereits am frühen Morgen aus dem noch dampfenden Wald geritten, gerade als die ersten Sonnenstrahlen durch das

Dickicht drangen. Nebel legte sich um die Pferde, so dass nur ihr Schatten zu erkennen waren. Zügig trabten die Reiter auf das von Pappeln umgebene Gehöft zu, das am Hang eines Tales dem Wald am nächsten lag. Es waren fünf Männer, in lange Mäntel gekleidet und mit Kosakenmützen auf den Köpfen. Zwei von ihnen hatten Flinten auf ihren Rücken geschultert. Ein sechstes Packpferd führten sie mit sich. Sie sahen erschöpft aus, ihre grösstenteils noch jungen Gesichter waren grau vor Müdigkeit.

Als sie aus den Nebelfeldern herauskamen, bemerkten sie zwei Männer, die am Rande eines Feldes dabei waren, Erde aufzuwerfen. Die Reiter änderten die Richtung, zügelten schließlich ihre Pferde und hielten bei den beiden Bauern.

Das Tal war von dem in den südlichen Weiten der Ukraine liegenden Dorf Nowopassowka aus nicht einsehbar, doch die Entfernung war nicht groß und oft konnten die anderen Bauern Belasch und seine Söhne am Hügelkamm auf den Feldern und Weiden arbeiten sehen.

Oft schon hatte die Familie im Dorf für Gesprächsstoff gesorgt. Der Großvater war als einer der ersten bei der Bauernbefreiung vor knapp fünfzig Jahren freigekommen und hatte abseits des Dorfes den Hof gebaut. Damals war zum ersten Mal ein Dorfrat geschaffen worden, der immerhin nach einigen Jahren für den Bau einer Schule gesorgt hatte. Doch die große Armut der Menschen blieb. Etwa die Hälfte der Einwohner von Nowopassowka arbeitete weiterhin bei den Großgrundbesitzern der Gegend als Tagelöhner und besaß nicht viel mehr als die Kleidung, die sie trug.

In den letzten Jahren hatten im Dorfrat junge Bauern wie Michael Belasch den Ton angegeben. Sie hielten nicht viel vom Zaren und der Kirche, und als einige Schwarzhemden aus Melitopol gekommen waren, um Hetzreden über die Juden zu halten, waren es diese jungen Bauern, die sie davonjagten. Es war im gleichen Jahr, als der Zar und seine Militärs den Japanern, die sie für leicht besiegbar hielten, den Krieg erklärten. Mit der schnellen und für Europa überraschenden russischen Niederlage im Krieg 1905 wankte das Regime. Die Bauern sahen darin die Möglichkeit, ihr Los zu verbessern. Entschlossen besetzten sie die Ländereien der Großgrundbesitzer und begannen, sie selbstständig zu bearbeiten. Aber jetzt, zwei Jahre später, hatten sich die Adligen ihr Land – teilweise mit großer Brutalität – zurückgeholt. Michael Belasch, der sich als Anführer an den Besetzungen beteiligt hatte, verließ Nowopassowka, um so der Rache der Herren zu entgehen.

Viktor sah, wie sein Vater Christian und sein Bruder Iwan vor den Reitern hergingen, die bereits im Hof angelangt waren. Einen kurzen Augenblick dachte er an die Geheimpolizei, da erkannte er den Mann, der sich vom Pferd herab mit seinen Vater unterhielt. "Michael!"

"Viktor!" Sein Bruder glitt vom Pferd, nahm ihn in die Arme. Michael strahlte über das ganze Gesicht, die Müdigkeit war wie weggewischt.

"Viktor, meine Güte du bist ja inzwischen größer als ich."
Beide blieben einen Augenblick stehen, musterten sich voller Freude.

"Und du, wie kommt es, dass du hier bist? Kommst einfach aus dem Nebel geritten wie ein Faun." – "Ja, ich erzähle es dir später."
Die anderen Reiter saßen auf ihren Pferden und lächelten, sagten aber nichts.
"Na, kommt schon herein", sagte ihr sichtlich aufgeregter Vater zu der Gruppe. "Viktor, versorge du erst bitte die Pferde, bring sie in den Stall." Sie glitten aus den Sätteln. Jetzt erst erkannte Viktor einen Reiter als Frau in Männerkleidung. Sie drückte ihm die Zügel ihres Pferdes in die Hand und sah ihn einen Moment fragend an. Sie hatte ein rundes, freundliches Gesicht. Dann lächelte sie plötzlich fröhlich, so dass ihre weißen Zähne zwischen den vollen Lippen aufblitzten und wandte sich an Viktors Bruder. "Michael, sagtest du nicht, dein Bruder wäre noch ein Junge? Jetzt sehe ich einen jungen Mann vor mir."
Der schmunzelte. "Zwei Jahre sind eine lange Zeit, Natascha."
Viktor beobachtete, wie einer der anderen Männer einen skeptischen Seitenblick auf die junge Frau warf, den sie aber nicht zu bemerken schien.
Drinnen legten sie die klammen Mäntel an den Kamin, um sie zu trocknen.
Dann versammelten sie sich um den schweren Holztisch in der Stube und Tatjana brachte Frühstück und etwas Wein.
Es war Viktors alter Großvater, der als erster fragte: "Also Michael, man sieht, dass ihr lange unterwegs ward und dass ihr wahrscheinlich nicht gerade zum Vergnügen durch die Gegend reitet. Woher kommt ihr also?" – Die Augen in seinen zerfurchten Gesicht verrieten nicht, was er dachte. Er wartete.
Tatjana, die gerade dabei war, das Essen aufzutischen, meinte trocken: "Papa, man sieht doch sofort, dass die was ausgefressen haben. Ich kenn' doch auch meinen Michael, immer mit dem Kopf gegen die Wand."
Die Gruppe schwieg. "Also ihr müsst nichts erzählen", meinte der Großvater wieder, als die Stille peinlich wurde, "aber ich würde es doch besser finden, wenn wir wüssten, was geschehen ist."
"Was ist mit dem Jungen?", fragte einer der Männer und nickte zu Viktor hinüber, der sich neben seinen Großvater an den großen Kachelofen gesetzt hatte und bereits die Kartoffeln für das Mittagessen schälte.
Der Großvater stand auf, musterte den Mann, der gefragt hatte. "Der Junge, wie ihr sagt, ist fast erwachsen und nicht auf den Kopf gefallen, ihr könnt sprechen."
Viktors Vater Christian nickte, um zu zeigen, dass auch er so dachte. Der Mann runzelte die Stirn. "Was hat er nur gegen mich?", fragte sich Viktor, der Mann kannte ihn doch gar nicht.
In die Spannung hinein sagte derjenige aus der Gruppe, der sich als Marin vorgestellt und bisher beobachtend am Wein genippt hatte: "Ich will nicht Versteck spielen. Um es gleich zu sagen: Wir drei, ich und meine beiden Freunde hier, kommen geradewegs aus dem Gefängnis von Jekaterinoslaw."
Iwan schlug sich vor Überraschung mit der linken Hand auf die Wange. Der Großvater pfiff durch die Zähne, Viktor ließ die halbgeschälte Kartoffel in

11

den Eimer fallen. Marin räusperte sich. "Es war Ostern", fuhr er fort, "also gerade mal genau vor einer Woche, als wir noch im Gefängnis saßen. Alle Gefangenen sollten in die Kapelle, in der uns der Pope mit seinem verlogenen Kauderwelsch mürbe machen sollte. Wir gehen also über den Hof, etwa vierzig Leute, umringt von sechs Wächtern. Die sind, wie immer, bewaffnet mit Pistolen, geschulterten Gewehren und Knüppeln. Ich bin schon am Eingang zur Kapelle, als es losgeht. Ich höre Geschrei, drehe mich um und sehe einige Männer von der Gefängnismauer in den Hof springen. Weiß der Teufel, wie sie da unbemerkt hochgekommen sind. Sie schlagen mit Eisenstangen auf die Wächter ein, die zunächst nicht reagieren, so überrascht sind sie. Dafür verstehe ich gleich, was vor sich geht, nehme das Bild der heiligen Mutter Gottes von der Wand und schlage es dem neben mir stehenden Wächter über den Rücken, der gerade den Revolver ziehen will. Zusammen mit einem anderen trete ich den Wächter, bis er bewusstlos ist. Wir nehmen ihm und den anderen Wächtern die Pistolen und Gewehre ab."
Marin sah in die Runde, alle hörten ihm gebannt zu. Er holte Luft und berichtete weiter: "Während des Kampfes ist kein Schuss gefallen, so schnell ging das alles. Von einer Leiter aus, die inzwischen von draußen an die Mauer gestellt worden war, ruft euer Michael hier: 'Auf der anderen Seite warten noch mehr Leute von uns, die bei der Flucht helfen. Jeder kann mitkommen.' Ich glaube, ungefähr die Hälfte von uns ist getürmt, die anderen hatten die Hosen zu voll, einige haben sich sogar noch um die blutenden Wachen gekümmert. Doch wir waren schon in den Gassen der Stadt verschwunden, ehe aus dem Hauptgebäude des Gefängnisses Verstärkung kam."
Marin nippte wieder an seinem Wein. Als niemand etwas sagte, fügte er hinzu: "Und ich weiß, dass euer Michael und die anderen vor allen mir das Leben retten wollten, denn ich wäre sonst in den nächsten Tagen hingerichtet worden."
"Dann seid ihr der Marin, der diesen Wassilenko getötet hat", stellte Christian fest. "Ihr seid einfach zu ihm ins Büro gegangen, so wird erzählt, und habt ihn über den Haufen geschossen." Marin setzte sich gerade hin und meinte entschieden. "Ja, und er hatte nichts anderes verdient. Hat vor zwei Jahren hunderte von Arbeitern angezeigt, behauptet, sie hätten am Aufstand teilgenommen. Viele von ihnen wurden gehenkt, andere deportiert."
"Das wissen wir", sagte Michael, "es war eine gute Tat, ihn zu töten."
Marin fuhr sich mit der Hand über das Kinn. "Michael, wir sind sehr schnell geritten. Ich hoffe nicht, dass wir deine Familie gefährden. Niemand wird uns in dieser Gegend vermuten."
"Wie lange wollt ihr bleiben?", fragte Viktors Mutter.
"Morgen werden wir weiter reiten." – "Ihr könnt solange bleiben, wie ihr wollt", meinte Christian. Michael nickte. "Papo, ich werde tatsächlich noch länger bleiben." Sein Bruder Iwan wollte anscheinend etwas sagen, kam aber nicht so Recht mit der Sprache raus. Erst als einige im Raum auf ihn aufmerksam wurden und ihn fragend ansahen, wandte er sich nach kurzem

Zögern an die junge Frau. "Warst du auch gefangen?"
"Nein, ich habe bei der Flucht geholfen", sagte Natascha beiläufig. Als sie nichts mehr hinzufügte, taten alle so, als ob damit alles gesagt wäre, obwohl Iwan und auch Viktor natürlich jetzt erst recht neugierig waren. Doch die Männer kamen auf andere Dinge zu sprechen. Bald zeigte sich, dass es sich bei dem Mann, der Viktor zwischendurch immer so böse anstarrte, um einen Verwandten des jungen Saefkow handelte, der vor zwölf Jahren erschlagen im Wald gefunden worden war. Alle wussten, wer das getan hatte, aber man konnte es nicht beweisen – und die Gerichte hätten sowieso keine Klage angenommen. Sie sprachen von der Grausamkeit des Gutsherrn und dass sie ihn eines Tages zur Verantwortung ziehen würden.
Gegen Mittag ebbte das Gespräch ab, der weite Ritt und der Wein hatten die Gruppe müde gemacht. Schließlich bedankten sie sich bei den Belaschs. Die Männer und Natascha standen auf und legten sich dann schlafen. Den ganzen Tag bis zum späten Abend war nichts mehr von ihnen zu hören. Viktor hatte seine Arbeit verrichtet und kam als letzter vom Stall, wo er die Pferde versorgt hatte. Die Männer saßen wieder in der Stube und tranken Wein. Sie lachten und erzählten sich anscheinend gerade erneut, wie ihnen die Flucht gelungen war, und bemerkten ihn nicht. Er trat in den Flur, wo das Zimmer lag, in dem die Gruppe geschlafen hatte. In der Tür stand Natascha. "He, Viktor", sprach sie ihn leise an. "Ja?" – "Ich möchte dich was fragen." Im Schein der Petroleumlampe sah sie ihn selbstbewusst, beinahe etwas überheblich an. "Ja, was denn?" – "Nicht hier!" Sie zog ihn zur hinteren Tür, die zum Wald hinaus ging. Draußen schien bereits der Mond im blassen Licht. Sehr verwundert folgte er ihr. Eine unbestimmte Vermutung machte ihn nervös.
"Gibt es denn hier keinen Ort, wo man ungestört reden kann?", fragte sie ihn. Irgendwie kam es ihm vor, als ob sie sich ein wenig lustig über ihn machte.
"Doch. Schon."
"Zeig ihn mir", sagte sie und nahm seine Hand.
Er zog sie fort, zur kleinen Scheune, in der das Heu lagerte. Es waren nur ein paar Schritte. Er zog die Tür hinter ihnen zu. "Und, was wolltest du mich fragen?" Seine Stimme klang beinahe schroff.
Es war fast dunkel, lediglich durch das einzige halbrunde Fenster über der Tür fiel etwas Licht.
"Ja. Ich würde gerne wissen, ob du auf eurem Hof bleiben willst oder ob du bald fortgehen möchtest."
Viktor stand da, wie vor den Kopf geschlagen. Das Dämmerlicht malte seine Züge rot an. Das konnte doch unmöglich die Frage sein. Schließlich fasste er sich und so normal wie möglich antwortete er. "Ich will noch dieses Jahr zur Eisenbahn. Vielleicht als Arbeiter oder, wenn sie mich nehmen, auch als Lokführer." – "Ach so."
Sie wirbelte mit ihren Fingern durch ihr Haar und kam ihm näher. Im fahlen Licht konnte er ihre erwartungsvollen Augen erkennen. Das Blut schoss ihm

in die Lenden. Jetzt war völlig klar, was sie von ihm wollte. Von einem solchen Augenblick hatte er das letzte Jahr immer wieder geträumt. Doch es schien ihm, dass diese Frau noch viel schöner und begehrenswerter war als seine Vorstellungen von Begegnungen in den verschwitzten Nächten des vergangenen Sommers. Ihr hübsches, lächelndes Gesicht. Ihre großen Brüste, die unter dem Kleid deutlich zu erkennen waren. Sie war so nah, dass sich ihre Hände fast unwillkürlich fanden, es drehte sich alles in seinem Kopf. Die Worte kamen gepresst aus seiner Kehle. "Natascha, hast du keinen Mann?" Sie lächelte merkwürdig, vielleicht etwas traurig. "Was soll das heißen, 'keinen Mann'? Muss eine Frau denn immer einen Mann haben?"
"Das nicht, ich meine, ich, äh..."
Sie flüsterte. "Wenn du es unbedingt wissen willst, mein Mann ist vor zwei Jahren von der Ochrana erschossen worden. Deswegen habe ich auch geholfen, Marin zu befreien."
Die dunklen Augen in dem weißen, pausbackigen Gesicht musterten ihn eindringlich. Sie nahm seine rechte Hand und legte sie auf ihre Brust. "Morgen früh werde ich fort sein, aber ich möchte mich an dich erinnern, immer."
Sie küsste ihn. Er zog sie an sich und erwiderte ihren Kuss.

3

Es schien, als ob die steinernen Bauten im Stadtkern und die hölzernen Häuser, die neben ihnen errichtet worden waren, durch die flimmernde Hitze auf den Straßen weiter auseinanderrückten. Die Entfernungen wurden länger und die Dächer der Häuser niedriger. Nur der breite Strom, der Leben spendende Dnjepr, auf dem auch jetzt in der Mittagssonne Lastkähne fuhren, spendete etwas Kühle. Am Binnenhafen zwitscherten Scharen von Spatzen zwischen den eisernen Kränen und hohen Holzspeichern. Sie versteckten sich in den Hecken, welche die einzelnen Gebäude voneinander trennten und flatterten auf, wenn ihnen jemand zu nahe kam. Bis zum Hafen liefen auch die Gassen mit den windschiefen Hütten, die, zusammengedrängt wie eine gefaltete Ziehharmonika, entlang des Stromes von den einfachen Hafenarbeitern gebaut worden waren. In einem Halbkreis umlagerten diese Gassen mit den offenen Abwasserkanälen die südliche Stadt, um im Westen in einem Geflecht aus engen Gängen ein eigenes Viertel zu bilden. Hier lebten die von dem Land geflohenen Bauern, die in den Fabriken und Gießereien der Stadt Arbeit suchten. Sie lebten lieber in zusammengezimmerten Hütten in diesem Viertel, als in den entsetzlichen Massenunterkünften, die einige Fabrikherren direkt neben ihre Maschinenhallen hatten bauen lassen.
Heute, im Revolutionsjahr 1917, wurde das Viertel von den örtlichen Autoritäten als gefährliches Gebiet angesehen. Der Verwalter, der bereits unter dem Zaren eingesetzt, aber von der neu gebildeten Duma in St. Petersburg

bestätigt worden war, ließ es als Vorsichtsmaßnahme mit einem Ring von Polizeistationen umgeben. Zusätzlich schleuste er Spitzel in die sich hier bildenden Gewerkschaften der Arbeiter und Arbeiterinnnen ein.
In einer der schmalen Gassen des Viertels entluden vor einem kleinen Gemischtwarenladen drei Männer einen pferdelosen hölzernen Karren mit Säcken voller Getreide. Während ihre Hemden durchgeschwitzt waren, scherzten sie über die Hitze – ihre Arbeit schien ihnen Spaß zu machen. Ein Mann bog in diesen Weg ein und rief ihnen etwas zu. Der Arbeiter, der die Säcke vom Wagen geworfen hatte, sah auf, wischte sich mit seinem Hemd den Schweiß aus den Augen und sprang vom Wagen. Derjenige, der gerufen hatte, kam schnell zu ihnen gelaufen. Er strahlte über das ganze Gesicht. Sie begrüßten ihn: "Na, Josua, was ist dir denn über die heiligen Schriften deines Talmud gelaufen, dass es dir so gut geht?"
Der Mann winkte grinsend ab. "Viktor, habt ihr schon gehört, was in Gulai-Pole passiert?"
"Nein, wieso?"
"Sie haben das Land der Großgrundbesitzer enteignet und in den Besitz der Gemeinde überführt. Oder es aufgeteilt. Mensch, sie haben angefangen, unseren Traum wahrzumachen!"
"Wie haben sie das denn geschafft?", wollte einer der Arbeiter wissen.
Sie standen jetzt alle um den jungen Juden und starrten ihn an.
"Na ja, sie haben einfach den Großgrundbesitzern erklärt, sie hätten keine Wahl. Erst haben sie einen von den Arbeiterorganisationen einberufenen Rat in Gulai-Pole gegründet. Dann haben sie im Auftrag dieses Sowjets alle alten Besitzpapiere eingesammelt und verbrannt. Die einberufene Versammlung hat beschlossen, das Land aufzuteilen. Viel mehr weiß ich auch nicht."
Viktor pfiff durch die Zähne: "Das ist die Nachricht, auf die wir schon lange gewartet haben", sagte er. "Es wird Zeit, dass wir Alexandrowsk verlassen. Lasst uns den Rest der Ladung schnell zum Hafen bringen." Er wandte sich an einen der beiden Gefährten: "Hol doch bitte die beiden Klepper wieder aus der Scheune, sie haben sich da drinnen genug abgekühlt."
Der Mann nickte und ging die Tiere holen.
Josua stand etwas ratlos vor dem Wagen. "Und was, meinst du, soll ich machen, Viktor? Eigentlich müßte ich schon lange wieder in der Fabrik sein."
"Josua, wenn du uns begleiten willst, brauchst du nicht mehr zur Fabrik. Ich kehre noch heute abend nach Novopassowka zurück. Sicher wird Wdowitschenko auch gehen."
Josua sah einen Augenblick zu Boden, dachte nach, dann lächelte er Viktor an. "Ja, ich glaube ich werde euch begleiten. Und ich werde noch anderen Bescheid sagen."
Viktor gab ihm die Hand. "Wir treffen uns in der Küche."
"Bis später!"
Pjotr Wdowitschenko kam mit den Pferden aus den Stall, er grinste breit. Die Pferde wollten nicht wieder in die Hitze, sie zerrten an den Zügeln. "Hoh,

meine Guten, kommt, ganz ruhig", redete er auf sie ein. Viktor half ihm, die Pferde einzuspannen. Über den Pferderücken begegneten sich ihre Blicke. Froh und beinahe feierlich meinte Pjotr: "Viktor, ich bin nur mit dir aus diesem verdammten Graben gekrochen und dann durch den Granatenhagel dieser beschissenen Artillerie, weil ich verzweifelt war und dich nicht allein gehen lassen wollte. Damals hab' ich nicht an das geglaubt, was du gesagt hast, aber jetzt, jetzt sieht es wirklich so aus, dass es los geht. Nicht nur der Zar ist verbannt, bald werden wir gar keine Herren mehr haben."
Viktor war glücklich. "Es sieht nicht nur so aus. Pjotr. Komm, lass uns hier fertig werden. Der Kahn wartet nicht, und unsere Brüder und Schwestern brauchen ja auch das Korn."
Die kahlen Wände aus Ziegelsteinen waren ohne jeden Schmuck. Der Raum war unerträglich stickig und heiß. Der Qualm vom Küchenfeuer und der Geruch der Suppe hingen schwer in der Luft, außerdem roch es nach dem Schweiß der etwa achtzig Männer, die hier versammelt an den drei Reihen langgezogener Bänke vor den Tischen saßen. Die Tische waren durch einfach zusammengehauene Bretter angefertigt worden. Die meisten der Männer hatten noch rußgeschwärzte Gesichter und ölverschmierte Hände von der Arbeit. Ständiges Rumoren vieler Unterhaltungen und das Klappern des Geschirrs durchschwirrten eigentlich immer den Saal, doch heute war es besonders lebhaft. Am Ende einer Tischreihe saßen etwa zehn Männer, in ihrer Mitte Wdowitschenko und Viktor Belasch. Sie waren mitten in der Unterhaltung. Die leeren Teller wurden ein Stück weggeschoben. Josua lehnte sich zurück, fuhr sich mit der Hand durch die Haare. "Dieser Machno ist schon erstaunlich. Wie lange war er in der Katorga in Ketten? Acht Jahre, neun Jahre? Und kaum ist er raus und zurückgekehrt, wirbelt er alles durcheinander. Jetzt geht es den Ausbeutern an den Kragen."
Viktor meinte: "Wir sollten es bei uns genauso machen. Ich jedenfalls kehre nach Nowopassowka zurück, dahin, wo unsere Familien und Freunde leben." Er holte Luft: "Und, wer kommt jetzt mit mir?"
Zustimmende Rufe. Die Männer nickten, waren einverstanden.
Viktor war froh. Er fühlte, in diesem Augenblick begann etwas Neues, vielleicht eine bessere Zukunft, allerdings war da noch eine Angelegenheit in der Gegenwart, die er zuerst klären musste. "Sehr schön. Jeder einzelne von euch zählt. Allerdings möchte ich nicht, dass du mitkommst, Igor Petrowitz."
Dem Angesprochenen schoss das Blut in das rußige Gesicht. Nach einem kurzen Augenblick sagte er: "Was soll das heißen, ich soll nicht mit? Ich will auch dabei sein, wenn bei uns das Land verteilt wird."
In der spannungsgeladenen Stille um sie herum sahen sich Viktor und der große, grobschlächtige Mann feindselig an.
"Das kannst du auch gerne, aber du kannst nicht mit uns fahren. Wir kennen dich nicht lange genug. Josua hat dich sicherlich gefragt, ob du mitkommst, weil er gehört hat, dass du angeblich aus unserem Gebiet kommen sollst, aber

wir anderen sind uns da nicht so sicher." – Josua war das Ganze sichtlich peinlich.
"Ich hoffe, du weißt, was du da sagst, Viktor", sagte er leise. "Es ist ein schwerwiegender Vorwurf, den du in den Raum stellst."
"Ich stelle nichts in den Raum. Petrowitz steht es frei, zu tun und zu lassen, was er möchte. Seine Taten können für ihn sprechen." Er wandte sich wieder direkt an ihn: "Zur Zeit vertraue ich dir einfach nicht genug, ich möchte nicht, dass du mit uns gehst."
Igor Petrowitz stand auf, in seinen Augen lag ein merkwürdiges Glitzern. Herausfordernd musterte er die Runde. "Und was sagen die anderen dazu, oder hat hier einer alleine zu bestimmen?"
Als keiner antwortete und sich für ihn aussprach, schnaubte er verächtlich, zog seinen Mantel an, den er neben sich auf der Bank abgelegt hatte. "Ihr denkt wohl, ihr seid was Besseres, was? Ich hab schon verstanden." Ohne eine weiteres Wort zu sagen, verließ er die Gruppe und den Saal.
Viktor wartete, bis er hinaus gegangen war. Eilig sagte er leise, aber bestimmt: "Hört her, ich musste so offen reden, denn wir müssen ihn schnell loswerden, wenn er für die andere Seite arbeitet. So wie er sich verhalten hat, ist es noch mal wahrscheinlicher, dass er es wirklich tut. Lasst uns also aufbrechen."
"Jetzt sofort?", fragte einer der Männer.
Viktor nickte. "Ja, wir haben keine Zeit zu verlieren."
Als sie aufstanden, rief einer der Männer vom Nachbartisch zu ihnen herüber: "Na, ihr Helden, geht ihr jetzt eure Revolution machen?"
Einer antwortete: "Ja Bruder, und es ist auch deine Revolution. Wozu so leben, wenn wir für unsere Freiheit kämpfen können?"
"Nur zu", sagte der Mann, "werden sehen, was daraus wird."
Die anderen Männer im Saal starrten der Gruppe nach.
Der laue Nachtwind tat den Männern gut. Der Duft von Pferdemist und Kohle war angenehmer als der drückende Dunst im Speisesaal. Eine Amsel beendete ihren Abendgruß in den Zweigen der Allee.
Als sie ein Stück gegangen waren, drehte sich Viktor, der vorweg lief, um und wandte sich an die Gruppe: "Ihr kennt mich alle. Auch wenn ich es nicht beweisen kann, wette ich mit euch, dass dieser Igor gerade dabei ist, uns bei der politischen Polizei zu verpfeifen. Aber auch wenn ich mich irre, würden diejenigen unter uns, die schon einmal politisch aufgefallen sind, wahrscheinlich in den nächsten Tagen verhaftet werden. Der einzige Schutz, den wir jetzt haben, ist Schnelligkeit." Er sah in die Runde. "Wir müssen sofort handeln und damit die Polizei überraschen. Jetzt, wenn noch keiner mit uns rechnet. Deshalb lasst uns sofort aufbrechen."
"Und wie?", wollte Josua wissen.
Viktor grinste: "Bin ich Zugführer, oder bin ich es nicht?"
Sie gingen in die Wohnung von Wdowitschenko. Der zog die Vorhänge seiner Fenster zu, zündete eine Kerze an, löste dann ein Brett aus der Wand.

Dahinter wurde eine zweite Wand sichtbar. Übereinander gelegt kamen mehrere in Leinen gewickelte Gewehre zum Vorschein, dazu einige Pistolen und Schachteln mit Munition. Er lachte: "Unsere Abfindung vom Militär." Die Männer wurden nervös.

Eine halbe Stunde später sahen vier Polizisten, die in ihrem Wachhäuschen saßen und rauchten, eine Gruppe von zerlumpten Arbeitern die Bahnhofshalle von Alexandrowsk betreten. Zunächst nichts Ungewöhnliches, doch auf einmal fingen zwei der Arbeiter an, sich zu schubsen und zu schreien. Die Polizisten sahen sich an, dann liefen drei von ihnen zu der Gruppe, um einzuschreiten. "He, auseinander da, macht hier keinen Radau."
Die Arbeiter schienen zu reagieren. Sie hörten mit dem Schlagen auf und drehten sich um. Verwundert sahen die Beamten in den Lauf von zwei Pistolen.
"Tut uns leid", meinte einer von ihnen, "genau das haben wir vor."
Schnell entwaffneten sie die Polizisten.
Einige Bahnhofsangestellte, die die Szene beobachtet hatten, liefen weg, während ein Liebespaar, das sich in eine Ecke verdrückt hatte, erschrocken erstarrte. Wdowitschenko rief zu dem verbliebenen Polizisten herüber: "He, du da im Häuschen. Komm mit erhobenen Händen raus. Oder wir erschießen deine Kameraden."
Verschüchtert kam auch der vierte Polizist mit erhobenen Händen aus dem Wachhäuschen.
"So und jetzt ab mit euch." Sie stießen die Polizisten vor sich her.
Der Bahnhof hatte eine abgelegene Zelle, in der die Polizei normalerweise Verdächtige festhielt, bis sie in das eigentliche Gefängnis gebracht wurden. Zwei Betrunkene, die dort einsaßen, wurden rausgeschmissen, während sie sich unnötigerweise lautstark über alles mögliche beschwerten. Dann schlossen die Arbeiter die Beamten zusammen mit zwei Schaffnern, die ihnen noch über den Weg gelaufen waren, hier ein.
Alles ging jetzt sehr schnell. Die Männer rannten über die Schienen zu einem Güterzug. Einige lösten die Verbindung hinter dem ersten Waggon, in dem Pferde aufgeregt schnaubten. Die Hälfte der Männer kletterte wie abgesprochen auf das Dach dieses ersten Wagens, während sich vier Männer auf die Lok und den Kohletender schwangen. Schnell waren die Türen der Lok aufgebrochen. Sie machten Feuer und begannen, den Kessel zu heizen.
Während sie noch dabei waren, drangen vom Bahnhofsvorplatz aufgeregte Rufe und Geschrei zu ihnen. Soldaten erschienen auf dem gegenüber liegenden Bahngleis. Die Arbeiter auf den Waggon feuerten. Sie zielten auf die Beine der Männer, zwei oder drei wurden getroffen. Die Soldaten zogen sich daraufhin in das Bahnhofsgebäude zurück und begannen von dort aus das Feuer zu erwidern. Die Pferde im Wagen wieherten erschrocken und schlugen mit den Hufen gegen die Bretterwände. Endlich zog die Lok an und rollte langsam los. Einige Soldaten schossen ihnen noch hinterher, gaben sich aber offensichtlich nicht allzuviel Mühe mit dem Zielen.

Der Bahnhof lag bald hinter ihnen. Als der Zug aus der Stadt rollte, versuchte niemand mehr, sie aufzuhalten. Die großen Räder gerieten immer mehr in Fahrt, die Männer auf dem Dach klammerten sich an den Griffen fest, Viktor konnte nicht widerstehen, die weithin hallende Pfeife zu bedienen.
Pjotr, der mit vorne in der Lok stand, lachte: "Du bist doch ein verdammter Schweinehund, Viktor."
Der stimmte in das Lachen ein, während ihm der Fahrtwind die Mütze vom Kopf riss.
Zurück am Bahnhof blieben mehrere verwirrte Soldaten und ein Polizeioffizier, der seinen Verbindungsmann Petrowitz, der vom Laufen atem- und über das Vorgefallene fassungslos neben ihm stand, in die tiefste aller Höllen wünschte.
Viktor war glücklich. Alles hatte geklappt. Während er die Nacht vor sich beobachtete und Pjotr den Kessel einheizte, liefen die vergangenen Jahre vor seinen Augen ab. Seit er ein kleiner Junge gewesen war, hatte er sich nichts sehnlicher gewünscht, als in einem dieser dampfenden Ungetüme zu stehen, die die großen Städte in der Ukraine verbanden. Täglich hatte er sie in der Ferne gehört, wie sie zwischen seinem Dorf und dem Schwarzen Meer nach Berdjansk fuhren. In dem Jahr, als er die lang ersehnte Eisenbahnerlehre begann, waren die Flüchtenden mit seinem Bruder Michael aus Jekaterinoslaw gekommen. Lange noch träumte er von der Frau in jener Nacht, die mit der Gruppe gekommen war. Natascha. Diese Träume nahm er mit in die Stadt, in der er die Lehre begann: Schienen verlegen, Waren verladen. Schließlich war er Zugführer geworden. Vielleicht wäre sein Leben so weitergegangen, doch etwas geschah, was nicht nur sein Leben buchstäblich aus der Bahn warf.
1914 beschlossen der großrussische Zar und sein Vetter, der deutsche Kaiser, zusammen mit einer Schar begeisterter Militärs und Industrieller, dass es Zeit war, einen Krieg zu führen. Viktor fuhr zunächst die Soldaten an die Front. Er fuhr gesunde Männer hin und brachte Tote und Verstümmelte zurück. Immer wieder sah er in die wütenden Gesichter der Soldaten an der Front, wenn sie einmal mehr feststellten, dass die zaristischen Beamten ihre Verpflegung vergessen hatten. Dabei fehlte es an der Front an allem: Essen, Decken, Stiefeln, Munition. In diesen Monaten trennte sich seine damalige Freundin von Viktor wegen eines adligen Offiziers, der es sich in der Etappe gut gehen ließ und Gefallen an ihr gefunden hatte. Angeblich hatte er wohl versprochen, sie zu heiraten. Viktor hatte beide seitdem nicht wieder gesehen. Er wollte es auch gar nicht.
Im zweiten Jahr fuhren die jetzt mit Flüchtlingen gefüllten Züge nur in eine Richtung, nach Osten. Die Menschen versuchten, dem Krieg auszuweichen. Dann waren er und sein Freund Wdowitschenko auch zur Armee eingezogen worden. Sie durften bei der erfolgreichen Offensive des einzigen befähigten Militärs des Zaren, General Brussilows, mitmachen. Trotz der militärischen Erfolge ihrer Einheit waren sie über das sinnlose und grausame Abschlachten

alles andere als begeistert. Nach zwei Tagen Dauerbeschuss im Graben nutzten sie eine nebelschwere Nacht, um sich aus dem Staub zu machen. Während in St. Petersburg und in Moskau die südliche russische Armee und Brussilow wegen ihrer Erfolge gefeiert wurden, desertierten bereits kleine Gruppen von Soldaten und kehrten in ihre Dörfer und Städte zurück. Einige Monate später wurde das eine Massenerscheinung. Wdowitschenko meinte, sie waren die letzten, die kamen, und die ersten, die gingen. Zunächst hatten sie sich in den Wäldern versteckt; als sie jedoch Berichte hörten, die zaristische Militärverwaltung hätte vollkommen den Überblick verloren, wer eigentlich an der Front sein sollte und wer nicht, waren sie nach Alexandrowsk gegangen und hatten Arbeit als Packer aufgenommen. Diese Tätigkeit nutzten sie, um so viele Waren wie möglich zu unterschlagen und unter den Armen der Stadt zu verteilen.

Dann, zu Beginn des Jahres 1917, begehrten die Arbeiter in der Hauptstadt St. Petersburg auf. Militär wurde gegen sie aufgebracht, aber zum Entsetzen der Regierung liefen die Soldaten auf den Straßen zum hungrigen, kriegsmüden Volk über.

Als kurz darauf im Februar der Zar gestürzt wurde, gerieten auch in den Städten der südöstlichen Ukraine Polizei und Militärverwaltung in Bedrängnis. Die Arbeiter waren selbstbewusster geworden, wollten sich nicht länger wie Vieh behandeln lassen. Die langen Arbeitszeiten, der Hungerlohn, die unwürdige Behandlung führten zu einer Häufung von Streiks und Tumulten in den Fabriken. Schließlich war es auch hier nur eine Frage der Zeit, bis sie zum offenen Aufstand übergehen würden.

Viktor war klar gewesen, wenn einer der Stützpfeiler des Systems einknickte, würde nach und nach alles zusammenbrechen: In Gulai-Pole hatten sie einen Stützpfeiler umgelegt.

Heute war der Tag.

Heute war die Nacht.

Wie bestellt hatte der Zug da gestanden, sogar mit Pferden; und mit ihnen würden sie ihn vor dem nächsten Ort verlassen. Die Weichen waren nicht umgestellt worden. – Es hatte geklappt.

4

Die alte Frau war den staubigen Weg aus den Bergen hinunter zur Stadt zu Fuß gegangen. Sie war zierlich und schlank. Als sie jung war, musste sie einmal sehr schön gewesen sein, jetzt wirkte sie zerbrechlich, so als ob jeder Windstoß sie wegtragen könnte.

Den Mann, den sie in der Stadt treffen wollte, hatte sie seit ganzen vier Jahrzehnten nicht gesehen. Sie war sich nicht sicher, ob es so sein konnte, wie ihre Tochter berichtet hatte und dass dieser Mann tatsächlich aus dem Schatten der Vergangenheit heraus in ihre Gegenwart hier in die Berge des Kaukasus zurückkehrte. Sie hatte hier ihr halbes Leben gelebt, verborgen, versteckt und niemand hatte sie gefunden. Seit dem Tod ihres Mannes Akin hatte sie in der Nähe eines kleinen Bergdorfes in einer Hütte als Hirtin gelebt. Hier in diesem Gebiet hatten die Clans noch viel zu sagen. Das Netz der Geheimpolizei, das Netz der Parteiorganisation, war nie gegen die moslemischen Geheimgesellschaften der Tariquats angekommen. Es waren noch immer die weisen, weißbärtigen Männer der Orden der Naquaushbandis und der Quadiris, die hier oben die Fäden zogen. Selbst die von Stalin angeordneten Massendeportationen hatten daran nichts ändern können. Denn nach dem Sieg der roten Armee im zweiten Weltkrieg gegen die deutschen Besatzer hatte der Diktator die Tschetschenen der Kooperation mit dem Feind bezichtigt. Zehntausende waren verschleppt worden und der eigentliche Grund war eben, dass Stalin, dem selbsternannten "Helden des großen Vaterländischen Krieges", klar geworden war, dass die Menschen im Kaukasus noch immer eine von ihm nicht kontrollierte Ordnung besaßen. In einem Gebiet, von wo aus der Zugang zu den südlichen Ölquellen kontrolliert wurde, ein unhaltbarer Zustand. Sowieso betrachtete dieser Mann es als Verbrechen, wenn sich etwas der Reichweite seiner Herrschaft entzog, also ordnete er die Deportation der Tschetschenen und weiterer kleiner Völker an. Aber nun, nach seinem Tod, wagte es die neue Führung, mit dem Dekret vom 9. Januar 1957 einen weiteren Schritt aus dem Schatten des alles verschlingenden Dämonen herauszutreten. Der neue starke Mann in Moskau, Nikolai Chrustchow, bat sogar um Verzeihung für die damaligen Lügen und Verbrechen des Genossen Stalin. So waren in den letzten drei bis vier Jahren die meisten Tschetschenen aus der Verbannung zurückgekehrt.

Anna überlegte, ob sie den Fluss des alten Lebens wieder aufnehmen konnte, der mit ihrer Ankunft im Kaukasus vor vielen, vielen Jahren eine neue Wendung genommen hatte und dann mit dem Verlust ihrer Tochter jäh abgerissen war. In diesen Bergen hatte sie das Mädchen zur Welt gebracht und nach ihrer besten Freundin Galina genannt. Dann, wiederum Jahre später, war sie in Grosny einem Mann begegnet, den sie von früher her kannte, und hatte sich in ihn verliebt. Akin Ben Jasul akzeptierte Galina als eigene Tochter, und Anna wurde in das Zentrum einer Stammesgemeinschaft geschleudert, eine Aufgabe, deren Anforderungen die Wunde ihrer Seele heilen ließ. Doch dann kam das Unglück zurück. Als Einheiten der Armee und der Tscheka willkürlich ausgewählte Gruppen von Tschetschenen zusammentrieben und abtransportierten, wurde ihre Familie in einer einzigen Nacht auseinandergerissen. In diesen Stunden wurde ihr Mann Akin bei einer Widerstandsaktion getötet.

Später sollte sie nie aufhören, auf die Rückkehr ihrer Tochter zu hoffen, und sprach in Gedanken immer mit ihr.

Dann geschah dieses Wunder tatsächlich. Erst kam ein Brief, der die verschüttete Hoffnung wieder freilegte – zunächst noch vage und zögerlich. Aber nach einigen Wochen bangen Wartens stand die Tochter vor ihr, zurückgekehrt aus den Lagern im Osten. Lange hatten sie geweint, als sie sich

wieder in die Arme schließen konnten. Galina war als junge Frau deportiert worden, Leid und Entbehrungen hatten sich in ihr Gesicht eingegraben, aber noch immer war sie eine schöne Frau, ihre Züge ähnelten denen ihrer Mutter. Bereits am ersten Abend hatte Galina berichtet, dass auch dieser eine Mann nach Tschetschenien gekommen, aber noch unten in der Stadt in der neuen, ihnen beiden zugewiesenen Wohnung geblieben war.
Anna lief wie eine Schlafwandlerin durch die Straßen, die Beine schwer, ihre Kehle wie zugeschnürt. Vor sich sah sie nicht die Maultiertreiber und Körbe tragenden Frauen, sondern ihren Mann Akin. Nach seinem Tod wurde sie von den Tariquats die "Schweigsame mit dem weiten Herzen" genannt. Die kahlen Felsen und Weiden der Berge waren ihre Zuflucht geworden.
Sie war entkommen, doch der Verlust ihres Mannes und ihrer Tochter hatten ihrem Leben die Kraft genommen. Jetzt endlich holte der Strom des Lebens sie wieder ein mit einer Vergangenheit, die einige ganz hatten auslöschen wollen und die sich doch Bahn gebrochen hatte.
Das mehrstöckige Haus war von außen frisch gestrichen. Die weiße Farbe reflektierte das Sonnenlicht. Sie ging hinein und stieg die Treppen ganz nach oben. Neben den Türen waren Klingeln angebracht, etwas Neues und noch eine Seltenheit, auch in der Stadt. Sie klingelte. Jemand schlurfte zur Tür, öffnete sie einen Spalt. Dann ganz. Der alte Mann hatte Tränen in den Augen.
"Anna!"
"Tschernoknishnij. Du bist es wirklich!"
Einen Augenblick sahen sie sich noch erstaunt und suchend an, dann eine Umarmung; sie nahmen Platz auf dem Sofa. Im Radio wurde ein klassisches Stück angesagt, dann setzte die Melodie ein.
"Das ist anders", dachte Anna. "Ansonsten ist es fast wie damals in der Schule, in unserem früheren Leben."
Er erzählte ihr, wie er hierher gekommen war, wie er ihre Tochter etwa vor einem Jahr lesend in einer dürftig ausgestatteten Bibliothek getroffen hatte, stehengeblieben war, zögernd, zweifelnd, dann hatte er sie doch wegen der auffälligen Ähnlichkeit mit ihrer Mutter angesprochen. Als sie ihren Namen "Galina" nannte, wusste er intuitiv, dass er sich nicht irrte. Ein alter Mann, der seine Vergangenheit in den Lagern des Gulags verloren geglaubt hatte, allein in der kalten Stadt irgendwo im Osten lebte und auf den Tod wartete, dieser alter Mann fühlte auf einmal wieder den Pulsschlag des Schicksals. Galina, eine reife, schroffe, aber gutherzige Frau, schloss den zurückhaltenden, hageren, alten Mann schnell in ihr Herz. Als sie sich entschied, in den Kaukasus zurückzukehren, fragte sie ihn, ob er sie begleiten wolle, ihn hielte ja nichts im Osten.
Zunächst stimmte er zu, doch kurz vor dem Ziel verließ ihn der Mut, er bat Galina, zunächst ihre Mutter zu fragen, ob sie ihn überhaupt sehen wolle.
Doch jetzt war sie da. Mit Erzählungen aus ihrem Leben hier, das ihm fremd und gleichzeitig wunderbar vorkam. Sie tranken Kaffee. Tschernoknishnij stand am Fenster, nippte aus der Tasse und sah hinaus. Unten bog ein

hellblauer Personenwagen um die Kurve, fuhr langsam an den Wohnbauten vorbei. Er konnte erkennen, dass zwei Soldaten darin saßen. Der Wagen fuhr an ihrem Haus vorbei, bog dann in eine Seitenstraße. Der alte Mann drehte sich zu Anna um.
"Weißt du, in all den Jahren habe ich etwas behalten können, etwas, was ich auf meiner Flucht verstecken konnte, noch bevor ich ins Lager kam. Dann, nach den Jahren der Gefangenschaft, war es noch immer da. Ich hatte es in einer Scheune versteckt. Die Blätter waren vergilbt und halb zerfallen, aber noch zu lesen. Ich habe sie abgeschrieben." Er holte aus einer Schublade einen Stapel Blätter und gab sie ihr.
Die alte Frau überflog ungläubig die Zeilen des ersten Blattes. "Ach, du liebe Güte, woher hast du das denn. Das ist ja von Marin!"
"Ja, es ist ein Jammer, dass ich es ihm nicht mehr geben konnte."
Anna war sehr aufgeregt: "Das Letzte, was ich gehört hatte, war, dass ihm die Flucht nach Westeuropa geglückt sein soll. Ich weiß nicht, ob er noch lebt oder was mit ihm geschehen ist."
Anna musterte Tschernoknishnij nachdenklich, bevor dieser nach einer kurzen Pause antwortete: "Das habe ich auch gehört und in einem Lager habe ich vielleicht noch mehr erfahren."
Er räusperte sich. "Ich traf im Lager einen Bolschewik, er war wegen oppositioneller Tätigkeit in der Partei dort. Er erzählte, er habe Anfang der dreißiger Jahre mit Arschinoff – wie sich Marin später nannte – in einem Verlag in Moskau zusammengearbeitet. Er soll angeblich dem Anarchismus abgeschworen und Bolschewik geworden sein."
"Das kann doch nicht sein", entfuhr es Anna. "Glaubst du das? Von Marin?" Sie schüttelte den Kopf. "Ich nicht, das ist doch sicher eine der üblichen Lügengeschichten der Bolschewiki."
"Ich weiß nicht, meine Liebe. Der Mann nannte einige Umstände, die Arschinoffs Rückkehr möglich erscheinen lassen."
Sie kniff die Augen zusammen: "Ach ja, welche denn?"
"Es soll seine Frau gewesen sein, die unbedingt zurückkehren wollte. Er liebte sie sehr und sie konnte das Exil nicht ertragen."
Anna schnaubte verächtlich. Er nippte wieder am Kaffee.
"Aber der Mann erzählte noch etwas. Arschinoff lebte nur noch einige Jahre. Als Stalins Säuberungen losgingen, war er einer der ersten, den die Tscheka verschwinden ließ."
Beide schwiegen.
"Ich kann nicht über seine Seele Gericht sitzen, aber wenn er tatsächlich der Mann war, von dem dir erzählt wurde, hätte er nie zurückkehren dürfen", sagte sie schließlich.
Sie blätterte in den Aufzeichnungen. Er beobachtete sie dabei.
"Seit deine Tochter Galina mir von dir erzählt hatte, habe ich nur noch daran gedacht, sie dir zum Lesen zu geben. Du wirst sie doch lesen?" Sie sah auf.
"Ja, sicher doch, ja." Sie überflog nochmals die Seite, die oben auf lag.

In Gulai-Pole und in Nowospassowka sowie an weiteren Orten der südöstlichen Ukraine finden noch vor der "ruhmreichen" Oktoberrevolution der Bolschewiki Landbesetzungen statt, etliche Gutsbesitzer werden vertrieben und getötet. Die Bauern rufen freie Sowjets, Räte aus, die die überkommene Ordnung ersetzen. Als die Bauern die Nachricht von der Machtergreifung der Bolschewiki in St. Petersburg und Moskau hören, glauben sie, dass nun in ganz Russland die Revolution siegen wird. Doch bereits einige Monate später, im März 1918, weicht der Begeisterung Entsetzen, als die Bolschewiki in der Stadt Brest-Litowsk einen Frieden mit den Mittelmächten schließen, den sie mit der Freiheit der Menschen der Ukraine an die deutschen und österreichischen Besatzer kaufen.

Diese marschieren schnell in das Land ein, übernehmen die Macht, indem sie den ukrainischen Nationalisten Petljura verjagen und ihn durch den Mann der Großgrundbesitzer und ihre Marionette, den grausamen Hetman Skoropadski, ersetzen. Dieser stellt gegen die nicht abebbenden Bauernunruhen eine Landwehr, die Warta, auf. Die Revolution geht in einen regelrechten Krieg über.

5

Anna Grünbaum sprang als Erste aus dem Zug, der im Bahnhof der kleinen Stadt Gulai-Pole einfuhr. Sie ignorierte die verwunderten und neugierigen Blicke der jungen Bauern am Bahnsteig, die unter dem Mantel und schwarzen Kopftuch eine zierliche, junge Frau wahrnahmen. Zielstrebig verließ sie den Bahnhof und lief zum großen Marktflecken, dessen fröhlicher Lärm auch die umliegenden Straßen erfüllte. Selbst hier in der Stadt spürte sie, wie die Erde des Landes, durch das sie heute gefahren war, in aller Kraft atmete, und sie zog den Sommerwind, der die Blätter der Bäume leise rauschen ließ, in ihre Lungen. Vögel zwitscherten in den Hecken. Der Markt war sehr groß und zog sich in die Seitenstraße hinein. Ihr fiel auf, dass die Stände fast leer waren. Wahrscheinlich war das aus Angst vor den österreichischen Besatzern geschehen. Die ließen sich zur Zeit zwar nicht sehen, ihnen waren aber weitere Beschlagnahmungen von Getreide und anderem jederzeit zuzutrauen. Ohne zu zögern ging sie über den Marktflecken zu dem Kinderkarussell. Daneben stand eine Jahrmarktsbude mit mehreren Figuren: Kasper, Hund, Esel, Katze, die man mit Bällen umwerfen konnte.
Einige Meter weiter hatte eine alte Frau einen kleinen Stand, an dem sie Gemüse und Kräuter verkaufte. Anna ging zu ihr. Aus dem verrunzelten, von einer Hautkrankheit leicht entstellten Gesicht sahen ihr zwei aufmerksame, freundliche Augen entgegen. "Na mein Kind, was möchtest du, vielleicht frische Rüben oder von diesen duftenden Heilkräutern?"
Sie hielt ihr ein Bündel unter die Nase. Das Karussell drehte sich mit den lachenden und strahlenden Kindern. Einige Mütter standen dabei, lachten und unterhielten sich. Anna betrachtete die alte Frau nur, ohne zu antworten.

"Na, Kindchen, du musst sie ja nicht kaufen, wenn du nicht willst, hast wohl schon den Mond vor heute abend gesehen?"
Jetzt entspannten sich Annas Züge, dass war das Wort. Mit einer erstaunlich tiefen Stimme sagte sie: "Ihr seid Mutter Wassilijskaja?"
Die Alte musterte sie: "Und wenn ich es bin?"
"Ich komme gerade aus dem Süden und habe eine Botschaft für den Sowjet der Arbeiter und Bauern von Gulai-Pole."
Die Alte sah sie noch einen Augenblick durchdringend an, dann lächelte sie: "Na, denn!" Und mit lauter, hoher Stimme rief sie: "Nicolai, komm doch mal gleich her!"
Das Karussell hielt gerade an. Auf einem der großen, hölzernen Pferde saß ein Junge von etwa sieben Jahren. Er schaute verwundert zu seiner Großmutter, sprang ab und kam zu ihrem Stand. "Hör mal, mein Junge, ich hab' eine Aufgabe für dich."
Nicolai wirkte nicht sonderlich begeistert: "Ja, was denn?"
"Bring diese Frau zu deinem Vater."
"Jetzt sofort?" – "Ja, jetzt gleich!"
"Na gut, komm."
Er nahm die junge Frau, die sich noch schnell bedankte, bei der Hand und zusammen liefen sie über den Markt, der von den Stimmen der feilschenden und diskutierenden Menschen schwirrte. Der Junge musterte die Frau. "Suchst du Arbeit?"
"Nein, aber sag mir mal, wer ist eigentlich dein Vater?"
"Mein Vater heißt Grigorij Wassilewski und ich heiße Nicolai und meine Schwestern heißen Maria und Alexandra."
"Aha. Ist es noch weit, Nicolai?" – "Nein, sind gleich da."
Anscheinend hatten sie den Kern der Stadt verlassen, der Junge führte sie in eine sehr lange Straße, deren geräumige Holzhäuser einander ähnelten. Mit mehr als dreißigtausend Einwohnern war Gulai-Pole eigentlich eine Stadt, befand man sich aber dort, wirkte es eher wie ein großes Dorf. Ein Dorf mit seinen streunenden Hunden, den Hühnern in den Höfen und den langgezogenen Gemüsegärten zwischen den Häusern. Nicolai, der vorgelaufen war, blieb vor einem weiß gestrichenen Haus stehen und ging dann durch den Garten. Zwei kleine Mädchen, die in einer Pfütze spielten, folgten ihnen wortlos und schlüpften mit dem Jungen und Anna durch eine Hintertür hinein.
In der Küche stand eine Frau, Mitte dreißig, und knetete Teig. Überrascht schaute sie von ihrer Arbeit auf. "Nicolai, was machst du denn schon hier, solltest du nicht der Großmutter helfen?" Jetzt erst bemerkte sie Anna. "Oh, wen bringst du uns denn da mit?"
"Mein Name ist Anna Grünbaum, ich wollte mit Grigorij Wassilewski sprechen."
Die Frau stemmte ihre noch mit Teig beklebten Hände in die Hüfte. "Und wieso? Was will so eine junge, schöne Frau von meinem Mann, he?"

Anna lächelte. "Ich habe eine Nachricht zu überbringen."
"Und von wem?"
"Schwester, eine Nachricht von einer aufständischen Gruppe und ihrem Anführer Wassilij Kurilenko."
Die Frau zog die Luft ein. "Kurilenko? Komm mit, Anna. Ich heiße übrigens Nadja."
Sie gingen zum Ende des Flures, der Küche und Schlafraum trennte. Hier klopfte sie gegen die Decke. Jetzt erst erkannte Anna, dass dort eine Luke angebracht war, gegen die Nadja klopfte. Die Luke wurde geöffnet und ein Mann starrte herunter: "Was gibt es?", fragte er die beiden Frauen.
"Sie ist eine Botin von Kurilenko", antwortete Nadja.
Er ließ die Leiter herunter. Anna kletterte hoch. Oben saß noch jemand, ein vielleicht vierzigjähriger Mann, zwischen einigen Ballen Stroh vor einem kleinen Tisch, auf dem er offenbar Patronen sortierte. In einer Ecke standen einige Kisten, eine war geöffnet, es lagen Pistolen drin. Der Mann hinter dem Tisch stand auf. Er schien sich zu freuen und schüttelte Anna die Hände. Der Mann, der heruntergesehen hatte, stellte sich als der von ihr gesuchte Grigorij, der andere als Isidor Ljuty vor.
"Du kommst von Kurilenko?", fragte Isidor. "Wir haben schon viel über ihn und die anderen Anführer Wdowitschenko und Belasch gehört. Gut ist das, sehr gut. Aber wie sieht es denn zur Zeit bei euch aus?"
"Die Lage ist schwierig. Wassilij hat mich geschickt, um eine Verbindung zu euch aufzunehmen. Ich soll als erstes mit Nestor Machno reden. Wir haben gehört, dass er aus Moskau zurückgekehrt ist. Ich erzähle es euch gern, aber wenn ihr mich zu ihm bringt, brauche ich es vielleicht nur einmal zu berichten."
"Oh, er ist gerade nicht hier", antwortete Ljuty und fuhr fort. "Es ist aber wahr, Machno ist von seiner Reise nach Moskau wieder zurückgekehrt. In Moskau sprach er auch mit Lenin und Sverdlov über die Revolution. Die Deutschen hatten ihn aber wegen eines Koffers mit anarchistischen Schriften unterwegs festgenommen. Sie waren gerade dabei, ihn zu erschießen, als ein Kaufmann von hier Machno erkannte und ihn durch Bestechung freikaufte. Der Händler gehört übrigens zur jüdischen Gemeinde, riskierte sein Leben, um Nestor zu retten. Das zeigt mal wieder, was von denen zu halten ist, die gegen die Juden hetzen. Nun ja, jetzt ist Machno in einem der umliegenden Dörfer, versucht, eine Reitertruppe zusammenzustellen. Er kommt erst morgen abend zurück."
"Das ist schade."
Von unten her rief Nadja: "He, ihr da oben. Unsere Botin wird bestimmt nichts dagegen einwenden, wenn wir etwas trinken und essen; macht doch mal eine Pause und kommt herunter. Das Brot braucht zwar noch eine Weile, aber etwas Obst könnt ihr ja vielleicht schon essen."
Grigorij wirkte etwas verlegen: "Meine Frau hat recht, ihr habt sicherlich einen weiten Weg hinter euch. Isidor, was meinst du?"

"Klar."
Sie saßen in der Küche und tranken heißen Getreidekaffee. Die Kinder waren wieder hinaus gelaufen, um zu spielen. Schnell fassten die Bauern Vertrauen zu der Botin. Grigorij zeigte ihr einen ersten Aufruf Nestor Machnos, der über eine Flugschrift verbreitet werden sollte: Sie las: *"Sterben oder siegen – das ist es, was im gegenwärtigen Augenblick den Bauern der Ukraine bevorsteht. Wir können aber nicht sterben, wir sind zu viele – wir sind die Menschheit! Folglich werden wir siegen. Wir werden aber nicht siegen, um nach dem Beispiel vergangener Jahre unser Schicksal einer neuen Regierung zu überantworten, sondern um es in unsere eigenen Hände zu nehmen und um unser Leben so zu gestalten, wie wir es selber wollen und wie wir es als wahr empfinden."*
Sie legte das Blatt auf den Tisch zurück.
"Wie findest du es?", fragte er Nadja.
"Gut. Und das verteilt ihr in den nächsten Tagen? Wenn ihr noch Hilfe braucht, sagt mir Bescheid, ich werde jetzt ja wohl einige Zeit hier bleiben."
Die anderen freuten sich sichtlich über ihr Angebot.
"Da fällt mir noch etwas ein", fuhr Anna fort. "Wie kommt es, dass ich keine Soldaten in der Stadt gesehen habe?"
"Nun ja", antwortete Isidor, "die Deutschen und Österreicher sind hier einige Male eingefallen. Machno musste sich mit seinen Bewaffneten ganz nach Taganrog und Rostow zurückziehen. Die Fabrikanten und Gutsbesitzer dieser Gegend gaben den Deutschen und der ukrainischen Landwehr Listen mit den Mitgliedern des Sowjet."
Nadja, die gerade Wasser für neuen Kaffee aufsetzte, erzählte: "Wir standen auch darauf, aber unsere Männer waren mit Semjon Karetnik in den Süden geritten. Natürlich verwüsteten die Soldaten trotzdem unser Haus. Als sie hier hereinkamen, schrien sie die ganze Zeit wie die Verrückten, schlugen mir ins Gesicht, schubsten die Kinder zur Seite und zerschlugen die Küche und die Betten. Aber sie taten mir nichts an, vielleicht auch, weil sie in großer Eile waren. Der Offizier hetzte seine Männer von einem Haus zum anderen, um noch irgendjemanden von den gesuchten Mitgliedern des Rates zu erwischen. Als sie gegangen waren, brachte ich die Kinder zu einer Freundin und folgte den Soldaten in einem größeren Abstand. Vielleicht konnte ich noch jemanden warnen, dachte ich. Doch irgendwer hatte ihnen bereits das Haus von Machnos Mutter gezeigt."
Nadja fuhr sich mit der Hand über das Gesicht und bemühte sich, nicht die Fassung zu verlieren. Sie hörte sich elend an, als sie fortfuhr: "Ohne irgendjemanden herauszurufen, haben sie gleich Fackeln auf das Hausdach geworfen. Machnos Mutter lief hinaus, ebenso sein ältester Bruder Emilijan. Wegen einer Kriegsverletzung konnte er nicht gut laufen. Die Warta-Soldaten rissen ihn zu Boden und traten auf ihn ein. Als sie ihn wieder hochzogen, fragte der Offizier vom Pferd herunter: 'Bist du Nestor Machno?' Emilijan sah ihn verächtlich an und antwortete nicht. Eine Frau aus der Menge, die

inzwischen vor dem brennenden Haus zusammengelaufen war, rief: 'Er ist sein Bruder.'"

Nadja sah auf einmal sehr zornig aus. "Vielleicht wollte sie ihn damit retten, ich weiß es nicht, aber es war sein Todesurteil. Niemand hat die Frau dazu gezwungen, etwas zu sagen. Verflucht sei ihr Name. Das Pferd des Offiziers tänzelte. 'Auch gut', sagte er und zu den Soldaten gewandt: 'Erschießt ihn.' Sie stießen Emilijan erneut auf die Straße. Doch er rappelte sich noch einmal hoch. Als er sah, dass die Warta bereits die Gewehre auf ihn angelegt hatten, warf er seinen Kopf in den Nacken und schloss die Augen. Sie erschossen ihn, aber seine Furchtlosigkeit beschämte sie. Wortlos ritten sie von dem brennenden Haus fort. Die Mutter, die wie versteinert alles mit angesehen hatte, stößt einen schrecklichen, schrillen und durchdringenden Schrei aus. Sie läuft zu ihrem Sohn, bettet seinen Kopf auf ihren Schoss und beginnt, mit ihm zu sprechen, redet mit ihm, wie mit einem kleinen Kind, das sie beruhigen will."

Nadja strich sich mit beiden Händen die Haare zurück und kniff die Augen zusammen. "Jetzt sind sie wieder abgezogen, lediglich in der Polizeiwache haben sie etwa hundert Soldaten zurückgelassen, die sich aber nur in Gruppen in die Stadt wagen."

Anna starrte in ihren Getreidekaffee. "Ich habe große Truppenansammlungen in Pologi gesehen", sagte sie schließlich.

Isidor nickte. "Ja, sie warten darauf, dass die bekannten Bauern und Anarchisten zurückkehren. Einige Leute in der Stadt arbeiten für sie. Diejenigen von uns, die noch in der Stadt sind, wechseln deswegen auch fast jede Nacht ihren Aufenthaltsort."

"Wir sammeln uns noch im Verborgenen, denn wir sind noch zu wenige, um offen gegen sie zu kämpfen", sagte Grigorij.

Anna sah herausfordernd in die Runde. "Vielleicht wird es bis dahin nicht mehr allzu lange dauern."

Unter den fragenden Blicken der anderen fuhr sie fort: "Wir haben Nachricht von Stschussj, dass er in den nächsten Tagen hier eintreffen will. Und Kurilenko schickt mich, weil er und Belasch ihren verlorenen Posten im Süden aufgeben und sich ebenfalls mit Nestor Machno vereinigen wollen."

"Das ist ja wunderbar", rief Nadja, auch die Männer waren begeistert. Vielleicht würden sie nun den Kampf bald aufnehmen können.

6

In den zweieinhalb Monaten seit seiner Rückkehr aus Moskau hat Machno mit seinen Reitern einen gnadenlosen Kleinkrieg gegen die deutschen und österreichischen Besatzer und deren Unterstützer, die Landwehr, geführt. Nach dem Zusammenschluss der verschiedenen südlichen Aktionsgruppen haben Machno, Kurilenko und Stschussj einige hundert Feldarbeiter und Hirten um sich geschart. Diese kleine Armee übertrifft an Schnelligkeit und Kühnheit bei weitem alle Hoffnungen der Bauern und alle Ängste der Gutsbesitzer. Sie überfallen heute kleine Trupps der Besatzerarmeen und morgen das Gut eines Adligen. Sie töten jeden, der sich der Unterdrückung der Bauern schuldig gemacht hat, so auch alle Soldaten, die sich an Grausamkeiten beteiligt hatten. Den großen Teil der einfachen Soldaten entwaffnen sie allerdings nur, schlagen ihnen vor, die Ukraine zu verlassen, und verteilen revolutionäre Flugschriften unter ihnen.

Es gehen so viele Gutshäuser über den Todesschreien ihrer Herren in Flammen auf, dass sich die Bauern erzählen, die Weissagung des Bauernrebellen aus dem letzten Jahrhundert, Pugatschew, erfülle sich, ein eiserner Besen würde die Unterdrücker zusammenfegen.

Die Reiterarmee und ihr Anführer, der kleine, energische Nestor Machno, kämpfen, töten schnell und verschwinden wieder. Um unbemerkt zwischen den vielen Feinden durchzukommen, tragen sie oft die Uniformen der von ihnen getöteten Soldaten, warten dann den geeigneten Zeitpunkt ab, um wieder zuzuschlagen. Doch die Gutsbesitzer, die um ihr Leben fürchten, stellen in den Städten eine neue, gut bewaffnete Armee zusammen, um die verhassten Freischärler zu vernichten. Dieser Armee gelingt es immerhin, Machnos Haufen zu zerstreuen und sich dicht an die kleine Gruppe um den Anführer zu heften, die zu dieser Zeit nur aus etwa 30 Männern besteht. Schließlich haben sie die Gruppe Machnos in der Nähe des Dibrinwsker Waldes eingekreist.

"Verdammt, Wassilij, es kann nicht jeder so reiten wie du oder Martschenko." Viktor hatte einen großen roten Striemen auf der Stirn, dort, wo ihn ein herabhängender Ast, den er zu spät sah, getroffen und fast vom Pferd gerissen hatte. Sie waren auf der Flucht vor den Warta-Truppen in den Dibrinwsker Wald geritten, der sich in der Nähe des Dorfes Groß-Michailowka erstreckte. Was Viktor wütend machte, war nicht das Dröhnen in seinem Kopf, sondern dass sein Freund Wassilij nicht aufhörte, über sein Missgeschick in sich hineinzulachen, was für den ansonsten ernsten Mann eher ungewöhnlich war. Meist war es Viktor, der Späße machte, doch gerade war ihm nicht danach zu Mute, ihre Lage war schwierig und er hatte Hunger. Wenigstens war der Wald so licht, dass sie nicht abzusteigen brauchten. Die Sonnenstrahlen, die durch das Blätterdach drangen, malten Muster auf dem Waldboden. Ein Reiter vor ihnen hatte sein Pferd gewendet und wartete auf sie. "Was meint ihr, sollen wir hier auf Stschussj warten?" Der kleine Mann

mit dem hohen Kosakenhut und den scharf geschnittenen, gut aussehenden Zügen sah sie fragend an. Sie nickten. Der Platz war so gut wie jeder andere auch. Sie gaben das Zeichen, die Männer sprangen von den Pferden und ließen sich auf einer kleinen, hellen Lichtung nieder.
Stschussj war mit einem Gefährten, Foma Koshin, vorgeritten, um zu sehen, ob am anderen Ende des Waldes Soldaten auf sie warteten. Er kannte sich in der Gegend gut aus, denn er war hier in Groß-Michailowka aufgewachsen, jenem Dorf, das sie gestern Nacht umritten hatten, da sie hier starke Verbände der Warta vermuteten.
Stschussj hatte sein Heimatdorf früh verlassen und war zur Marine gegangen. Auf seine Rolle bei den Unruhen und der Meuterei in der strengen Marine auf den Kriegsschiffen des Zaren sah er mit Genugtuung zurück. Wahrscheinlich trug er auch aus diesem Grund meist eine Matrosenmütze über seine dunklen Locken.
Als die Ukraine von den Deutschen besetzt wurde, hatten er, Kurilenko und Belasch den Kampf als erste aufgenommen. Er war unter den Bauern kaum weniger bekannt und beliebt als Nestor Machno. Sie hatten den Besatzertruppen das Vorwärtskommen so schwer wie möglich gemacht, hatten die Bahnlinien gesprengt, die Viktor als ehemaliger Eisenbahner gut kannte. Wie von Anna angekündigt, hatten diese drei Anführer sich dann mit Nestor Machno zusammengeschlossen, nachdem dieser verkleidet und unter Lebensgefahr aus Moskau zurückkehrt war. Dort hatte er versucht, die revolutionäre Aktion in der Ukraine mit den Bolschewiki auf der einen Seite und den zerstreuten Moskauer Anarchisten auf der anderen Seite abzustimmen. Doch schließlich hatte Machno es in der Stadt nicht mehr ausgehalten. In der südlichen Ukraine brannten die Gutshäuser, während einige der Moskauer Genossen sich im Theoretisieren übten. Zurück in Gulai-Pole setzte er alles daran, den Aufstand voranzutreiben. Doch seit einigen Monaten waren die Scharmützel und verstreuten Aktionen vom letzten Jahr in einen andauernden, offenen und grausamen Krieg übergegangen, der sie schließlich in diesen Dibrinwsker Wald verschlagen hatte.
Die Männer dösten in der Sonne. Die Wache pfiff zweimal: das Zeichen, dass sich ein Freund näherte. Stschussj und Koshin schritten unter den Bäumen auf sie zu, sie führten ihre Pferde am Zügel. Beide sahen sehr ernst, beinahe versteinert aus. Stschussj zupfte an seiner Mütze herum, trat dann aber doch entschlossen in die Mitte der lagernden Männer und berichtete: "Brüder, am anderen Ende des Waldes hat sich die Landwehr verschanzt. Sie kontrollieren alle Wege, man kann dort nicht durch die Bäume kommen, und sie haben an Stellen, von wo aus sie alles übersehen können, Maschinengewehre aufgestellt." Die Männer schwiegen, ein Buntspecht hämmerte über ihnen, in der Ferne rief ein Kuckuck.
Koshin ergriff das Wort: "Deswegen haben Stschussj und ich bereits überlegt, was zu tun ist. Wenn überhaupt, können nur Einzelne durch dieses Netz schlüpfen und auch nur dann, wenn wir die Truppen ablenken. Wir haben uns

gedacht, dass Nestor vielleicht mit zwei oder drei Mann an einer Stelle durchbricht, wenn die feindlichen Truppen sich weg bewegen, um unserem Angriff an anderer Stelle zu begegnen."

Einige Männer murmelten zustimmend. Machno, der mit verschränkten Armen an einem Baumstamm lehnte, kaute auf einem Grashalm. Jetzt löste er sich und ging in die Mitte des Kreises, den sie gebildet hatten. "Wir sind nicht kreuz und quer durch den Rayon geritten, um hier aufzugeben. Entweder uns allen gelingt die Flucht oder keinem. Was soll ich denn dem aufständischen Rat und euren Frauen berichten: 'Hier, seht her, ich bin zurück. Ach ja, allerdings habe ich meine Brüder und die besten Kämpfer im Wald den Raben zum Fraß da gelassen!' Nein, wenn sie so sicher sind, dass wir auf der anderen Seite des Waldes herauskommen, dann kehren wir eben wieder um und kämpfen mit den Truppen, die uns verfolgen."

Foma Koshin kreuzte seine Arme vor der Brust: "Aber Nestor, das ist doch Wahnsinn. Du weißt doch, dass wir wahrscheinlich alle umkommen werden, wenn wir umkehren."

Nestor sah ihn ernst an. "Wahrscheinlich ja, mein Freund, vielleicht aber auch nicht." Viktor schossen viele Gedanken durch den Kopf. Sie hatten den Traum von der Revolution zu leben begonnen. Es war viel Blut geflossen, ja, doch er war voller Hoffnung, dass für sie die starre Welt der Knechtschaft Vergangenheit werden würde. Aber so, wie die Dinge gerade standen, konnten sie im Augenblick nur einen Angriff in den Tod reiten. Und da sich Machno weigerte, sie allein zu lassen, würden die Männer ihren Anführer nicht verlassen. Auch er nicht.

Sie hatten die Schwarze Fahne der Freiheit aufgenommen, und wenn sie heute sterben sollten – andere würden sie weitertragen. Eine Welle von Traurigkeit überflutete ihn. Er hatte den Kampf gewählt und würde sich nicht beklagen, doch waren hier auch seine besten Freunde versammelt. Und er dachte an Anna, die schönste Frau, die er je gesehen hatte, und an das Leben, das sie beide nie führen würden. Doch gab es keinen anderen Ausweg außer Feigheit oder Verrat. Er lächelte. Beides konnte er nicht wählen.

Sie ritten zurück. Stschussj führte sie zum Waldrand, der mit seinen verstreuten Bäumen den Hang in Wellen hinab lief. Sie sahen die Felder, die golden im vollen Korn standen, während die Hecken und der Wald im schweren Dunkelgrün des Spätsommers leuchteten. Ein Bach, der im Wald entsprang, schlängelte sich in das flache Tal hinab und mündete noch vor Groß-Michailowka in den Fluss, der am Dorf vorbei zog. Die Häuser wirkten in der Ferne wie ein rot-weißes und etwas durcheinander geratenes Schachbrett. Als sie am Waldrand angekommen waren und sich dort sammelten, kamen ihnen zwei Frauen vom Feld entgegen, die sehr aufgeregt waren. "Kinder", rief die Ältere der beiden, "was macht ihr denn hier? Wir hatten gehofft, ihr wäret schon lange auf und davon und jetzt sitzt ihr hier mitten zwischen den Soldaten auf euren Pferden herum." – "Ja, Mütterchen", sagte Viktor, "doch wir sind zurückgekehrt, um die Warta zu vertreiben."

Die Alte sah ihn überrascht und ungläubig an. Als sie an den ernsten Gesichtern der Männer erkannte, dass er nicht scherzte, machte sie eilig einige Schritte auf Viktor zu, umklammerte sein Bein und rief entrüstet: "Was wollt ihr tun, ihr verrückten Mannsbilder? Sie haben doch eine ganze Armee in unserem Dorf zusammengezogen. Ihr müsst von Sinnen sein."
Das Pferd scheute vor der Frau und Viktor musste es beruhigen. Die andere Frau hatte inzwischen den Reiter mit den schwarzen Locken erkannt. "Fjodr Stschussj, ich hätte mir ja denken können, dass du hier bist. Es sind wirklich sehr viele Soldaten dort. Was soll ich deiner Mutter sagen, wenn sie fragt, warum wir euch nicht aufgehalten haben? Ihr dürft nicht dahin!"
Machno mischte sich ein. "Mütterchen, wir danken euch für die Warnung. Wir würden sie befolgen, wenn wir eine andere Wahl hätten. Doch da wir eingekreist sind, werden wir die Soldaten angreifen, auch wenn das vielleicht unser letzter Kampf ist."
Sie verabschiedeten sich und ließen die Frauen stehen. Erst schimpften sie noch halblaut hinter ihnen her, doch dann fingen sie an zu weinen. Die Männer sahen sich nicht nach ihnen um, ritten schweigend weiter in der Deckung des Waldrandes. Schließlich stiegen Viktor und Kurilenko von den Pferden, verließen zu Fuß den Wald im Sichtschutz der Hecken, um die Stellung der Warta auszukundschaften. Sie kletterten auf einen Hang, von wo sie das Dorf gut überblicken konnten.
Die Frauen hatten nicht übertrieben, in Groß-Michailowka lagerte tatsächlich eine Armee. Auf dem Marktplatz hatten die Soldaten Zelte aufgeschlagen, Hunderte von Pferden standen in Gattern angebunden. In der Mitte des Marktplatzes vermuteten sie Maschinengewehre und Stapel anderer Waffen, auch wenn sie es nicht genau erkennen konnten. Im Gefühl ihrer Größe schienen sich die Warta und Österreicher sicher zu fühlen, denn besondere Wachen hatten sie anscheinend nicht aufgestellt.
Ein Bauer kam über das Feld geritten. Er hielt auf den Wald zu, die beiden Kundschafter besprachen sich kurz und entschieden, ihn anzuhalten. Als er auf gleicher Höhe mit der Hecke war, rief Viktor ihn an. Der Bauer erschrak, zügelte sein Pferd, glitt hinunter und suchte mit den Augen die Büsche ab. Viktor richtete sich auf und winkte ihm. Der Bauer umging die Hecke, so dass auch er vom Dorf aus nicht mehr zu sehen war. Der Mann, der sein struppiges Pferd hinter sich herführte, sah sie misstrauisch an. Viktor, der sich plötzlich seines zerrissenen Aussehens bewusst wurde, fragte ihn: "Wohin reitest du? Kommst du aus Michailowka?"
"Ja. Ich will meine Mutter zurück ins Dorf holen. Sie ist in den Wald gelaufen."
Wassilij und Viktor sahen sich an.
Der Bauer wurde etwas nervös. "Ja, und ihr, wer seid ihr, dass ihr hinter Hecken lauert?" – "Wir reiten mit Machno."
Der Bauer pfiff durch die Zähne. "Ihr seid auf der Flucht, was, na ja, ihr seid uns eigentlich willkommen. Aber wir..."

Viktor unterbrach ihn: "Wir sind nicht auf der Flucht. Ich möchte nur von euch wissen, was ihr über die Truppen in eurem Dorf sagen könnt." Der Bauer strich über die Mähne seines Pferdes. Weiterhin skeptisch musterte der Mann mit dem wettergegerbten Gesicht die beiden Freischärler. "Nun ja, wenn ihr gegen sie kämpfen wollt, vergesst es. Es sind österreichische Truppen und jede Menge Warta, die extra zusammengestellt wurden, um gegen euch vorzugehen. Alles in allen sind es etwa tausend Mann, gut bewaffnet, auch mit einem ganzen Haufen Maschinengewehre. Wenn es wahr ist, wie man sagt, dass ihr nur wenige seid, was wollt ihr da tun?"
"Bruder, wir haben keine andere Wahl, als zu kämpfen", beteiligte sich jetzt Kurilenko an dem Gespräch. "Wie sieht es aus, gibt es irgendjemand im Dorf, der uns unterstützen wird?"
Der Mann schüttelte den Kopf: "Ich weiß nicht, ob ihr mutig seid oder töricht. Wir sind jedenfalls einfache Leute, die nur kämpfen, wenn wir vielleicht auch gewinnen können." Er betrachtete die nachdenklichen Gesichter der beiden. "Und das sieht ja nicht gerade so aus, oder? Wie viele seid ihr?"
Viktor zuckte mit den Schultern. "Wir sind hoffentlich genug. Übrigens, ist deine Mutter mit einer Freundin unterwegs?"
Der Bauer blickte überrascht auf. "Ja, habt ihr sie gesehen?"
Viktor nickte. "Ich glaube, sie werden bald zurück kommen." Die Männer verstummten, als Viktor und Wassilij die Warnungen der Bäuerinnen bestätigten. Ihnen war klar, dass dies wirklich ihr letzter Kampf würde werden können. Ein feierlicher Ernst breitete sich aus, als Machno auf sein Pferd stieg und sagte: "Nun, Freunde. Hier werden wir alle gleich unser Leben lassen."
Alle hielten den Atem an. Stschussj trat vor das Pferd und entgegnete: "Nestor, von nun an sei du unser Vater und der Anführer von uns allen. Wir schwören, wir wollen zusammen mit dir in den Reihen der Aufständischen sterben." Die anderen nahmen den Schwur auf. Machno schluckte seine Beklommenheit herunter. Vielleicht hätte er gegen diesen Schwur protestiert, wenn er erwarten würde, den Kampf zu überleben, dachte Viktor. So aber nahm Machno diese Worte als Zeichen ihrer Liebe und Freundschaft an. Er nickte und sie begannen, den bevorstehenden Kampf zu besprechen. Ihr Plan war denkbar einfach. Stschussj und Kurilenko sollten mit weiteren sieben Männern seitlich in das Dorf einfallen, während Machno mit den übrigen den kürzesten Weg vom Wald nehmen sollte.
Es war früher Nachmittag. Sie trennten sich am Waldrand und wie vereinbart näherten sich beide Gruppen zunächst langsam dem Dorf. Niemand schien auf sie zu achten, als sie auf Groß-Michailowka zu trabten. Erst als sie bereits bis auf wenige hundert Meter herangekommen waren, wurden einige Soldaten auf sie aufmerksam und starrten in ihre Richtung. In diesem Augenblick ging ihre Gruppe in Galopp über. Sie begannen zu schreien und zu schießen. Im Dorf brach sofort Panik aus. Soldaten, die anscheinend die Straße sichern sollten, schafften es zwar noch, ihre Gewehre abzufeuern,

doch sie verfehlten die Reiter und wurden über den Haufen geritten. Die Aufständischen schlugen sie mit den Säbeln nieder und feuerten ihre Revolver leer. Einige Männer brüllten dabei aus Leibeskräften, schrien sich die Anspannung und die Todesangst von der Seele. Machno und Viktor blieben stumm, sie konzentrierten sich auf die Soldaten, die noch ihre Waffen gegen sie erhoben, doch die allermeisten rannten einfach davon, aus dem Dorf hinaus, ihre teilweise gesattelten Pferde zurücklassend. Kurilenko und Stschussj kamen jetzt von der Seite geritten und es schien den Soldaten, als würden sie überrannt. Die beiden Gruppen der Aufständischen trafen sich bald auf dem wie leergefegten Marktplatz. Machno rief seinen Freunden zu: "Setzt ihnen nach! Lasst sie nicht zur Besinnung kommen!"

Die Reiter galoppierten weiter, trieben Gruppen flüchtender Soldaten vor sich her, die um ihr Leben liefen, ohne dass sie anhalten und bemerken konnten, mit wie wenigen Aufständischen sie es eigentlich zu tun hatten.

Schließlich waren alle Soldaten geflohen, ein großer Teil von ihnen sprang panikartig in den Fluss, doch jetzt stürzten sich die Bauern des Dorfes, Männer und Frauen, auf sie. Sie kamen aus ihren Hütten gerannt, von denen aus sie bisher das Geschehen verfolgt hatten. Mit ihren Mistgabeln und Sensen, mit Knüppeln und Spaten erschlugen sie Dutzende Warta-Männer im Fluss, dessen Wasser sich mit Blut verfärbte. Machnos Reiter verfolgten die übrigen Truppen, bis sie vollständig in alle Himmelsrichtungen versprengt waren. Die Männer hatten sich in einen regelrechten Rausch gesteigert. Erst nach einiger Zeit wurde ihnen bewusst, dass sie gegen alle Wahrscheinlichkeit gesiegt hatten. Sie hatten die gesamte Armee in die Flucht geschlagen. Lediglich zwei ihrer Gefährten waren dabei getötet worden.

Schließlich kehrten sie zum Marktplatz zurück, stiegen erschöpft von ihren Pferden. Die Bauern versammelten sich jetzt auf dem Platz. Aufgeregtes Stimmengewirr, Frauen kümmerten sich um die Verwundeten. Ein Mann, dessen linke Hand in einen blutdurchtränkten Verband gewickelt war, redete mit dem am Brunnenrand lehnenden Stschussj. Der hatte seine verschwitzte Mütze abgenommen und wurde von weiteren Männern und Frauen umringt. Der verwundete Mann kletterte jetzt auf den Brunnen und richtete das Wort an die Versammelten: "Ich bin Domaschenko, die meisten hier werden mich kennen. Ich habe gerade mit Fjodr Stschussj geredet, der diesen Angriff hier mit anführte."

Jetzt wandte sich Domaschenko an die Aufständischen. "Unser Dorf weiß, ihr habt für uns gekämpft, uns von der widerwärtigen Warta befreit, wir stehen in eurer Schuld."

Eine Frau drängte sich durch die Gruppe, die Stschussj umringt hatte, und gab ihm einen Kuss. Die Umstehenden lachten. Kurilenko nutzte die Pause, schwang sich neben Domaschenko auf den Brunnen und rief: "Geführt hat uns Nestor Machno, ihm haben wir geschworen, niemals die Reihen der Aufständischen zu verlassen. Ohne seine Kühnheit wären wir jetzt tot."

Hochrufe schallten über den Platz. Einige Männer riefen immer wieder:

"Batjko Machno, Batjko Machno, Batjko Machno."
Nestor hatte die Szene zusammen mit Viktor aus einiger Entfernung verfolgt. Jetzt mischte er sich in die Menge und ergriff mit seiner weitreichenden Stimme das Wort: "Wir haben heute mit wenigen Männern eine ganze Armee in die Flucht geschlagen. Das erscheint uns vielleicht wie ein Wunder, aber dieses Wunder konnte nur eintreten, weil kein Unterschied besteht zwischen euch, Brüder und Schwestern, die ihr weiterhin in den Dörfern arbeitet, und uns, die wir die Waffen als Werkzeuge der Vergeltung aufgenommen haben."
Wieder ertönten Hochrufe.
Machno deutete an, dass er weiter sprechen wollte. "Doch wir haben nur für einen Tag einen Sieg errungen. Die Besatzer werden wiederkommen." Nestor unterbrach erneut seine Worte. Er überlegte: Einerseits wollte er ihnen nicht die Freude nehmen. Doch er musste es ihnen am besten gleich klarmachen: "Wir können uns hier nicht halten. Das heißt, wir müssen noch heute weiterziehen, während die Warta vielleicht bald gegen euch, die Menschen hier im Dorf, vorgehen wird. Aber wer dazu bereit ist, kann mit uns reiten. Ihr müsst uns helfen, die Waffen einzusammeln. Was wir nicht mitnehmen können, vergrabt oder versteckt ihr am besten. Die Armee hat viel Proviant hier gelassen. Ich würde den gerne zwischen dem Dorf und uns aufteilen, auch die Pferde werden wir verteilen." Er sah in die noch vom Kampf erhitzten Gesichter. "Ich danke euch." Dann wandte er sich an Domaschenko und fragte ihn leise. "Mit wem können wir alles Weitere besprechen?"
Zwei Tage später bezogen deutsche Truppen in der Nähe von Groß-Michailowka Stellung und beschossen das Dorf mit Artillerie. Als die Soldaten anschließend in das zerschossene Dorf einrückten, setzten sie es von zwei Seiten in Brand. Viele Bauern wurden getötet, andere konnten fliehen und bildeten in den Wäldern neue Partisanengruppen.

7

Der Herbststurm riß Holzlatten und Stroh von den Dächern und der Wind heulte durch die Straßen. Ungefähr 40 Männer und Frauen drängten sich um den Tisch in der Mitte der überfüllten Stube eines etwas abseits gelegenen Hauses von Gulai-Pole. Trotz der lauten Gespräche hörte man deutlich das Toben des Windes.
Der gewählte Stab der neu gebildeten Armee der Aufständischen war zusammen gekommen, beriet hier, von flackernden Petroleumlampen umgeben. Jetzt und während der gesamten Dauer des Aufstandes war die Teilnahme an den Kämpfen freiwillig, die gewählte militärische Leitung war auch wieder abwählbar. Das hieß, über die zunächst nur vorgeschlagenen neuen Mitglieder des Stabes wurde diskutiert und obwohl den Vorgeschlagenen meist das Vertrauen der Versammlung ausgesprochen wurde, kam es auch vor, dass einzelne Männer abgelehnt oder später abberufen wurden.
Anna hatte sich oben auf den Querbalken gesetzt, der unter dem Dach ent-

langlief. Amüsiert beobachtete sie die gelegentlichen, verstohlenen Seitenblicke der Männer auf ihre baumelnden nackten Beine. In der Mitte des Raumes saßen die Anführer über eine Karte gebeugt, die Viktor ausgebreitet hatte und auf der sie nochmals den Angriffsplan durchgingen. Alle waren sie da. Neben Nestor Machno stand Semjon Karetnik, einer seiner engsten Freunde, dann ihre gemeinsamen Gefährten Martschenko und Pjotr Gawrilenko aus der anarcho-kommunistischen Gruppe von 1907, Aktivisten bereits, bevor der junge Nestor Machno in der Moskauer Katorga verschwand. Aus Gulai-Pole waren noch dabei: Grigorij Wassilewski, die Brüder Lepetschenko, Isidor Ljuty und Foma Koshin, der in den letzten Tagen eine Maschinengewehreinheit aufgebaut hatte. Dann Viktors Freunde aus Nowospassowka: Wassilij Kurilenko und Wdowitschenko. Beide führten als fähige Reiter Kavallerieangriffe an. Neben Fjodr Stschussj saßen Sawa Machno, Nestors Bruder, und der Sozialrevolutionär und Metallarbeiter Boris Weretelnikow, der gerade aus St. Petersburg in seine Heimatstadt Gulai-Pole zurückgekehrt war.
In das Heulen des Windes hinein sagte Viktor: "Ich meine, wir müssen morgen abend losschlagen. Die Bauern werden uns unterstützen."
Semjon Karetnik nickte zustimmend: "Das glaube ich auch, allerdings haben sie gesagt, dass sie nur in der Dunkelheit mit uns kämpfen. Jedenfalls solange wir die Stadt nicht ganz erobert haben, damit sie nicht am nächsten Tag von den Vertrauensleuten des Hetman verraten werden."
"Es sind nicht viele Soldaten in Gulai-Pole, dafür aber umso mehr in der Nähe in Pologi", meinte Machno. "Wenn sie diese Truppen heranholen, können wir uns ohne Hilfe der Arbeiter und Bauern keinen einzigen Tag halten. Deshalb schlage ich vor, dass nachher einige Männer die Mitglieder des untergetauchten Rates der Stadt, die jetzt nicht hier sind, verständigen, dass wir morgen Abend angreifen wollen."
Die Diskussion lief weiter, drehte sich um die Abstimmung des Angriffes. Anna kreuzte die Beine und hörte den Männern zu. Dunkle Haare umbetteten ihr hübsches Gesicht. Ihren strahlenden graublauen Augen entging wenig. Einigen Leuten war die junge Frau nicht ganz geheuer. Vielleicht kam das, weil ihr Mund und ihre zarten Züge einen manchmal unheimlichen Ernst ausstrahlten und ihr kleiner, zierlicher Körper oft mehr zu schweben schien als zu laufen. In ihrem Heimatdorf Nowopassowka gab es Gerede, sie sei vielleicht eine Hexe, doch diejenigen, die sich Viktor Belasch und den anderen, die aus Alexandrowsk zurückgekehrt waren, angeschlossen hatten, gaben nichts darauf. Anna Grünbaum hatte sich von Anfang an inmitten des Aufstandes einen Platz gesucht. Sie hatte an den ersten Überfällen auf die Großgrundbesitzer teilgenommen. Auf dem Pferd wurde sie gewöhnlich für einen Jungen gehalten, jedenfalls bis zu dem Augenblick, in dem ihre Feinde ihre hohen, schrillen Schreie beim Angriff hörten. Ohne es zu wissen, nahm sie das Leben ihrer fernen, vergessenen und nur noch in einigen Sagen auftauchenden Vorfahren auf, der Amazonen, die an den Ufern des

schwarzen Meeres fremden Männern auf ihren schnellen Pferden den Tod gebracht hatten.

Seit Viktor sie kannte, überprüfte sie nicht selten seine militärischen Pläne, oder arbeitete sie von Anfang an mit aus. Ihre Energie und Durchsetzungsfähigkeit veranlasste Kurilenko, sie bis zur Vereinigung der Partisanengruppen als unauffällige und gewissenhafte Botin einzusetzen.

Jetzt erwiderte Viktor den Blick der jungen Frau, die oben auf dem Balken saß und ihn anschaute. "Was sitzt du eigentlich da oben wie eine Katze, Anna?", fragte er. "Komm herunter und sag uns, was du von dem Vorgehen hältst!"

Sie lächelte ihn an und blieb sitzen. Erstaunlicherweise errötete Viktor etwas. "Der Plan ist in Ordnung", sagte sie schließlich. "Aber wir brauchen noch einen guten Weg für den Rückzug, denn dass wir uns zurückziehen müssen, ist ziemlich wahrscheinlich. Jemand sollte den Weg am besten jetzt gleich auskundschaften. Du und ich, Viktor, oder?"

Einige Männer grinsten, andere überhörten ihren ironischen Unterton.

"Ich glaube, wir sind hier noch nicht fertig", murmelte er.

"Ach, geht nur, das Wichtigste haben wir doch schon besprochen", sagte Nestor. Er lächelte, was er seit dem Tod seines Bruders Emilijans selten tat.

So gingen sie. Sie trat vor ihm in den leichten Regen hinaus. Er betrachtete sie, wie sie sich ihr Tuch um den Kopf band. Viktor dachte an das letzte Jahr in Nowopassowka, wo er geglaubt hatte, vor Sehnsucht zu dieser Frau zu sterben. Manchmal kam sie ihm unverwüstlich vor, wie ein altes Waschweib, doch nur, um im nächsten Augenblick zart und zerbrechlich zu wirken. In solchen Momenten überkam ihn das Gefühl, sie beschützen zu müssen. Dann, nachdem sie sich einmal lange in ihrer Dachkammer unterhalten hatten, spürte er, dass der Augenblick gekommen war. Zumindest dachte er das. Er versuchte, sie zu umarmen, doch sie wich ihm aus. Sie ging zur Luke, öffnete sie und sagte, ohne ihn dabei anzusehen: "Ich habe auch oft daran gedacht und das Feuer verbrennt mich. Aber ich will es nicht und wenn du mich gegen meinen Willen anfasst, werde ich dich töten."

Unwirklich langsam drangen ihre Worte bis zu seinem Verstand, als ob jemand aus einem Grab zu ihm sprach. Verwirrt verabschiedete er sich. Mit spöttischem Lächeln stand sie an der Dachkammertür und beobachtete ihn, wie er die Leiter hinabstieg. An diesem Abend verletzten ihn ihre strahlenden Augen.

Eine Wunde, die offen bleiben sollte, wenn ihn in den kommenden Monaten, in den Nächten zwischen den Kämpfen unter den Bäumen des Waldes und den Hecken der Weiden seine ungestillte Begierde wach hielt. Auch seine Freunde waren keine Hilfe, lachten ihn aus, als er versuchte, mit ihnen über Anna zu sprechen. Er begann darüber zu grübeln, ob er sich in einer Art Spiel befand: War er der Hofnarr einer Prinzessin? War sie eine rätselhafte, verlockend duftende Blüte? Doch dann signalisierten ihre Farben: "Fass mich nicht an, ich bin giftig."

Und gerade das konnte er nicht glauben. Eher zweifelte er daran, dass er für sie anziehend war. – Einmal hatte er sich auf dem heimatlichen Hof im Spiegel seiner Mutter betrachtet. Sein Gesicht mit den leicht abstehenden Ohren war weder schön noch hässlich. Tausende sahen ähnlich aus. Und dann die Peinlichkeit, wie er Anna kennenlernte. Er hatte mit der Frau eines anderen geschlafen, als ihr Mann nicht zuhause war. Gerade hatte er die hastig vom Körper herunter gerissenen Kleider wieder angezogen, sich mit einem Kuss verabschiedet, war mit zwei Sätzen durch das Fenster und über den Gartenzaun gesprungen, als er in der Dunkelheit fast mit ihr zusammenstieß. Er erschrak, hielt für einen kurzen Augenblick die in einen Mantel verhüllte Gestalt für einen Spuk. Doch das Gespenst schien ihn zu kennen, fragte mit für eine Frau tiefen Stimme: "Viktor Belasch, was macht ihr denn hier?" Er brachte kein Wort heraus. Wie er auch später nie wissen würde, was er zu ihr sagen sollte.

Dann, im Herbst des vergangenen Jahres, waren sie zu dem Gutsherrn Bulygin geritten. Die Sonne war noch nicht aufgegangen, hatte aber bereits die Schwärze der Nacht gegen das Grau der Dämmerung getauscht, die mit schweren Nebelschwaden die Sicht verhüllte. Die Knechte, die im Hof ein Pferd beschlugen, verharrten regungslos, als sich fünf Reiter in schnellem Trab näherten und auf den Hof ritten. Sie schienen vier Männer und ein Junge zu sein. Zwei von ihnen sprangen ab. Die Reiter waren bewaffnet, die auf den Pferden sitzen geblieben waren legten ihre Gewehre schussbereit auf die Sättel. Wdowitschenko klopfte an die Türe. Eine Magd öffnete.
"Hol den Herrn!"
Die Frau hatte Angst, stand wie erstarrt in der Tür und rührte sich nicht. Der kräftige Mann fluchte und schob sich an ihr vorbei, Wassilij Kurilenko folgte ihm. Ihre Gefährten und die Knechte des Gutes warteten einen langen, scheinbar nicht endenden Augenblick. Dann hörten sie Rufe, das Krachen von splitterndem Holz und schließlich einen hohen lang gezogenen Schrei, der sich unwirklich in dem nebligen Morgen verlor. Die Tür wurde aufgestoßen. Bulygin stolperte in seinem Nachthemd die Treppe herunter, presste seine Hände vor den Bauch. Blut durchtränkte sein Hemd, rann ihm durch die Finger. Vor den nervös tänzelnden Pferden brach er stöhnend zusammen. Wdowitschenko folgte ihm aus dem Haus, in seiner rechten Faust umklammerte er ein langes, blutverschmiertes Messer. Wassilij tauchte neben ihm auf, stieg die Treppen herunter, zog seinen Revolver und schoss dem Gutsherrn in den Kopf. Keiner der Knechte sagte irgend etwas und auch die Reiter schwiegen. Die beiden Männer stiegen wieder auf ihre Pferde, während das Blut aus Bulygins Wunden noch in den Sand sickerte. Die Reiter warteten kurz, ob sich jemand anderes im Hof bemerkbar machte, doch nichts geschah. Wenn von den Aufsehern welche wach geworden waren, so verhielten sie sich still. Die fünf ritten in den Nebel zurück. Viktor warf dabei einen Blick auf Anna. Ihr blasses Gesicht wirkte völlig teilnahmslos.

8

"Das ist doch albern!" Viktor lag auf dem Bauch neben Foma Koshin, der das Maschinengewehr abfeuerte, und schrie dem Genossen zu: "Wir können uns doch heute nicht schon wieder zurückziehen. Immerhin halten wir noch die halbe Stadt."
"Das schon!", antwortete Koshin, ebenfalls schreiend zwischen den Salven, die er abfeuerte. "Aber wenn sie unsere Leute von links aus einkreisen, sind sie erledigt und wir gleich mit. Achtung!"
Wieder setzte heftiger Beschuss ein, der die Steine und das Holz um sie herum zersplitterte. Allmählich bildete der aufgewirbelte Staub eine undurchsichtige Wolke im Verladeturm der Eisengießerei, aus der die beiden Männer feuerten. Sie lagen auf den Kranschienen oberhalb des höchsten Stauraumes, den sie leergeräumt hatten, um Querschläger zu vermeiden. Von hier oben kontrollierten sie den größten Teil des Ostens der Stadt. Wegen des Staubes hatten sie Tücher vor die Gesichter gezogen. Unterhalb des Maschinengewehrgestells war der Holzboden dunkel vom Blut des vorhergehenden Maschinengewehrschützen, dem ein Steinsplitter den Hals aufgerissen hatte. Zwei der Männer, die das Erdgeschoss besetzt hielten, hatten ihn nach hinten gebracht. Ob er noch lebte, wussten sie nicht. Die Österreicher schossen vom Dach einer Scheune in der Nähe des Gymnasiums auf sie. Offensichtlich gute Schützen. Auch ohne dass sie ein Maschinengewehr benutzten, war es nur eine Frage der Zeit, bis sie Viktor und Koshin treffen würden, also mussten die beiden diese Soldaten vorher erwischen.
"Allein gestern haben wir bei unserem Rückzug zwanzig Mann verloren, den Abend zuvor waren es zehn", schrie Viktor. Sein Freund wurde wütend. "Ja, glaubst du denn, mir macht das Spaß hier? Wir bekommen die Mistkerle gegenüber nicht weg, und ich wette mit dir, dass sie unsere Leute unten deshalb so unter Beschuss halten, damit mehr Soldaten in den Stadtteil sickern können. Ich gebe uns noch eine halbe Stunde, dann brechen sie in unsere linke Flanke ein."
Viktors Gedanken rasten. Durch das kleine Fenster beobachtete er die Bewegung der Männer vom Dach gegenüber, sah unten einige Österreicher zwischen den Häusern vorrücken. Es half nichts, Koshin hatte recht.
"Komm", wandte er sich an ihn, "lass uns die Maschine etwas zurücksetzen. Ich lös' dich ab. Geh nach unten und setz dich mit Machno in Verbindung, sag ihm, dass wir in einer halben Stunde eingekreist sind, wenn wir uns nicht schnell zurückziehen. Dann räum mit unseren Leuten die Fabrik und die angrenzenden Häuser. Das Gewehr können wir, glaube ich, nicht mehr mitnehmen, ich sprenge es nachher in die Luft."
Koshin nickte. Sie wechselten die Stellung. Viktor schob das Gewehr wieder in die Schussöffnung und bestrich erneut das Dach der gegenüber liegenden Scheune. Koshin verschwand durch die Luke des hohen Raumes, die Leiter hinunter. Viktor feuerte soviel Munition ab, wie er konnte. Die Schützen auf

dem Scheunendach hatten sich auf die ihm abgewandte Seite des Daches zurückgezogen, wagten sich nicht mehr aus ihren Verhauen hervor.
Er war mit seinen Nerven am Ende. Wie alle Aufständischen kämpfte er jetzt seit zweieinhalb Tagen und drei Nächten, lediglich unterbrochen von stundenweisem Schlaf am Abend. Mit Hilfe der Bauern vertrieben sie in der ersten Nacht mühelos die Soldaten, die in Gulai-Pole stationiert waren, doch bereits am Morgen war die Verstärkung aus Pologi eingetroffen. Gegen Mittag hatten die frischen Truppen den Gegenangriff eingeleitet. Am frühen Abend dieses ersten Tages mussten die Aufständischen aufgeben und auf die Umgebung der kleinen Stadt ausweichen, da die meisten Bauern tagsüber nicht mit ihnen kämpfen konnten. Wie Karetnik vermutete, hatten sie Angst, verraten zu werden. Doch nachts sammelten sie sich auf den Feldern vor der Stadt und gingen zusammen mit den Freischärlern wieder zum Angriff über. Erneut gelang es ihnen, die Österreicher zurückzutreiben. Doch mit dem Morgengrauen, als viele der Bauern in ihre Häuser zurückkehrten, geriet die Vorwärtsbewegung ins Stocken und bis zum Abend hatten sie bis auf den nördlichsten Streifen erneut die ganze Stadt verloren, die sie in den nächsten Stunden mit ihren nächtlichen Helfern dann aber wieder zurück gewannen. Allerdings schafften sie es nicht, das Hauptquartier der Österreicher, das von ihnen besetzte Theater, zu erobern.

Dieser Tag sollte auf beiden Seiten mehr Opfer kosten als die vorhergehenden Tage zusammen. Einige Brände brachen aus. Flammen schlugen auch aus den Fenstern eines Hofes am Stadtrand, der zwischen den sich beschießenden Parteien lag. Rechts und links in den Häusern hatten sich österreichische Soldaten verschanzt, während im Nordwesten die Aufständischen in Deckung gegangen waren. Der Hof gehörte der griechischen Familie Maziotis. Im Haus befanden sich zu dieser Zeit nur die Großmutter Maria und ihre Tochter Alexandra mit ihren vier kleinen Kindern. Die Männer der Familie Maziotis kämpften bei Machno, irgendwo in der Stadt. Dass sich die Kämpfe bis hierher zum östlichen Stadtrand ausweiten würden, hatte noch einige Stunden vorher niemand vermutet. Kurilenko, der ausnahmsweise zu Fuß kämpfte, kniete in einem tiefen Spalt zwischen zwei an ein Haus gelagerten Holzstößen, die ihm in beiden Richtungen gute Deckung gaben, und zerbrach sich den Kopf darüber, wie er die griechische Familie aus dem gegenüber liegenden Haus holen könne. Hinter sich hatte er einige Bretter aus der Holzwand gerissen, so dass man von dem Verschlag aus in das dahinter liegende Gebäude und von dort aus zu der geschützt liegenden Seite der Straße gelangen konnte. Die Österreicher feuerten in die Fenster des Maziotis Hauses hinein.

Wahrscheinlich war so auch das Feuer ausgebrochen: Ein Schuss hatte eine Petroleumlampe oder etwas anderes Entzündbares entflammt. Auf Kurilenkos Seite der Straße waren lediglich noch fünf weitere Aufständische verschanzt, die zwar die Salven der Österreicher erwiderten, aber den Frauen und Kindern bisher nicht zur Hilfe eilen konnte, da die Straße einfach zu breit war, um sie schnell zu überqueren. Jeder, der sich zeigte, konnte erschossen werden. Das Feuer fraß sich jetzt in die Mitte des Hauses vor. In dem angrenzenden Stall gackerten Hühner in Todesangst. Die Lage für die Maziotis wurde aussichtslos. Alexandra öffnete die Tür, stand da mit ängstlich aufgerissenen Augen, zwei schreiende Kinder auf dem Arm und die beiden älteren an sich gedrückt. Die Kinder husteten. Kurilenko schrie zu ihnen herüber: "Bleibt, wo ihr seid. Wir holen euch da raus." Er konnte nicht erkennen, ob die Frau ihn gehört hatte. Dann rief er zu Boris Weretelnikow, den er in seiner Nähe wusste, obwohl er ihn nicht sehen konnte: "Wenn die Bastarde schießen, gibst du uns Feuerschutz, die anderen laufen mit mir über diese Straße und holen die Leute da weg." Für einen Augenblick hörte man nur das Prasseln des Feuers. Wassilij beobachtete, wie Alexandra auf ihre beiden Ältesten, einen achtjährigen Jungen und seine sechsjährige Schwester, einredete. Dann packte sie fest das Baby und die zweijährige Tochter und zu seinem großen Entsetzen liefen sie auf die Straße, um zu ihnen zu gelangen. Er wollte ihnen irgendwie signalisieren, umzukehren, wurde für einen Moment unvorsichtig und richtete sich auf. Im gleichen Moment feuerten die Soldaten auf die Frau. Sie stürzte auf die Straße, die beiden Kleinen wurden in den Sand geschleudert und die anderen Kinder blieben bestürzt stehen. Die Soldaten feuerten noch immer. Als sich Kurilenko aufrichtete, schnitt ein Streifschuss haarscharf an seinem rechten Ohr und an seinem Leben vorbei; hinter ihm schlug die Kugel in die Bretter ein. Jetzt liefen er und die anderen Männer auf die Straße und zogen das Feuer auf sich. Die Mutter, die sich wieder halb aufgerichtet hatte, drückte dem Jungen den zweijährigen Bruder in den Arm und dem Mädchen das schreiende Baby. Die Kinder rannten auf die Männer zu. Kurilenko kam es so vor, als würden sie nicht von der Stelle kommen. Zusammen mit zwei der Gefährten feuerten sie, kniend oder auf der Straße liegend, ungedeckt auf die Fenster des Hauses, aus denen die Österreicher schossen. Zu ihrer Erleichterung erreichte das kleine Mädchen mit dem Baby die Holzstapel, hinter denen eben noch Kurilenko gekauert hatte. Die beiden anderen Kinder klemmte sich der große, stämmige Petrenko unter die Arme und rannte mit ihnen zurück. In diesem Moment wurde Kurilenko am Oberarm getroffen. Einen Augenblick konnte er nicht mehr schießen. Er sah, wie einer seiner Männer, der zu Alexandra Maziotis rannte, plötzlich stehen blieb, vorn überkippte und regungslos liegen blieb. Die Frau starrte angstvoll an dem Gefallenen vorbei auf ihre Kinder und den Mann, der sie davontrug. Doch Petrenko hatte es inzwischen ebenfalls bis zum Holzstoß geschafft und presste sich zwischen die Bretterstapel. Er setzte die Kinder ab, wollte offenbar wieder umkehren, als eine Kugel ihm einen heftigen Schlag in die Schulter versetzte. Er taumelte zurück. Auf der Straße neben Kurilenko schlugen immer häufiger pfeifend Kugeln ein, wirbelten Staub auf. Er hatte keine Deckung. Dass er und die anderen überhaupt noch lebten, verdankten sie allein dem gezielten Feuer von Boris Weretelnikow, der so die österreichischen Soldaten zwang, sich immer wieder von den Fenstern zurückzuziehen, so dass sie nicht in Ruhe zielen konnten. Mit seiner rechten unverletzten Hand zog Kurilenko jetzt den Revolver und schoss trotz der geringen Durchschlagskraft der Waffe weiter. Die zwei anderen seiner Gruppe waren inzwischen bei der Frau angelangt, der ein Knöchel zerschmettert worden war. Da wurde die Tür des Hühnerstalles aufgestoßen und laut gackernd flatterten die Tiere zwischen den Soldaten und ihnen ins Freie. Die beiden Männer hakten die Frau unter. Aus dem Fenster des Stalles sah Kurilenko das bleiche Gesicht der Großmutter starren. Offensichtlich wusste sie nicht, wie sie sich retten konnte. Er rappelte sich hoch, rannte durch die flatternden Hühner hin zum Stall. Im Qualm am Eingang blieb er einen Augenblick orientierungslos stehen, bis er im Halbdunkel die Gestalt der Großmutter erkannte. Er packte sie am Arm und rief: "Mütterchen, kommt mit, ihr verbrennt, wenn ihr hier bleibt." Zögernd folgte sie ihm. Doch kaum auf der Straße angekommen, sackte sie getroffen zu Boden. Überrascht kniete er sich zu ihr nieder. Blut quoll aus ihrem Mund. Herzschuss. Sie war sofort tot. Kurilenko überlegte kurz, er war zu schwach, um sie allein zu tragen. Die beiden anderen Männer hatten inzwischen Alexandra in Deckung gebracht, er war allein, neben der Großmutter, seinen gefallenen Gefährten und einigen toten Hühnern auf der Straße. Hinter ihm das brennende Haus.

Schnell rannte auch er geduckt zurück auf die andere Seite. Von den Schüssen, die die Österreicher abfeuerten, traf ihn keiner. Inzwischen brachten der verwundete Petrenko und die beiden anderen die Kinder und ihre Mutter durch das Loch in der Bretterwand in Sicherheit. Einen Moment war Kurilenko unschlüssig, versuchte, die Situation einzuschätzen, da bemerkte er im Schatten des brennenden Hauses eine größere Gruppe von Soldaten, die sich offensichtlich für den Sturm auf den Holzverschlag bereit machten. Er rief seinen Gefährten zu: "Boris, lass uns hier abhauen, sie werden gleich stürmen."

"Ist gut", antwortete Boris Weretelnikow. Wassilij Kurilenko konnte nicht erkennen, von wo die Stimme kam. Er bückte sich, robbte durch die Lücke in der Bretterwand, richtete sich wieder auf und lief durch das Haus. Am Eingang drehte er sich um und fragte sich, wo Boris blieb, als er hinter sich eine Handgranate krachen hörte. Jetzt erst rutschte Weretelnikow eine Leiter vom Dachboden herab und schloss sich ihm an. Die Soldaten waren zurückgewichen, nachdem ihr Offizier von der Granate zerrissen worden war, die Boris geschleudert hatte. Als die Österreicher einige Minuten später zum zweiten Mal das Haus angriffen, war es verlassen.

Die Aufständischen fluteten hinter die zuvor festgesetzte Linie zurück. Viktor hatte erfolgreich den Ladeverschlag in dem Fabrikturm gesprengt. Jetzt lag er in einem Straßengraben, wo er mit dem am Arm verletzten Wassilij Kurilenko, der gerade mit mehreren anderen Verwundeten zu ihnen gestoßen

war, die Lage besprach. Der nördlichste Streifen der Stadt war das einzige Gebiet, das die Aufständischen auch noch am Abend des dritten Tages hielten. Die größte Gefahr war, dass die Österreicher sie umgehen und von hinten angreifen würden, doch offensichtlich waren auch die Besatzungssoldaten ohne die Verstärkung frischer Truppen zu erschöpft, um eine solche Initiative zu ergreifen.
Anna und die Frauen versorgten die Verwundeten in der Scheune eines Hauses, das, von hohen Bäumen umgeben, inmitten des gehaltenen Gebietes lag. Hier hatte sich der Stab verabredet und hier sollte Viktor Anna wiedersehen.
An dem Abend vor drei Tagen, nach der Besprechung, hatte sie sich nicht anders verhalten, als er es erwartete. Ganz nüchtern setzte sie ihm auseinander, welche Straßen die besten wären, um vorzurücken. Sie schritten die verwinkelten Gassen im Nordosten der Stadt ab. An einer breiten Straße, die direkt zum Marktplatz führte, hielten sie an, warteten im Schatten einer Häuserwand, um zu beobachten, ob eine Patrouille in der Nähe war. Er betrachtete sie intensiv von der Seite. Aber sie tat so, als ob sie das nicht merkte, sah ihn nicht an. Fasziniert von der Schönheit ihres im Mond schimmernden Gesichtes, strich er ihr über die Haare.
Sie lächelte ihn an, schüttelte aber den Kopf und flüsterte: "Ihr Männer denkt aber immer nur an das Eine." Gerade in diesem Augenblick tauchte eine Gruppe von vier, fünf Soldaten am Ende der Straße auf. Viktor und Anna huschten zurück, die Gasse entlang, trennten sich einsilbig, um noch weitere Vorbereitungen für den Beginn der Kämpfe zu treffen.
Nachdem Wassilij Kurilenko kurz mit Viktor gesprochen hatte, verließ er den Graben und suchte Machno, um das weitere Vorgehen mit ihm abzustimmen. Eine neue Gruppe von Aufständischen, die sich zurückgezogen hatten, darunter einige Verwundete, warfen sich hinter die Verschanzungen. Viktor half, einen der Männer, dessen klaffende Kopfverletzung – ein Säbelhieb hatte ihn getroffen – nur notdürftig verbunden war, in die Scheune zu bringen. Im Eingang blieben sie stehen. Während sich der verwundete Bauer auf seinen Schultern abstützte, blickte Viktor umher: Die meisten Verwundeten waren bereits behandelt worden und lagen erschöpft im Stroh. In einer Ecke warteten noch einige Männer. Ganz in der Nähe kniete Anna bei einem stämmigen Hünen, den zwei Männer an den Armen festhielten, während ein Arzt mit einer Zange in seinem Fleisch stocherte. Sie befand sich am Kopfende des Mannes, den Viktor als Petrenko kannte, umfasste sein Gesicht, streichelte es mit ihren kleinen Händen, während sie beruhigend auf den Koloss einsprach.
Petrenko hatte glasige Augen vom vielen Schnaps, den der Arzt ihm einflößte, da kein anderes Betäubungsmittel vorhanden war. Der junge Arzt, der hier in Gulai-Pole im Lazarett arbeitete, war nicht ungeschickt. Mit einer Zange in der Linken hielt er das Fleisch auseinander und mit der Rechten holte er die Kugel aus der Schulter, die dort stecken geblieben war. Obwohl

Petrenko wahnsinnige Schmerzen haben musste, schnaubte er nur. "Atme tief durch", sagte Anna. "Es ist gleich vorbei." Er lächelte gequält. Der Arzt nickte und die beiden Gehilfen ließen seine Arme los. Anna half, den Verband anzulegen. Dabei sah sie auf und bemerkte Viktor, der dem Verwundeten, den er stützte, ein Hemd gegen den Scheitel presste, um die Blutung zu stillen.
"Ah Viktor! Manchmal denke ich, du und Machno, ihr müsst wie zwei der Erzengel durch die Schlacht reiten, denn alle Kugeln verfehlen euch."
"Wenn hier einer ein Engel ist, dann wohl ja du. Sieh dir Petrenko nur an, er schläft gleich ein, wie ein Riesenbaby, das seine Mutter in den Schlaf gesungen hat."
Sie strich Petrenko nochmal über die Haare und erhob sich. "Und was hat dein Freund da neben dir?", fragte sie.
Der verletzte Bauer antwortete: "Ich stand zur falschen Zeit am falschen Ort, wahrscheinlich wäre ich jetzt nicht hier, wenn nicht jemand den Mistkerl, der mir das verpasst hat, noch von seinem Pferd geschossen hätte."
Viktor nahm das Hemd vom Kopf des Mannes und Anna betrachtete konzentriert die Wunde. "Der Arzt wird sie desinfizieren, sobald es möglich ist, dann kann eigentlich nichts mehr passieren."
Ein etwa sechzehnjähriger Junge kam in die Scheune gerannt und dann zögernd auf sie zu. Wie sie alle, so sah auch der Jugendliche nach den Tagen und Nächten fast ganz ohne Schlaf wie der leibhaftige Tod aus: "Seid ihr Viktor Belasch?"
"Ja, was gibt es denn?"
"Der Batjko schickt mich. Ihr sollt zum Treffen des Stabes in die Stube des Hauses kommen."
"Ist gut." Er übergab den Verletzten Anna und dem Arzt und folgte dem Jungen, der bereits wieder aus der Scheune gelaufen war.
Sie warteten schon auf ihn. Machno stand kreidebleich in seiner verschwitzten Jacke am Fenster, drehte sich zu ihm um, als er herein kam. Viktor erkannte gleich, dass etwas Wichtiges geschehen sein musste, denn die von dunklen Rändern unterlaufenen Augen seines Freundes leuchteten voller Erregung. "Gut, dass du da bist, Viktor", sagte er. "Stell dir vor, wir haben jetzt von mehreren Seiten die Nachricht erhalten, dass sich heute große Gruppen von deutschen Soldaten nördlich von uns von ihren Armeen abgesetzt haben."
Erstaunt rückte sich Viktor einen Stuhl zurecht und setzte sich. Nestor fuhr fort: "Das heißt, sie sind völlig demoralisiert. Und das wird auch auf die Österreicher zurück wirken. Ich wundere mich sowieso, dass sie uns nicht stärker zusetzen. Wenn wir in der Nacht wieder die Unterstützung der Bauern erhalten, ist es morgen um sie geschehen."
Sie diskutierten die Pläne für den nächsten Tag. Einige Männer sollten die Bauern, die wieder zu ihnen durch die feindlichen Linien durchsickerten, sammeln, gruppieren und mit ihnen den nächsten und dann hoffentlich ent-

scheidenden Angriff besprechen. Viktor bestand auf einige Stunden Schlaf für sich und den Stab, bevor es weitergehen sollte.
Er kletterte auf den Dachboden des Hauses, wo schon etliche Männer dicht an dicht schliefen, fand noch Platz an der Dachschräge. Er kuschelte sich neben seinen Nachbarn und schloss die Augen. Kurz sah er noch Anna, wie sie vor Petrenko kniete, dann schlief er ein.
Es klappte tatsächlich. Um drei Uhr nachts gingen sie erneut zum Angriff über und eroberten in kurzer Zeit fünf Maschinengewehrstellungen der Österreicher. Als die Sonne am Horizont erschien, befanden sie sich bereits vor den Stellungen, die sie am Tag zuvor aufgegeben hatten. Die Eisengießerei war von den Österreichern erst gar nicht besetzt worden. Deren Soldaten wirkten unkonzentriert, machten keine Vorstöße mehr und gaben Straße um Straße auf, zogen sich zurück, sobald die Aufständischen mit etwas mehr Druck nachrückten.
Die Kämpfe dauerten noch bis zum Mittag an, dann sammelten sich die österreichischen Soldaten am südlichen Stadtrand. Nestor befahl, sie abziehen zu lassen. Er hoffte, sie würden sich in den nächsten Wochen ihren desertierenden deutschen Kameraden anschließen. Und damit würden sie nicht mehr gegen sie kämpfen müssen.
Die Bauern begannen, die Straßen nach Toten abzusuchen. Es waren weniger als befürchtet, denn bis auf einige Ausnahmen hatten die Besatzer die Zivilbevölkerung weitgehend in Ruhe gelassen. Die getöteten Österreicher wurden am Rande eines Feldes außerhalb der Stadt begraben. Einige der gefangenen Soldaten wurden halbnackt ausgezogen, verprügelt und dann ihren abrückenden Einheiten hinterhergeschickt. Schließlich verschanzten die Aufständischen die Stadt gegen die mögliche Rückkehr der Besatzer, doch Machno und Viktor hatten das sichere Gefühl, dass es am nächsten Tag keine Kämpfe mehr geben würde.
Gulai-Pole gehörte ihnen.

9

Sie ritten im Norden.
Einen Tag ruhten sie aus, dann nahm Machno zunächst mit 300 Männern in einem Handstreich das frühere österreichische Hauptquartier Pologi ein und erzwang damit den Rückzug der Besatzer aus der ganzen Region. Die in Gulai-Pole zuströmenden Bauernmassen von Freiwilligen wurden so gut es ging bewaffnet und die neugebildete Aufstandsarmee zog nach Norden, wo sich der Hetman Skoropadski in Kiew verschanzt hielt. Ihre Schnelligkeit erreichten sie durch die leicht gebauten Mannschaftswagen, die Tatschankis, die mühelos mit der Kavallerie Schritt halten konnten.
Von Groß-Michailowka aus führten Machno und Belasch einige Hundert Männer in Richtung Sinelnikowo, als sie zufällig auf eine kleine Abteilung der Warta stießen, die, aus dem Osten kommend, in Richtung Jekaterinoslaw

auf dem Rückzug war. Sie nahmen die etwa vierzig Mann in die Zange und töteten alle.
Als die Landwehrsoldaten erkannten, dass sie verloren waren, wehrten sie sich mit dem Mut der Verzweiflung. Viktor, der den Angriff leitete, wurde gleich zu Beginn des Gefechts von seinem Pferd geschossen. Ein Schuss, der ihn knapp unterhalb des Schlüsselbeines traf, aber von seinem Patronengurt abprallte, schleuderte ihn aus dem Sattel. Sein Pferd stob davon, aber die anderen Reiter preschten an ihm vorbei und machten die Warta nieder. Viktor presste die Hand gegen die Schulter, rappelte sich auf und verfolgte den Kampf in der Ebene, ohne eingreifen zu können. Er fühlte sich elend, als er sah, wie die Verwundeten der Warta, auch junge Männer, von seinen Leuten niedergemacht wurden.
Nach dem blutigen Zusammenstoß setzten sie den Weg fort, um erst am Abend anzuhalten, nur noch einige Meilen von ihrem Ziel Sinelnikowo entfernt. Viktors Wunde schmerzte, während er sich mit Machno und den anderen Mitgliedern des Stabes traf. Sie beschlossen, bis zum nächsten Tag zu warten, um die Stadt anzugreifen. Boten hatten gemeldet, dass Kurilenko und Stschussj mit einer Verstärkung aus Gulai-Pole anrückten und morgen Mittag eintreffen würden.
Sie fühlten sich sicher genug, um Feuer in der kalten Nacht zu entzünden. Die Männer hatten den Pferden die Sattel abgenommen und benutzten sie für ihre Nachtlager. Außer den Wachen, die sich kreisförmig um das Lager verteilten, schliefen die meisten sofort ein. Nur ein Mann kauerte an einem der kleinen Feuer. In eine Decke gewickelt, wartete hier Viktor auf Nestor Machno, der noch mit ihm sprechen wollte und nun durch die Reihen der schlafenden Männer auf ihn zu schritt.
"Na, was schaust du so verdrießlich drein?" Nestor ließ sich im Schneidersitz neben ihm nieder. "Mehr als einen blauen oder lila Fleck kann dir die Kugel doch nicht eingebracht haben, oder?"
Viktor betrachtete nachdenklich den kleinen, in einen Kosakenmantel gehüllten Machno, der einen dürren Stock in die Flammen warf und in die Hitze starrte.
"Es ist nicht die Kugel, Nestor. Heute nachmittag..., mir gefiel das nicht. Ich frage mich, ob wir nicht manchmal töten, wo wir es gar nicht müssten. Unser Ziel ist doch die Freiheit. Wir kämpfen doch für die Freiheit, aber jemanden zu töten, bedeutet, ein endgültiges Urteil zu sprechen, das Ende des Lebens von Menschen, die sich vielleicht noch ändern würden."
Nestor schüttelte den Kopf. "Mein Freund, natürlich habe ich auch manchmal solche Gedanken, aber du selber hast doch gesagt, dass sie uns keine Wahl gelassen haben. Wir hatten vor dem Krieg darüber abgestimmt, was wir mit den Landwehr-Soldaten machen und, wenn ich mich richtig erinnere, warst auch du dafür, sie nicht zu schonen. Und zwar nicht, weil wir so blutrünstig sind, sondern weil sie sich freiwillig dazu gemeldet haben, gegen uns vorzugehen."

Viktor zog die Decke etwas fester um seine Schultern. "Ich weiß, was du noch sagen willst, dass sie sonst am nächsten Tag jemanden von uns töten würden."
"Ist es nicht so?"
Viktor seufzte. "Wahrscheinlich hast du recht!"
Machno legte etwas Holz in das Feuer und fuhr nach einer Weile fort. "Sie sehen uns nicht als ihresgleichen an, eher wie merkwürdige Tiere. Wenn wir Menschen sein wollen, sehen sie darin Aufruhr und versuchen uns zu bändigen. Sie haben mir neun Jahre lang Ketten an die Füße gelegt und mich in der Katorga in ein dunkles Loch gesteckt, sobald ich einmal den Mund aufgemacht habe. Ich wäre dort verfault, wenn meine Brüder und Schwestern nicht draußen gegen den Tyrannen aufgestanden wären. Die früheren Herren wissen, dass ihre Ordnung dem Untergang entgegen geht. Wer die Unvermeidlichkeit der eigenen Niederlage kennt, ergibt sich entweder dem Schicksal oder wird sehr gefährlich."
Viktor unterbrach ihn. "Du denkst an die Warta-Soldaten heute: siebzehn unserer Männer sind getötet worden."
Sie beobachteten eine Weile, wie sich die Flammen an den Ästen empor züngelten. Dann sagte Viktor leise: "Ich befürchte, der Krieg wird noch lange dauern. Ich habe Angst, dass am Ende nicht mehr genug von dem da sein wird, wofür wir kämpfen."
Machno holte Luft. In seiner Stimme klang keimender Ärger auf: "Es ist wahr, Blut klebt an unseren Händen. Aber unsere Geschichte kann nur mit Blut geschrieben werden. Was für eine Wahl hatten wir denn? Glaubst du nicht, eine Welt, die den Arbeitern und Bauern gehört, ist es wert?"
"Doch. Wahrscheinlich schon." Er war müde und wollte sich nicht streiten. Was hatte es auch für einen Sinn festzustellen, das etwas gleichzeitig falsch und richtig sein konnte? "Aber Nestor, du bist doch bestimmt nicht zu mir gekommen, um zu philosophieren?"
"Nein, du hast recht. Ich habe mir überlegt, ob es nicht besser ist, wenn wir einen fähigen Mann nach Gulai-Pole zurückschicken. Kurilenko hat mir ausrichten lassen, dass sie zwar einige hundert Mann mitgenommen haben, dass aber immer noch neue Freiwillige in die Stadt strömen. Du könntest eine neue Einheit aufstellen und uns in ein bis zwei Wochen wieder einholen. Wir wissen nicht, wie hart die kommenden Kämpfe werden und eine weitere Verstärkung, auf die wir zählen können, kann vielleicht entscheidend sein."
Einen Augenblick war Viktor unsicher, er überlegte, ob Nestor ihn zurückschicken wollte, um ihn zu schonen. Das hätte er auf keinen Fall gewollt, aber andererseits klang der Vorschlag vernünftig. "Einverstanden, wenn es wirklich um die Verstärkung geht", sagte er.
"Um nichts anderes."
"Dann werde ich zurückreiten."
"Gut."
Sie besprachen noch Einzelheiten, schließlich legte sich auch Nestor schla-

fen. Als Letzter verließ Viktor den Feuerkreis, nachdem er einen großen Baumstumpf nachgeschoben hatte. Er ging zu seinem Pferd, das angepflockt zwischen den anderen graste. Das Tier erkannte ihn und kam ihm entgegen, so weit es der Strick zuließ. Die Ohren zuckten aufmerksam nach vorn, als er beruhigend zu ihm sprach. Er tätschelte den Hals des Pferdes. "Wie wir alle, läuft es am Abhang des Todes entlang", dachte er, "nur, es hat keine Wahl."

10

Markttag in Gulai-Pole. Der Herbstwind riss an den bunten Kleidern der Frauen und an den Tüchern, die über die Stände gespannt waren. Die Bäuerinnen standen hinter Obst-, Gemüse-, Holzlöffel- und Käseständen, plauderten, feilschten mit den Käufern, schimpften über irgend jemanden. Das Karussell drehte sich mit seinen hölzernen Pferden und lachenden Kindern. Wären nicht die frischen Einschussspuren in den Wänden der Häuser gewesen, nichts hätte darauf hingedeutet, dass sich irgend etwas in der kleinen Stadt geändert hatte. Und doch war alles anders.
Innerhalb einer Woche hatte der wieder zusammentretende Arbeiter- und Bauernrat das Leben der Stadt neu geordnet. Die früheren Großgrundbesitzer und die Besitzer der großen Fabriken waren getötet worden oder endgültig geflohen. Die Betriebe wurden von den Arbeiterinnen und Arbeitern im Kollektiv weitergeführt. Auf dem Land bemächtigten sich die besitzlosen Landarbeiter der Güter, tauschten die Ernte mit Erzeugnissen der kollektivierten Fabriken. Der Rat hatte mehrere Ausschüsse gebildet, um die Schulen und das andere öffentliche Geschehen wieder zu beleben, das in den letzten Monaten praktisch zum Erliegen gekommen war. Der Kulturausschuss hatte auf Anregung der ehemaligen Schülerinnen und Schüler des einzigen Gymnasiums der Stadt am Abend ein Fest im Gebäude des Theaters organisiert. Die Fassade des großen, steinernen Gebäudes war zwar von den Kämpfen gezeichnet, seine weitläufigen Säle aber waren unversehrt geblieben. Die aufständischen Kämpfer waren größten Teils nach Norden abgezogen und niemand konnte es den Jugendlichen verdenken, dass sie nach den Monaten der Besatzungszeit wieder einmal unbeschwert feiern wollten.
Und es würde ja nicht nur der Sieg über die Österreicher, sondern auch die Entstehung des neuen Gulai-Pole gefeiert werden. In das große Theatergebäude, in dem noch vor zwei Jahren lediglich die Töchter und Söhne der Kaufleute, Fabrikanten, zaristischen Beamten und Landbesitzer ein- und ausgingen, strömten nun die einfachen Menschen der Stadt. Auf der Bühne spielte die Kapelle Polka und andere schnelle Tänze, hin und wieder unterbrochen von einzelnen langsameren, traurig-schönen Melodien.
Als Viktor, erst am Nachmittag nach Gulai-Pole zurückgekehrt, den Saal betrat, fiel sein erster Blick auf Anna, die sich mit zwei anderen jungen Frauen unterhielt. Sie trug ein dunkelblaues, ärmelloses Kleid. Das Blau stand ihr ausgesprochen gut. Er ging zu den Frauen. Anna sah ihn kommen, lachte:

"Ah Viktor, da bist du ja. Ich habe schon gehört, dass du zurückgekommen bist, um eine Verstärkung zu sammeln. Ich hätte nicht gedacht, dass du damit bei uns Frauen anfängst."
Die beiden ihm unbekannten Frauen grinsten einfältig, während ihn Anna unschuldig anlächelte. Anscheinend hatte sie sich angeregt unterhalten, ihre Wangen leuchteten in einem zarten Rot. Sie sah sehr hübsch aus. Die Kapelle spielte die letzten Takte der Polka, machte dann eine Pause.
"Dich würde ich doch bis an das Ende der Welt suchen, wenn ich dich mitnehmen könnte", sagte er in die Stille hinein. Es sollte scherzhaft klingen, aber seine Stimme gehorchte ihm nicht und es hörte sich ernst an, so, wie er es eigentlich auch meinte.
"Hört, hört", sagte eine von Annas Begleiterinnen und zog eine Augenbraue hoch. "Sieht so aus, als ob du dir da den leibhaftigen Märchenprinzen geangelt hast."
Aber Anna betrachtete ihn jetzt abschätzig. Ihm war die Situation peinlich, also versuchte er, das Thema wechseln. "Wer mag alles was trinken?", fragte er. Einen langen Augenblick antworteten die Frauen nicht, sahen sich gegenseitig an: "Geh nur", meinte Anna dann, "wir kommen später nach."
Viktor durchquerte den Saal und steuerte die langgestreckten Tische an, auf denen Bierfässer und Weinflaschen standen. Viele Männer grüßten ihn, doch blieb er nirgendwo stehen, um zu reden. Er ärgerte sich. Anna war nicht besonders freundlich gewesen und er vermutete, dass sich nun die Frauen untereinander über ihn lustig machten. Die Musik setzte wieder ein. Er nahm ein großes Glas vom Tisch und gab es der Frau hinter dem Tresen.
"Hell oder dunkel?" – "Hell bitte!"
"Alles klar!", sagte die junge Frau und lächelte, wobei ihre vollen Lippen strahlend weiße Zähne entblößten. "Du bist Viktor Belasch, nicht wahr?"
Er war überrascht. "Ja. Dich kenne ich aber nicht."
"Patrizia. Ich war hier Schauspielerin im Theater."
"Ah ja. Aber wieso war?"
"Nun ja, wir spielen ja nicht mehr, obwohl jetzt einige junge Leute ein Stück geschrieben haben, in dem ich mitspielen soll."
Sie konzentrierte sich darauf, das Bier zu zapfen, während er sie betrachtete. Ihre roten Haare fluteten über ihre Schultern, umhüllten ein ebenmäßiges, schönes Gesicht. Und sie erwiderte sein Interesse mit Blicken, die er nicht recht deuten konnte. Er blieb eine Weile bei ihr, es machte ihm Freude, sich mit kurzen Bemerkungen mit ihr zu unterhalten. Als mehr Männer an den Tresen drängten, ging er zurück in den Saal, winkte ihr zu und spürte in seinem Nacken, wie sie ihn beobachtete.
Im Vorbeigehen bemerkte er Anna, mit Nestors Freundin Galina im Gespräch vertieft. "Das hat mir gerade noch gefehlt, dass sie mich auch bei ihr lächerlich macht", dachte er.
Das Fest ging seinen Gang. Viktor redete jetzt mit einigen Männern, die er in den nächsten Tagen mitnehmen wollte, dabei trank er ziemlich viel. Männer

und Frauen um ihn herum tanzten ausgelassen. Da sah er, dass Galina den Saal verließ. Anna, die allein am rechten Eingang des Saales stehen geblieben war, sah auf einmal sehr unglücklich aus. Er verabschiedete sich von seinen Gesprächspartnern und ging zu ihr.
"Na, was ist los?" Er schubste sie mit dem Ellenbogen an und kam sich dabei sehr plump und aufdringlich vor.
"Es ist nicht deinetwegen, Viktor. Lass mich in Ruhe!"
"Schon gut, behalt deine Geheimnisse für dich, ich werde dir heute bestimmt nicht mehr auf die Nerven gehen. Ich glaube, ich kann etwas frische Luft gut gebrauchen." Er wandte sich ab. Doch da machte sie einen Schritt nach vorn und hielt ihn an der Schulter fest: "Ach Viktor, es tut mir leid. Es hat wirklich nichts mit dir zu tun. Ich... Ich weiß selber nicht, was mit mir los ist."
"Ist schon gut", sagte er. Es war eine Lüge und sie wussten es beide.
Er verließ den Saal durch die weite Flügeltür. Die großflächigen Fliesen und die griechischen Säulen ließen den Vorraum größer wirken als er war. Das Stimmengewirr und die Musik drangen durch die Tür. An der Garderobe stand eine Frau, die sich gerade ihren Mantel anzog. "Patrizia, du willst schon los?"
Überrascht schaute sie auf. "Viktor! Nein, mein Großvater hat mich lediglich gebeten, ihm Tabak zu holen, den er zu Hause vergessen hat." Nach einer kurzen Pause fügte sie hinzu: "Willst du mich nicht begleiten?"
Damit hatte er nicht gerechnet. "Gerne, ich wollte sowieso gerade etwas frische Luft schnappen."
Zusammen schritten sie über die breiten Stufen der Theatertreppe in die Herbstnacht hinaus. In vielen Häusern waren die Lichter noch an. Der Wind wehte schwarze Wolken vor den gelben Mond, so dass die Schatten der Nacht rasch wechselten. Eine Weile gingen sie schweigend nebeneinander.
"Weißt du", nahm sie das Gespräch auf, "alle reden von morgens bis abends nur von den Kämpfen und ihren mutigen Anführern, da muss ich doch die Gelegenheit nutzen, jemanden von denen mal kennenzulernen."
Er lachte verlegen. "Na und, sind wir anders als andere Männer?"
"Das werde ich ja vielleicht gleich sehen. So, wir sind da. Hier wohne ich, na komm schon."
Sie öffnete die Tür zur Küche, die sauber und im Mondlicht verlassen wirkte. Sie schloss die Tür und machte einen Schritt auf ihn zu, sah ihn strahlend und erwartungsvoll an.
"Patrizia!" Er zog sie an sich und küsste sie. Sie berührte sein Geschlecht. "Es ist niemand zu Hause", flüsterte sie. Er strich durch ihr wundervolles rotes Haar, dann knöpfte er ihr langsam die Bluse auf. Sie drängte ihre festen Brüste an ihn. Er streichelte sie. Kurz blitzte noch irgendwo in seinem Kopf das Bild von Anna auf, dann vergaß er sie ganz, verlor sich in der Gegenwart mit der für ihn vor heute abend noch unbekannten, wundervollen Frau.

Überall werden die Aufständischen von den Bauern begeistert empfangen. Als sich die Nachricht verbreitet, sie hätten Gulai-Pole eingenommen, zerfällt die Armee der deutschen und österreichischen Besatzer endgültig. Sozialistische Ideen haben sich unter den deutschen Soldaten vor allem seit der Flucht Kaiser Wilhelms verbreitet. Viele von ihnen wollen nicht mehr gegen einfache Bauern vorgehen und machen sich selbstständig auf den Weg in ihre Heimat.

Zusammen mit dem Vorrücken der aufständischen Armee weitet sich die Arbeit ihrer Kulturabteilung aus; neue Ausgaben anarchistischer Zeitungen und Flugblätter finden weite Verbreitung. Die Bauern führen allerdings Kollektivwirtschaft und Selbstverwaltung auch ein, ohne diese Texte gelesen zu haben oder viel von den ausformulierten Theorien zu kennen, denn in dem Volk selbst hat sich der Wille zur Revolution entwickelt.

Als die Machnowstschina, wie die Bewegung in dieser Zeit zum ersten Mal nach ihrem Anführer genannt wird, in Pawlograd einzieht, wird allerdings deutlich, dass der ganze Norden und Westen der Ukraine unter die Kontrolle von Petljura geraten ist. Die Petljura-Bewegung verbindet die geforderte Unabhängigkeit der Ukraine mit der Herrschaft der nationalen Bourgeoisie, auch wenn sie demokratische Losungen in ihrem Programm hat. Im Norden werden sie bereits von den zurückkehrenden Truppen der Bolschewiki bedrängt. Doch Kiew und die große Industriestadt Jekaterinoslaw am Dnjepr stehen noch unter ihrer Kontrolle.

Hierhin verlegen die Aufständischen ihre Truppen. In der kleinen Stadt Nischni-Dnjeprowsk in der Nähe von Jekaterinoslaw bietet das dort gerade entstandene örtliche Komitee der Bolschewiki Machno den militärischen Oberbefehl an, auch über die hier neu gebildete Rote Garde. Machno stimmt zu und überlegt, wie er die mit starken Truppenverbänden Petljuras besetzte Stadt einnehmen kann. Jekaterinoslaw ist von ihrer Seite her, vom Osten, vom Dnjepr beschützt und praktisch nicht einzunehmen.

Viktor hatte nicht nur einige hundert Mann Verstärkung nach Nischni-Dnjeprowsk gebracht, sondern auch Proviant und Decken. Einige Aktivisten der Kulturabteilung begleiteten ihn. Machno selber war lediglich einen Tag vor ihnen hier eingerückt. Heute abend wollten sie im Café über dem Bahnhof den Angriffsplan auf Jekaterinoslaw besprechen.

Am Nachmittag war ein Reiter mit einer dringenden Depesche aus der Stadt eingetroffen. Er überbrachte von der Petljura-Armee einen Fragenkatalog über die Grundsätze und die Ziele der Aufständischen, verbunden mit der Aussicht auf ein Bündnis. Der Bote, ein junger Arbeiter, wartete nervös auf dem Flur. Bereits nach einer halben Stunde kam ein Mann aus dem Versammlungsraum und gab ihm einen Brief für den Kommandanten der Petljura-Armee mit. Die Aufständischen würden kein Bündnis mit jemandem eingehen, der sich nicht auf der Grundlage des Gemeineigentums des Landes

und der Fabriken befände und der dementsprechend nur am Bau einer neuen staatlichen Unterdrückungsmaschinerie arbeite.
"So, jetzt wissen sie, dass wir gegen sie kämpfen werden", meinte Nestor, etwas Tee trinkend, als der Bote gegangen war. Die Straße vor dem Bahnhof war mit puderartigem Schnee verweht. Von außen hatte der Frost bizarre Eisblumen auf die Scheiben des Cafés gemalt. Sie hatten die runden Tische in einem weiten Bogen zusammengestellt. Foma Koshin war in das Studium einer weit ausgebreiteten Karte von dieser Gegend versunken. Viktor kaute auf einem Bleistift herum. Alle zermarterten sich das Gehirn über einen halbwegs erfolgreichen Angriffsplan. Plötzlich sah Nestor auf. Seine Augen leuchteten. "Wassilij, du hast mir und Grigorij doch mal von der Geschichte erzählt, als Viktor und Wdowitschenko einen Zug aus Alexandrowsk stahlen, um aus der Stadt zu entkommen?"
Kurilenko runzelte die Augenbrauen. "Ja, warum?"
"Schaut doch mal aus dem Fenster!"
Im Bahnhof standen mehrere Militärzüge, die von den deutschen Truppen auf ihrem Rückzug benutzt worden waren.
"Ja und, worauf willst du hinaus?", wollte Koshin wissen.
"Als wir gestern abend hier ankamen, fuhr ein Zug mit Arbeitern über die bewachte Brücke. Es waren Männer, die in Jekaterinoslaw arbeiten, hier aber leben. Was haltet ihr davon, wenn wir einfach einen Zug nehmen, unsere Leute da rein setzen und nach Jekaterinoslaw hineinfahren?"
Niemand sagte etwas. Schließlich meinte Viktor zögernd: "Das Wagnis ist sehr hoch. Wenn der Zug erkannt und angehalten wird, werden sie uns entweder alle gefangen nehmen oder uns zusammenschießen."
"Aber warum sollten sie uns anhalten?" Eifrig sah sich Machno in der Runde um und überlegte dann laut weiter: "Wahrscheinlich fahren von den anderen Vorstädten auch immer noch Züge über die Brücke. Sie werden davon ausgehen, dass wir die Arbeiter nicht daran hindern, ihr Brot zu verdienen, vielleicht denkt auch niemand weiter darüber nach und der Zug kommt so oder so ohne Kontrollen durch."
"Andererseits", meinte Viktor, "wenn der Zug durchkommt, können wir vom Bahnhof aus tatsächlich schnell die ganze Stadt einnehmen. Und gegen die starken Streitkräfte in der Stadt würden wir auch anders kaum gewinnen können, als mit einer großen Überrumpelung."
"Mensch Viktor", rief Wassilij Kurilenko, "das ist doch was für dich, am besten, du fährst wieder die Lok."
Viktor grinste, das war tatsächlich eine Herausforderung, die ihn reizte.
Sie machten sich an die Arbeit.
Zwei Stunden später besprachen sie in einer beheizten Fabrikhalle den Plan mit allen Männern. Niemand wurde gezwungen mitzufahren, aber niemand wollte bleiben. Klappte der Plan, dann würden sie sich in vier Gruppen vom Bahnhof aus verteilen, um die Stadt einzunehmen. Machnos Gruppe hatte die schwierige Aufgabe, die östlichen Zugänge der Stadt für den anderen Teil der

Armee zu öffnen, während Viktors Gruppe die Kaserne im Westen erobern sollte. Würde der Zug entdeckt werden, so gab es zwei Möglichkeiten: Vor der Brücke konnte man sich sehr wahrscheinlich noch zurückziehen, ohne dass große Verluste zu erwarten waren. Sollte er allerdings hinter der Brücke aufgehalten werden, so war man zwischen dem Fluss und den feindlichen Truppen eingekeilt. In diesem Falle sah es schlecht für sie aus. Sie sollten dann versuchen, die Verwirrung zu nutzen, um doch noch die Stadt zu erobern, oder, wenn es absehbar war, dass sie es nicht schaffen würden, sollten sie den Rückzug über die Brücke antreten, auch wenn dann wahrscheinlich nicht mehr viele von ihnen übrigbleiben würden.
In der Nacht wurden die letzten Vorbereitungen getroffen.

Von den regulären Zugführern war keiner aufzutreiben und wenn sie einen gefunden hätten, so wäre es sehr unwahrscheinlich, dass er sich auf eine solche Fahrt freiwillig einlassen würde. Und so kletterte Viktor Belasch in die Lok.

Der Zug fuhr morgens los. Es war eine Fahrt Grau in Grau: Grauer Himmel, das Grau der Vorstädte, selbst die Nebel über dem Fluss, der noch nicht zugefroren war, waren grau. Sie näherten sich der Brücke. Für Viktor bedurfte es keiner großen Mühe, wie ein Bahnarbeiter auszusehen und zu wirken. Er wusste, wie er sich zu verhalten hatte. Er beobachtete die Verschanzungen der Petljura-Armee und das Häuschen links, aus dem Soldaten die Brücke bewachten. Zwei Bewaffnete, deren Atem weit sichtbar in der Kälte dampfte, standen mit geschulterten Gewehren an den Gleisen. Die beiden beobachteten den Zug, der sich ihnen in normaler Geschwindigkeit näherte. Viktor winkte. Sie reagierten nicht. Ohne anzuhalten fuhr der Zug über die Brücke. Viktor war mulmig zu Mute. Noch immer passierte nichts. Die Brücke verschwand hinter ihnen. Jetzt fuhren sie bereits durch die noch verschlafene Stadt. Schon näherten sie sich dem Bahnhof. Gleich waren sie da. Es schien zu klappen. Viktor drosselte das Tempo und hielt die Lok an.

Auch der Bahnhof war menschenleer. Lediglich einige Arbeiter, die an einem Gleis arbeiteten, schauten auf und gingen dem Zug entgegen. Zwei Soldaten standen auf der Brücke, die das Bahngleis mit dem Hauptgebäude verband. In der Bahnhofshalle vermutete Viktor noch mehr Soldaten.

Eine lange Sekunde passierte gar nichts. Es schien, als hätte die eisige Luft die Zeit festgefroren. Dann ging alles sehr schnell. Fast gleichzeitig wurden die Türen der Waggons aufgestoßen und die Männer strömten mit gezogenen Waffen auf das Bahngleis. Einige rasten die Treppe hoch, andere liefen gleich über die Gleise zum eigentlichen Bahnhofsgebäude. Die beiden Wachen auf der Brücke waren so überrascht, dass ihnen schnell die Waffen abgenommen und die Hände auf den Rücken gebunden werden konnten. Kurilenko schickte einige Männer zurück, sie in einen Waggon einzuschließen. Aus dem Bahngebäude hallten die ersten Schüsse.

Der Kampf hatte begonnen. Wie verabredet ging Viktors Abteilung zum nördlichen Ende des Bahnhofs. Sie bildeten Gruppen von zehn Männern, die,

in kurzen Abständen voneinander getrennt, aber in Sichtweite blieben. So konnten sie schneller die Richtung wechseln und hatten auch mehr Übersicht über das Viertel, in dem sie sich befanden. Ihr Ziel war die Kaserne. Sobald Militärfahrzeuge auftauchten, würden sie sie unter Beschuss nehmen. Sie hasteten die leeren Straßen entlang. Die wenigen Menschen, die am frühen Morgen unterwegs gewesen waren, liefen bei den ersten Schüssen zurück in ihre Wohnungen oder suchten in Geschäften oder öffentlichen Gebäuden Schutz.
Viktor bemerkte, dass der Gefechtslärm vom Bahnhof sehr schnell verebbte. Das konnte nur bedeuten, Machnos Abteilung rückte zügig vor. Als eine Patrouille von Petljura-Soldaten von einem Geschäft aus das Feuer auf sie eröffnete, blieben fünf Männer zurück, lieferten ihnen ein Feuergefecht, während die anderen weiter vorrückten. Sie verließen die Innenstadt und kamen in das Fabrikviertel. Während sie die Straßen entlangliefen, erinnerte sich Viktor an die Erzählungen seines Bruders Michael über die harte Arbeit und den kargen Lohn in diesen Fabriken.
Hier hatte Marin vor Jahren Streiks der Arbeiterinnen und Arbeiter organisiert, die in der gescheiterten Revolution von 1905 gemündet waren. In der Folge hatte er jenes Attentat begangen, das ihm den Kopf gekostet hätte, wäre er nicht befreit worden. Doch bereits einige Wochen nach seiner Flucht wurde er erneut von der Geheimpolizei festgenommen. Glücklicherweise fand die Ochrana nie heraus, wen sie da eigentlich verhaftet hatte, aber sie ließ den Verdächtigen trotzdem in ihren Kerkern verschwinden. In den Moskauer Gefängnissen lernte Marin dann den jungen Bauern Nestor Machno kennen, der seine Ideen teilte, und freundete sich mit ihm an. Zur Zeit allerdings hielt sich Marin unter seinem neuen Namen Arschinoff noch in Moskau auf.
Am Tor einer lang gezogenen Fabrikmauer standen Arbeiter und sahen sorgenvoll in die Richtung, aus der Gefechtslärm kam. Grigorij Wassilewski, der vorneweg lief, kam als erster bei ihnen an. "Guten Morgen, Genossen", rief er gehetzt. "Wir sind Kämpfer der aufständischen Armee. Wie kommen wir am schnellsten zur Kaserne?"
Die Arbeiter musterten ihn und seine sich sammelnde Gruppe misstrauisch. Ein älterer Mann in einem Mechanikeranzug spuckte auf die Straße: "Ihr rennt wie Verrückte in der Stadt herum und sucht Soldaten? Wie kommt ihr hier überhaupt rein?"
Grigorij war ungeduldig: "Hör mal, wir haben keine Zeit für große Erklärungen. Wir müssen zur Kaserne bevor die Petljura-Soldaten von dort ausrücken. Denn offenbar sitzen die da noch, sonst wären sie hier wohl schon aufgetaucht. Also kennt nun einer den kürzesten Weg, oder nicht?"
Ein junger Arbeiter meldete sich: "Ja, ich."
In diesem Augenblick wurden sie von einem Ruf aus der Seitenstraße unterbrochen. "Achtung, sie kommen!" Pferde wieherten und eine Gruppe Kosaken preschte auf die Hauptstraße.

"Mir scheint, sie sind euch jetzt doch zuvor gekommen", sagte einer der Männer zu den etwa zwanzig Kämpfern von Wassilewskis Gruppe, die inzwischen am Tor der Halle versammelt waren. Schnell gingen sie nun entlang des Grabens vor der Fabrikmauer in Deckung. Währenddessen hatten die Kosaken in einiger Entfernung auf der Kreuzung ihre Pferde angehalten und verfolgten gespannt die Bewegung der Aufständischen. Der Offizier winkte seinen Soldaten und der größere Teil von ihnen ritt weiter in Richtung Innenstadt.

"Gleich werden sie auf Viktor treffen", dachte Grigorij.

Etwa ein Drittel der Kosaken war abgestiegen. Andere nahmen die überzähligen Pferde bei den Zügeln und kehrten mit ihnen um. Die nun pferdelosen Kosaken verschanzten sich hinter Bäumen und Hecken. Noch hatte keine Seite das Feuer eröffnet. Grigorij gab ein Zeichen, seine Männer rückten entlang der Mauer weiter vor.

Der Späher am Ende der Straße signalisierte: Reiter. Viele. Viktor wandte sich um, blickte über die ihm folgenden Männer. Er kaute auf seiner Unterlippe; sie durften die Soldaten nicht durchlassen. Vor einer geräumten Tischlerei standen zwei Wagen. Er winkte einige Männer herbei. "Schnell, zieht die beiden Holzwagen auf die Straße. Na macht schon, wir bekommen gleich Besuch."

Die Kosaken waren da, ehe die Fuhrkarren in der Mitte der Straße standen, doch sie verengten sie beträchtlich. Die Männer, die sie gezogen hatten, suchten hinter den Holzrädern Schutz und feuerten auf die anstürmenden Soldaten. Einige Kosaken galoppierten noch an ihnen vorbei. Doch die Männer von Viktors Gruppe, die weiter zurück geblieben waren, schossen sie von ihren Pferden. Die anderen Kosaken vor den Karren wendeten, doch es war schon zu spät. Von den fünfzig anstürmenden Reitern blieben mehr als die Hälfte auf der gefrorenen Erde zurück. Sie waren zu leichtsinnig gewesen.

Die breite Hauptstraße, die in den Westen der Stadt führte, bot den Petljura-Reitern, die an der Kreuzung abgestiegen waren, zu wenig Deckung. Hier konnten sie sich gegen Grigorijs Männer nicht halten und zogen bald in die lang gezogene Fabrikstraße. Grigorij erkannte, dass damit der Weg zu der Kaserne weitgehend frei war. Doch noch waren sie zu wenige, um weiter vorzurücken.

Die Überlebenden des Kosakentrupps, der von Viktors Gruppe zurückgeschlagen worden war, galoppierten die breite Straße heran. Als sie sahen, dass die Kreuzung nicht mehr von ihren Kameraden besetzt war, zügelten sie, vorsichtig geworden, ihre Pferde. Inzwischen sammelten sich an der Kreuzung etwa fünfzig Aufständische, die die Kosaken unter Feuerbeschuss nahmen. Deren Anführer überlegte nicht lange und wich in eine der Seitenstraßen aus, gab den Kampf an dieser Stelle auf. Etwa fünf Minuten später traf Viktor mit weiteren vierzig Mann an der Kreuzung ein. Gemeinsam mit dem halben Hundert Aufständischen, die dort unter der Führung von Wassi-

lewski warteten, rückten sie weiter in Richtung Kaserne vor.
Nach einigen Minuten rasten ihnen zwei Lastwagen entgegen. Sie erstarrten, fühlten sich schutzlos auf der breiten Straße. Der Abstand zwischen den Wagen betrug einige hundert Meter. Viktor schrie: "Grigorij, gib mir deine Handgranaten." Der ließ die Wagen nicht aus den Augen, reichte ihm eine, behielt aber die andere. Auf dem Dach des ersten Autos umklammerten einige liegende Soldaten Haltestangen. Jetzt kam es angesaust. Viktor machte einige Sätze zur Seite und schleuderte seine Granate durch die Windschutzscheibe. Durch die Explosion wurde der Wagen quer geschleudert. Grigorijs Granate traf das Verdeck, in dem die Infanteristen saßen. Holzsplitter und Menschen wirbelten durcheinander. Die Soldaten, die nicht sofort tot waren, schrien entsetzlich. Ein Soldat wurde vom Dach geschleudert, sein offenbar gebrochenes Bein stand grotesk verrenkt vom Knie ab. Hilflos lag er im Schnee und keuchte. Ein anderer hatte sich zwar festhalten können, aber als er abspringen wollte, schoss ihm jemand in den Rücken. Auch er blieb im Schnee liegen und färbte ihn rot. Der zweite Lastwagen bremste bei der ersten Explosion, hielt an. Während die Infanteristen vom Verdeck sprangen, wendete der Fahrer. Die Soldaten liefen in den Hauseingang eines Wohnblocks, der ausgestorben wirkte. Auf den Dächern der zweigeschossigen Häuser wuchsen Teppiche aus Rauhreif, dort, wo im Sommer die Frauen die Wäsche trockneten. Diese Dächer konnten über das Treppenhaus durch eine Tür begangen werden. Die Petljura-Soldaten zerschmetterten mit ihren Gewehrkolben die Tür und stürmten die Treppe hoch. Unten ließen sie zwei oder drei Männer zur Verteidigung des Eingangs zurück. Viktor erkannte als erster die Gefahr. Schnell sammelte er einige Männer und machte es den Soldaten im Nachbarblock gleich.
Sie hasteten nach oben. Die Soldaten waren bereits auf dem Dach, rechneten aber offensichtlich nicht mit einem Angriff. Ungesehen sammelten sich die Aufständischen auf dem Nachbardach hinter einem der Aufgänge und attackierten von dort aus die Petljura-Soldaten. Überrumpelt, durcheinander von dem schnellen Ablauf der Ereignisse ergaben sie sich. Als das die Soldaten unten im Treppenhaus mitbekamen, warfen auch sie ihre Gewehre weg. Viktor ließ alle Männer nach weiteren Waffen durchsuchen. Dann konnten sich zwei der Petljura-Soldaten um die Verwundeten des ersten Lastwagens kümmern. Außer dem Mann mit dem gebrochenen Bein lebten nur noch zwei Männer, von denen einer innerhalb weniger Minuten starb.
Stschussj hatte schon immer ein Gespür für den richtigen Zeitpunkt gehabt. In rasender Fahrt kam er mit einer Limousine aus Richtung der Innenstadt und hupte vor dem Tor der Kaserne. Die Soldaten erkannten die Uniform eines ihrer Offiziere und öffneten das Tor, durch das Stschussj mit quietschenden Reifen fuhr. Er bremste, sprang aus dem Wagen und sein Gefährte, der ebenfalls die Uniform eines Petljura-Offiziers trug, tat das Gleiche. "Zum Kommandanten", rief Stschussj den ihm entgegen eilenden Soldaten zu. Die winkten, ihnen zu folgen und liefen zu einem neuen Backsteinhaus,

vor dem auf hohen Masten zwei Fahnen der Ukraine wehten.
Der Kommandant Major Andropow saß allein in seinem Arbeitszimmer und trommelte mit den Fingern nervös auf dem Schreibpult herum. Er war an diesem Morgen blass geworden. Nichts klappte, er wusste nicht, was in der Stadt vor sich ging, nur, dass überall gekämpft wurde. Mehrere Gruppen von Soldaten hatte er bereits losgeschickt, aber alle waren spurlos verschwunden. Jetzt wartete er auf einen Befehl, wo er die verbliebenen etwa vierhundert Soldaten hinschicken sollte, aber es kamen keine Befehle und auf eigene Faust wollte er nichts mehr unternehmen. Er war erleichtert, als er durch das vereiste Fenster einen Obristen und einen Hauptmann über den Hof laufen sah. Jetzt würde der höhere Offizier entscheiden müssen, obwohl ihn irgend etwas an diesem Oberst störte. Er wusste nicht, was es war, bis dieser schwitzend vor ihm stand. Der Mann war viel zu jung. Seit Kriegsbeginn war es zwar nicht ganz unmöglich, dass jemand in jungen Jahren ein hohes Amt bezog, aber doch noch immer sehr ungewöhnlich. Außerdem wirkte die ganze kräftige Erscheinung des Mannes nicht wie die eines Aristokraten, die nach wie vor die meisten Offiziere stellten.
"Wer seid ihr?", fragte er etwas unsicher. Der Begleiter des merkwürdigen Obristen hatte inzwischen die Soldaten weggeschickt. Jetzt waren sie nur zu dritt im Zimmer, was dem Major unangenehm auffiel. Er hatte offenbar zu langsam reagiert, war jetzt aber nicht überrascht, als der dunkellockige Mann antwortete: "Ich bin Fjodr Stschussj von der aufständischen Armee. Und ich bin hier, um mit euch über eure Kapitulation zu sprechen."
"Woher habt ihr die Uniformen?", entfuhr es Andropow, als ob das jetzt die wichtigste Frage wäre.
"Von Offizieren, die sie nicht mehr brauchen", antwortete Fjodr trocken. Er ging auf Andropow zu und blieb erst unmittelbar vor dem Schreibtisch stehen. "Hört her, ich schlage vor, dass ihr jetzt gleich den Befehl herausgebt, die Tore zu öffnen und euch zu ergeben. Tut ihr das, so werden wir das Leben auch der Offiziere schonen, obwohl wir das ungern tun. Ihr habt mein Wort darauf."
"Und wenn nicht?"
"Dann zündet mein Begleiter hier", er nickte zur Seite, ohne sich umzudrehen, "die Handgranate, die er in der Faust trägt und sprengt euch in die Luft."
Der Major schluckte: "Das wäre auch euer Tod."
"Mag sein, es ist aber auch gleichzeitig das Signal für den Angriff auf die Kaserne. Ihr seht, es liegt allein in eurer Hand, was geschieht."
Major Andropow war kein furchtsamer Mann, hatte schon viele gefährliche Situationen überstanden. Doch jetzt bekam er es mit der Angst zu tun. Ähnlich wie sein Vorbild, der russische General Brussilow, hatte er sich einen Blick für den Charakter eines Soldaten bewahrt, im Gegensatz zu den meisten anderen Offizieren, für die Soldaten lediglich Figuren mit Nasen und Ohren darstellten. Und so fiel es Andropow auch nicht schwer, die Situation richtig einzuschätzen. Vor ihm standen zwei völlig unzurechnungsfähige

57

Verrückte, zu allem bereit. Gleichzeitig konnte es sehr gut sein, dass die Aufständischen tatsächlich gleich die Kaserne angreifen würden. Schließlich waren alle seine Soldaten, die er in die Stadt geschickt hatte, verschwunden, die Telefonleitungen waren tot. Wenn er sich nicht ergab, würde er sterben und wahrscheinlich auch viele seiner Soldaten. Er traute diesen Mushiks zwar nicht über den Weg, aber es bestand zumindest die Möglichkeit, dass sie Wort hielten und ihn am Leben ließen. Und wenn sie ihn töteten, würden zumindest die Soldaten nicht unnötig sterben. Vor allem aber hielten diese Bauern vielleicht doch ihr Wort. Zerknirscht brummelte er: "Ihr lasst mir wohl keine Wahl."
"Ich wusste gleich, dass ich einen vernünftigen Mann vor mir habe", sagte Fjodr und lächelte.

12

Viktor stand am Fenster des großen Bürgerhauses in der Innenstadt von Jekaterinoslaw und starrte in das Schneetreiben. Seine Gedanken kreisten um das, was ihm der Bote berichtet hatte, der in der Mitte des luxuriösen Zimmers stand, und dem Viktor den Rücken zuwendete. Jetzt drehte er sich um und sah den unglücklichen, verschwitzten Boten an, der noch immer in seinem Mantel da stand. Viktor war wütend. "Weißt du, wie viele von unseren Leuten das Leben gelassen haben, um in diese Stadt einzuziehen? Wieso, verflucht nochmal, hat es denn niemand bemerkt?"
Der Mann berichtete: "Es ging alles so schnell. Die Petljura-Truppen sind mit Panzerzügen direkt zu unseren Vorposten gefahren. Wir haben den Zug zwar angehalten, aber sie machten einen Ausfall und uns blieb nichts anderes übrig, als zu fliehen und vorher unsere Verschanzungen in die Luft zu sprengen. Während sie uns vor sich hertrieben, haben wir dann noch mehr Schienen zerstört, aber ich schätze, sie werden trotzdem in zwei bis drei Stunden hier sein."
Da haben wir's, dachte sich Viktor. Unsere Verbindungen sind einfach zu schlecht. Tausende von Bauern kämpfen für die Revolution, aber mitgedacht und gewarnt hat sie keiner von denen, die die Sammlung der feindlichen Truppen beobachtet haben mussten. Wofür setzen wir eigentlich immer wieder unser Leben ein, wenn alles daran scheitert, dass niemand einen Telegraphen oder ein Telefon benutzt?, fragte er sich.
Er ging zur Tür, neben der sein Mantel hing. Während er ihn sich überwarf, meinte er zu dem jungen Mann, der die Nachricht überbracht hat: "Du hast dein Möglichstes getan. Komm, lass uns zum Batjko Machno gehen, wir haben nicht viel Zeit."
Der schnell einberufene Stab kam zu dem Schluss, dass ein Kampf mit den starken anrückenden Verbänden zu viele Opfer kosten würde, sowohl bei ihnen als auch unter den zwangsrekrutierten Bauern der Petljura-Armee.
Sie räumten Jekaterinoslaw in eineinhalb Stunden. Auf dem Rückzug durch

die Stadt Nischni-Dnjeprowsk wurden kurz hintereinander zwei Attentate auf Machno verübt. Beide Male stürmten aus der Menge der Passanten Männer auf ihn zu und schleuderten Bomben. Doch die zündeten nicht. Machnos Begleiter schossen die Attentäter sofort nieder und sollten so nie erfahren, wer hinter den Anschlägen steckte.

In den nächsten Wochen tauchte im Süden ein weit grausamerer Gegner als die Petljura-Armee auf: Der ehemalige zaristische General Denikin begann seinen Feldzug gegen die Revolution. Denikins Soldaten massakrierten die Bauern, mordeten und vergewaltigten, wenn sie ein Dorf einnahmen. Besonders die jüdische Bevölkerung hatte unter ihnen zu leiden. Die Aufständischen beschlossen, gegen diese neue Gefahr mit allen verfügbaren Kräften zu kämpfen.

Gleichzeitig wurde ein erster Kongress der Bauernschaft des befreiten Gebietes nach Groß-Michailowka einberufen. Die Entscheidung für diesen Ort hatte nahe gelegen: Angeführt von Stschussj hatte es hier bereits 1917 Unruhen gegen die Großgrundbesitzer gegeben. Vor allem aber war dies der Ort ihres unwahrscheinlichen Sieges gegen die Warta und die Österreicher gewesen. Und auch kein anderes Dorf hatte anschließend so unter der Rache des Hetman Skoropadski zu leiden gehabt. In Absprache mit der Dorfbevölkerung wurde der Kongress auf den 5. Januar festgesetzt. Es sah so aus, als ob die Selbstverwaltung in dem großen, von allen staatlichen Einrichtungen des Zaren befreiten Gebiet den ersten Schritt machen würde. Jetzt musste sie nur noch laufen lernen.

Nach einigen Wochen löst sich die Front im Norden auf. Sie beginnt sich zu zersetzen, nachdem die Petljura-Soldaten mit den Aufständischen in Berührung kommen. Diese verwickeln sie, wo immer es möglich ist, nicht in Gefechte, sondern versuchen, sie in Gesprächen davon zu überzeugen, dass Petljura nicht für ihre Interessen kämpft. Das Ergebnis ist, dass die zwangsrekrutierten Bauern desertieren oder die Seite wechseln. Diejenigen Bauern, die in die Dorfgemeinschaften zurückkehren, nehmen fortan eine feindliche Haltung gegenüber staatlichen Befehlen aus Kiew ein. Ungefähr 2000 Männer, die von Petljura direkt zu der Aufstandsarmee übergelaufen waren, nehmen an dem weiten Ritt im Raum Odessa teil, wo mittlerweile, ebenso wie im Dongebiet, die gegenrevolutionäre Weiße Bewegung an Stärke gewinnt. Zwar kämpfen die meisten weißen Generäle nicht offen für die Rückkehr des Zaren und seines Reiches von Gottes Gnaden, doch ist es kein Zufall, dass sich in ihrem Schlepptau die gleichen orthodoxen Priester befinden, die zuvor die kaiserlichen Kanonen segneten. Mit oder ohne Zar wollen die Weißen zu den alten Eigentumsverhältnissen zurück.

Währenddessen wird Petljura, der in Kiew sitzt, von den aus Russland zurückkehrenden Bolschewiki vertrieben. Seine Anhänger flüchten in den Westen der Ukraine, wo sie in dem kommenden Jahr ein regionales Machtzentrum behaupten können. Doch auch die Bolschewiki machen sich bald unter den Bauern verhasst. Die roten Kommissare – in ihren städtischen, gut ge-

schneiderten Uniformen und mit allwissendem Pathos in ihren Ansprachen – werden ihnen schnell unerträglich. Die Bauern weigern sich, für sie selber uneinsichtige Forderungen zu befolgen. Oft genug vertreiben und prügeln sie die unwillkommenen Parteikader aus ihren Dörfern und jagen die einberufenen Versammlungen auseinander. Besonders in dem riesigen befreiten Aufstandsgebiet der Machnowstschina kann die Partei in keinerlei Hinsicht Fuß fassen.

Die Bauern hören nicht auf die Bolschewiki, nicht zuletzt deshalb, weil diese die Ukraine an die Deutschen verkauften, während die Bauern bereits seit zwei Jahren für die Revolution kämpften. Aus eigener Kraft überführten sie das Land in Gemeineigentum und bildeten freie Sowjets, während die Marktschreier der Revolution ihnen nichts anderes zu bieten hatten, als die Verstaatlichung und damit die Aufgabe ihres neuen, selbstbestimmten Lebens. In dem Gebiet von Alexandrowsk bis Melitopol und Berdjansk, von Pawlograd bis zu den Toren von Taganrog gibt es keine Polizisten, Verwalter und Kommissare mehr. Die Bauern haben alle vertrieben oder umgebracht. Das bedeutet auch, sie sind auf sich gestellt. Auf ihrem ersten Kongress in Groß-Michailowka wird darüber beraten werden, wie es weitergehen soll.

Viktor konnte und wollte an dem Kongress nicht teilnehmen. Wie die meisten gewählten Vertreter der Aufstandsarmee interessierte er sich mehr für die Situation an der Front, als für die allerdings nicht weniger wichtige Aufbauarbeit hinter ihr. Zusammen mit Kurilenko befehligte er eine mehrere hundert Reiter starke Kavallerieeinheit, die sich den aus dem Gebiet von Rostow am Don anrückenden Truppen des weißen Generals Schkuro entgegenwarf. Die heftigen Kämpfe entwickelten sich zu einem unerbittlichen Schlagabtausch. Doch schließlich gelang es ihnen, diese Einheiten zurückzuschlagen.

Die Truppen des als verwegen und grausam berüchtigten Generals stießen mit kleineren Abteilungen immer wieder in das befreite Gebiet hinein, massakrierten die Bauern, schonten auch Kinder und Alte nicht, vergewaltigten die Frauen. Der glühende Antisemit Schkuro ermutigte seine Männer, alle Juden zu erschlagen. Doch mit dem rücksichtslosen Vorgehen wuchs die Entschlossenheit der Bauern, die es vor allem ermöglichte, Schkuros Kosaken immer weiter nach Osten abzudrängen.

13

Im Schlaf warf sich Viktor unruhig im Heu hin und her. Er schwitzte trotz der eisigen Kälte in der Scheune eines einsamen Gehöftes, in der die Männer zusammen mit ihren Pferden übernachteten. Der Atem der Tiere und Menschen wurde zu Rauch in dem fahlen Licht des Mondes, das durch die kleinen Fenster fiel.

Er wachte auf. Sein Schweiß roch nach Angst. Die Männer neben ihm schliefen fest, aber draußen hörte er das Murmeln der Wachen. Das eben

Geträumtes spukte noch eine Weile in seinem Kopf herum: Er ritt gegen einen vielarmigen Zyklopen, dessen Finger sich wie zahlreiche groteske Zweige eines Baumes nach ihm ausstreckten. Viktor führte eine Axt, mit der er nach den Krallen hieb, doch die Waffe fand keinen Widerstand. Der einäugige Riese öffnete seinen Mund und spie dicke Schwaden aus Qualm. Viktor irrte mit seinem Pferd in dem entstehenden Nebel umher. Entsetzen packte ihn und er galoppierte davon. Eine blühende Wiese ließ ihn aufatmen. Vögel sangen und ein kleiner Bach plätscherte im Sonnenlicht, während ein leichter Wind in den Weiden spielte. Die Angst fiel von ihm ab, nur um kurz darauf umso heftiger wiederzukehren: Ein Gefühl, als würde er von einem Abhang oder von einer Klippe gestoßen. Im nächsten Augenblick befand er sich mit einigen Freunden eingeschlossen in einem Kerker. Nur ein einziges kleines Fenster war in der Tür eingelassen. Er hörte die hallenden Schritte auf dem Gang, wusste, wem sie gehörten. Viktor schüttelte sich und rieb sich mit den Händen über das Gesicht, wischte den Traum fort. Ihm war klar, dass er nicht mehr würde einschlafen können. Also wickelte er seine Decke um die Schultern und kletterte über seine schwer atmenden Genossen zur Stalltür, schloss diese leise hinter sich.
Ein rotes Leuchten malte Flammen am Himmel. Dazwischen der Mond, wie eine längst vergessene Gottheit alter Tage.
Die Wachen am Ende des Hofes wärmten sich an einem Feuer. Sie hatten das Öffnen der Schuppentür gehört und winkten ihm zu. Er ging zu ihnen hinüber und setzte sich. Sein Freund Boris Weretelnikow runzelte die Stirn: "Du solltest doch schlafen."
Viktor machte eine abschätzige Handbewegung. "Ach, ich brauch' ein bisschen Luft."
Der andere Mann stieß ihn mit dem Ellbogen an. "Sag Viktor, hast du schon jemals einen solchen Himmel gesehen?"
Der Mann starrte nach Osten, wo das erste Licht der Sonne die Nacht verfärbte. Sie beobachteten die rötlichen Wolken. Viktor sprach leise: "Als ob jemand die ganze Nacht in Blut getaucht hätte."
Boris antwortete: "Ja, der Schnee badet in dem Licht, aber die Sterne, wir können sie noch immer sehen, Viktor, siehst du nicht, wie sie trotz des flakkernden Lichtes scheinen? Meine Mutter hat immer gesagt, dass wir aus dem gleichen Stoff gemacht sind wie sie. Und dass wir in ihrem Lichtmeer in die Unendlichkeit eintauchen, wenn wir sterben."
Viktor lächelte, die Beklemmung durch seinen Traum verschwand: "An dir ist ein Dichter verloren gegangen, Boris. Komm, ich lös' euch für den Rest der Wache ab, ich kann diese Nacht sowieso nicht mehr schlafen."

Es war heller Mittag. Sie wussten, dass die Kosaken, die sie seit zwei Tagen verfolgten, in der Nähe sein mussten. Der Späher, der ihnen voraus geeilt war, kam ihnen jetzt aufgeregt entgegen galoppiert.
"Ich habe ihre Spur!", rief er. "Da vorne am Hang. Sie sind sehr schnell geritten. In der Richtung liegt, glaube ich, das griechische Dorf Konstantin. Sie dürften bald da sein."
Die Reiter und der Späher, ein Hirte vom Asowschen Meer, sahen Viktor an, erwarteten eine Entscheidung. Der kaute auf seiner Unterlippe, während ihre Pferde unruhig mit den Ohren zuckten und mit den Hufen im Schnee scharrten. Die Situation war schwer einzuschätzen. Vielleicht würden die Kosaken an dem Dorf vorbeiziehen. Vielleicht aber auch nicht. Auch wussten sie nicht, ob die Weißen sie bemerkt hatten oder nicht. Viktor wandte sich an seine Männer: "Es geht nicht anders. Auch wenn es ein Risiko ist: Wir müssen so schnell es geht hinterher."
Die Feuer in dem Dorf, das auf einem flachen Hügel lag, waren schon von Weitem zu sehen. Die Kosaken waren nicht weiter geritten, waren gerade dabei, die Hütten der kleinen Siedlung anzuzünden, in denen sich einige Bauern verbarrikadiert hatten.
Die Aufständischen spornten ihre Pferde an. Viktor teilte kurz vor dem Dorf seine Männer in drei gleich große Gruppen, um aus mehreren Richtungen angreifen zu können. Sie galoppierten ohne Rufe, vorbei an einigen erschlagenen Bauern, die am Ortseingang lagen. Der blutverfärbte Schnee um sie herum war schwarz, Eis hatte sich bereits in ihren Bärten gebildet. Die Kosaken, bei ihrer Brandschatzung gestört, wandten sich um und nahmen den Kampf auf. Gleich zu Beginn wurde Viktors Pferd unter ihm weggeschossen. Es fiel mit seinem Reiter hart auf den gefrorenen Boden, wieherte schrill und schlug um sich. Viktor robbte weg, um von den Hufen freizukommen. Boris sah Viktor stürzen und galoppierte zu ihm. Doch der war bereits wieder aufgesprungen und winkte dem Freund weiterzureiten. Die Kosaken zwischen den Hütten schrien und feuerten unkontrolliert. Sie hatten nicht mit einem Angriff gerechnet. Viktor konnte die Qualen seines aus dem Maul schäumenden Pferdes, dem mehrere Schüsse den Bauch verletzt hatten, nicht mit ansehen. Er zog den Revolver und erschoss das Tier, lief dann zu ihm, nahm sein Gewehr aus der Halterung am Sattel, hastete zurück und warf sich an eine Häuserwand.
Ihr Angriff hatte die Kosaken von den brennenden Holzhäusern abgelenkt, so konnten die Frauen und Männer jetzt fliehen. Dadurch, dass die Soldaten der Weißen im Dorf verteilt gewesen waren, wurde jetzt überall gleichzeitig gekämpft.
Viktors Einschätzung nach würden sich die Kosaken aber nicht lange halten können, da sie weit weniger waren als seine Leute. Auch andere Reiter der Aufständischen hatten inzwischen ihre Pferde laufen lassen und kämpften zu

Fuß weiter. Einige der Kosaken verschanzten sich in einem Haus und feuerten gezielt auf sie. Viktor überflog die Umgebung, suchte eine Stelle, von wo aus er schießen konnte, rannte dann über die Straße zu einem Haus auf der anderen Seite. Kugeln pfiffen an ihm vorbei, doch er konnte sich in die Deckung einer Hauswand werfen, kauerte mit angelegtem Gewehr an der Ecke des Gebäudes und beobachtete das Haus, aus dem die Kosaken feuerten, wartete auf Bewegungen an den Fenstern. In diesem Moment zupfte ihm jemand von hinten am Ärmel. Überrascht drehte er sich um. Hinter ihm stand ein vielleicht sechsjähriger Junge, der ihn mit ängstlichen Augen anstarrte. Trotz der Kälte hatte der Junge keine Mütze auf und lediglich eine dünne Strickjacke an. "Du, komm bitte schnell, die bösen Männer tun der Frau weh." Der Junge zeigte auf die Tür des Nachbarhauses. Viktor überlegte kurz, dann nahm er den Jungen bei den Schultern. "Gut, ich gehe hin. Aber du versteckst dich jetzt, bis alles vorbei ist." Unschlüssig blieb der Junge stehen. Viktor sah sich um. "Lauf in die Scheune da und versteck dich. Na mach schon!" Sie stoben auseinander. Während der Junge im Schutz der Rückwand des Hauses zu einer nahe gelegenen Scheune lief, rannte Viktor zur Hütte, auf die der Junge gezeigt hatte. Wenn Soldaten da waren, würden sie wohl nicht lange brauchen, um mit ihrer Arbeit fertig zu werden. Von drinnen hörte er Schreien und Grölen. Die Tür war aufgestoßen. Er blieb seitlich vor ihr stehen, warf einen Blick hinein. Viktor sah zwei Männer, die eine zierliche Frau festhielten und gerade dabei waren, ihr die Kleider vom Leib zu reißen. Anscheinend hatten sie in ihrer Gier den Angriff der Aufständischen gar nicht mitbekommen. Er legte er sein Gewehr an und schoss dem einen von ihnen hinten in den Kopf. Der zweite Kosak duckte sich erschrocken hinter die Frau. Viktor warf das Gewehr weg, zog sein Messer und sprang in den Raum. Aus dem Augenwinkel bemerkter er eine Bewegung. Er warf sich in den Angreifer, einen dritten Mann, den er zuvor übersehen hatte. Sie prallten zusammen, Viktor schlug Alkoholgestank entgegen. Er stieß dem Mann ohne zu zögern sein Messer in das Herz. Der Kosak taumelte zurück und brach zusammen. In diesem Augenblick schleuderte der dritte Soldat die Frau zur Seite, zog seinen Säbel und stürmte auf Viktor zu. Der konnte den Schlag mit seinem Messer abfangen, dem nächsten Schlag wich er aus. Doch dann traf ihn der Soldat mit dem Säbelknauf an der Schläfe, so dass Viktor halb besinnungslos auf die Dielen knallte. Mit finsterem, triumphierendem Blick stand der Kosak über ihm, holte wieder aus. Doch Viktor starrte an den Beinen des Mannes vorbei auf die junge Frau, die hinter ihm stand, erkannte ihr bleiches Gesicht mit den strahlenden grauen Augen, die jetzt verschleiert wirkten. Sie hatte sich hastig aufgerichtet, die Pistole des erschossenen Kosaken genommen, dessen Gehirnflüssigkeit über den Boden quoll. Damit feuerte sie auf den Soldaten, der vor Viktor stand, traf seine Schulter. Überrascht schrie er auf, ließ den Arm sinken, sah nach hinten und taumelte zur Seite. Viktor sprang auf und hieb ihm das Messer in den Hals. Röchelnd strauchelte er zurück. Die Augen des

Mannes waren, vor Entsetzen geweitet, auf Viktor gerichtet. Er ließ seinen Säbel fallen und umfasste mit beiden Händen die Luftröhre. Der Mann erstickte. Blutiger Schaum bildete sich vor seinem Mund. Einen Augenblick war Viktor unfähig, sich zu bewegen. Er sah zu der Frau hinüber. Sie stand da mit dem zerrissenen Kleid, halbnackt, inmitten des Raumes und schoss erneut auf den Kosaken. Sie schritt auf den zusammenbrechenden Mann zu und verschoss alle Kugeln aus dem Revolver. Viktor stand noch immer unbeweglich in der Mitte des Raumes, von seiner Stirn rann ihm Blut die Wange hinunter. Er beobachtete die junge Frau, die sich jetzt wie ein Racheengel über den Toten beugte.
"Anna."
Sie ließ den Arm mit der Pistole fallen und sah zu ihm hinüber. Ihr Blick war dunkel und abwesend. "Viktor?"
Dann begann sie zu weinen, warf sich ihm in die Arme. Er hatte bei ihr noch nie Tränen gesehen. Sie klammerte sich an ihn, drückte ihren Kopf an seine Schulter und schluchzte wie ein Kind. Ganz vorsichtig hielt er sie fest, wie einen zerbrechlichen jungen Vogel, der aus dem Nest gefallen war und noch nicht fliegen konnte.
In dem Haus blieb die Zeit für einen Moment stehen. Hier, erstarrt, aus der Mitte der Hölle geflohen, verbargen sie sich, während draußen der Kampf weiterging.

15

Der Abend des nächsten Tages lief wie eine schwarze Welle über den weißen Flickenteppich und tauchte das Land in die Neumonddunkelheit.
"Und. Schläft sie noch immer?"
"Ja, Batjko Belasch."
"Meine Güte, wie kann jemand nur so lange schlafen?"
"Ja, ne." Der Junge sah ihn fragend über seine dampfende Suppe hin an. Viktor betrachtete den Kleinen, der ihm am Tisch gegenübersaß und ihn immer wieder anstrahlte.
"Sag mal, wo ist eigentlich deine Mutter?" Er bereute die Frage noch während er sie aussprach, doch der Junge antwortete gleichmütig: "Die ist in den Himmel gegangen, als ich zur Welt kam, weil sie auch von da oben auf uns aufpassen kann. Dafür ist meine Großmutter hier geblieben, weißt du, die, die sich um deine Freundin kümmert. Großmutter erzählt mir abends immer Geschichten."
"Das ist schön."
Der kleine Semjon wartete, ob Viktor, der tiefe Ringe unter den Augen hatte, noch etwas sagen würde. Doch dessen Gedanken wanderten unruhig umher. Die Augen des Jungen weiteten sich plötzlich, er starrte an Viktor vorbei. Der fühlte auf einmal etwas Leichtes auf seinen Haaren und drehte sich ruckartig um. Hinter ihm stand Anna in ihrem weißen Nachthemd und lächelte ihn an.

"Musst nicht erschrecken, ich bin gekommen, um dich zu holen. Mir ist kalt."
Viktor sah sie verwirrt an. Sie zitterte.
"Aber wie geht es dir denn, du musst doch Hunger haben. Iss doch erst mal was."
"Wird mir schon an nichts fehlen. Komm mit!"
Viktor betrachtete sie. Irgend etwas war mit ihr nicht in Ordnung.
"Semjon, nimm dir ruhig noch einen Teller aus dem Topf und geh dann zur Großmutter."
"Ja, Batjko Belasch." Der Junge schwirrte ab in den Nebenraum.
Anna nahm Viktor an die Hand, zog ihn vom Tisch fort in ihre Kammer. Sie atmete schwer. Ihre leichten Hände und weichen Arme malten wundersame Zeichen auf seine Haut. Er konnte nicht ihr Gesicht sehen, als sie innehielt und ihm mit leiser tiefer Stimme zuraunte: "Immer habe ich geträumt, dass ich eingesperrt bin und draußen Dämonen über mich herfallen. Es ist das erste Mal, dass ich gewagt habe, die Tür zu öffnen. Und jetzt stehst du da."
Er streichelte ihre Wange, fuhr weiter über ihren schlanken Hals, über die Schulter zu ihrer Taille. Sie umarmten sich. In ihrer Zärtlichkeit verbrannte das Feuer die Ängste der vergangenen Monate, verbrannte die ganze Vergangenheit und ließ nur diese dunkle Nacht zurück, in der die Haut milchweiß, als einziges Licht, strahlte. Sie wurden zu einem Wesen keuchend und schwitzend, gruben eine Höhle in die Laken, in die sie sich schließlich erlöst schlafen legten.
Der nächste Tag war ausgefüllt mit Vorbereitungen und Besprechungen. Wieder halfen die Aufständischen, die Hütten zu reparieren. Es war ihr letzter Tag in dem griechischen Ort Konstantin. Morgen würden sie weiterreiten und den Kontakt mit den übrigen Abteilungen herstellen. Anna war zusammen mit einem Begleiter, der in dem Gefecht getötet worden war, als Botin auf der Suche nach Stschussjs Gruppe gewesen, für den sie eine Nachricht von Machno hatte. Dass sie zuerst und unter solchen Umständen auf Viktors Gruppe getroffen war, überraschte sie. Die Bauern boten an, die Verwundeten bei sich einzuquartieren, aber es wäre gut, wenn jemand von ihnen da bleiben und helfen würde. So überredete Viktor Anna, noch einige Zeit hier zu bleiben. Sie brauchte Ruhe und die Botschaft konnte genauso gut er weitergeben. Widerstrebend willigte sie ein. Es war also ihr letzter gemeinsamer Abend hier.
Sie war nicht in ihrer Kammer. Viktor ging in die Stube. Die alte Frau, Semjons Großmutter, sah von ihrem schwirrenden Spinnrad auf. Sie grüßte ihn mit einem Nicken und zeigte kurz mit einer Handbewegung auf die Tür zum dritten Zimmer des Hauses. Die Tür war nur angelehnt. Leise vergrößerte er den Spalt. Er trat ein und wartete im Schatten der Wand. Anna hatte ihn nicht bemerkt. Sie saß am Bettrand und sprach beruhigend auf den Jungen ein. "Nein, du weißt doch, wir sind da. Die Kosaken werden heute nacht nicht kommen. Sie sind böse Männer, aber selbst die schlimmsten und gefährlichsten Ungeheuer können überlistet werden."

Der Junge sah sie gebannt an. "Wieso? Wie denn? Sag doch!"
Sie strich ihm über das Haar. "Deine Großmutter erzählte dir neulich, dass die Erde in sieben Tagen erschaffen wurde, nicht wahr?" – "Ja."
"Am sechsten Tag schuf Gott also die Tiere, aber was dir deine Großmutter nicht erzählt hat: Er schuf auch das schreckliche Seeungeheuer Leviathan."
Sie holte Luft. "Es hatte sieben Köpfe und einen Fischschwanz, schreckliche Zähne und Klauen. Es lebte in den tiefsten Schluchten der großen Meere, wo es bald einen Palast aus dunklen schwarzen Felsen errichten ließ. Leviathan aber fand es ärgerlich, dass sein Reich auf das Meer beschränkt war. Gerne hätte er auch dem Wasser befohlen, das Land zu überfluten, denn die Wellen waren dem schrecklichen König, der die Sprache aller Meereswesen verstand, genauso untertan wie die Fische. Doch Gott hatte dies wohl vorhergesehen und deshalb den Leviathan dazu verdammt, seine Festung in den Tiefen der Meere niemals zu verlassen."
Semjon unterbrach sie. "Du, Anna!" – "Ja?"
"Papo hat mich mal ans große Meer mitgenommen und wir waren sogar im Wasser. Er wusste bestimmt, dass das Ungeheuer uns nicht holen konnte."
"Bestimmt. Aber weißt du, der Leviathan war doch sehr unzufrieden. Wenn er schon nicht über die Tiere des Landes herrschen durfte, so wollte er wenigstens so klug sein, wie das klügste Tier, das dort lebte. Ich glaube, ich muss das Herz des klügsten Landtieres verspeisen, damit seine Klugheit auf mich übergeht, dachte er.
'Welches ist das klügste Tier?', fragte daher Leviathan seinen Minister, einen besonders dicken, übel riechenden Fisch, dem bereits die Schuppen ausfielen.
'Das ist der Fuchs', sagte der Minister.
'Dann bringt ihn mir, worauf wartet ihr noch?', befahl der Drache ungeduldig. Und drei große Fische wurden ausgesandt, den Fuchs zu holen. Der lief gerade am Ufer des Meeres entlang, um Enten zu jagen, als die Fische ihre Köpfe aus dem Wasser streckten. 'Herr Fuchs!', riefen sie. 'Unser Herr, der Leviathan, Herrscher über alle Meere, schickt uns. Er ist sehr alt und wird bald sterben. Jetzt sucht er jemanden, der weise genug ist, sein Nachfolger zu werden. Natürlich dachte er zuerst an euch. Ihr werdet in einem großen Palast wohnen und braucht nicht mehr zu jagen, denn alle Fische werden eurem Befehl folgen und euch in das Maul schwimmen, wann immer ihr es wünscht.'
'Das hört sich gut an', sagte der Fuchs. 'Aber ich kann leider nicht zu dem Palast, weil ich nicht schwimmen kann.'
'Das macht nichts', meinte der größte der Fische. 'Du kannst auf meinem Rücken reiten.'
Der Fuchs überlegte. Zwar liebte er die Wiesen und Wälder, doch die Aussicht, nicht mehr jagen zu müssen, war verlockend. Denn oft war die Jagd beschwerlich und nicht selten nahmen ihm Wolf und Bär seine Beute wieder ab. 'Ich willige ein', sagte der Fuchs, stieg auf den Rücken des größten Fisches und schon sausten sie wie der Wind ins Meer hinaus. Aber dem Fuchs

wurde es bald mulmig zu Mute. Die See war endlos und er konnte nicht schwimmen. Er vermisste die hellgrünen Blätter, den Duft der Blumen und das Rascheln der Gräser. Der schlaue Fuchs überlegte, ob er es diesmal nicht selber war, der sich hatte überlisten lassen, und fragte deshalb: 'Ach, großer Fisch, ist es wirklich wahr, dass der Leviathan mich zu seinem Nachfolger machen will?' Der Fisch antwortete: 'Das Meer ist weit und kennt kein Ende, du kannst nicht schwimmen, nicht entkommen. Ich brauche dich nicht mehr zu belügen. Der Leviathan will dein Herz essen, um genauso schlau und listig zu werden wie du.'
Da erschrak der Fuchs, denn er wusste nun, dass er in Todesgefahr war. Er ließ sich aber nichts anmerken und sagte leichthin: 'Ach, ihr Fische, hättet ihr das denn nicht früher erzählen können? Es wäre mir eine große Ehre gewesen, mein Herz dem mächtigen Leviathan zum Essen zu geben. Aber nun habe ich es gar nicht mitgenommen. Bevor ich jagen ging, habe ich es in einer Höhle am Ufer abgelegt, wie es meine Gewohnheit ist.'
Da hielten die Fische bestürzt an. 'Soll das heißen, du hast dein Herz gar nicht mit?'
'Sag ich doch. Aber wenn ihr wollt, dann hole ich es eben noch vom Ufer.'
'Dann aber schnell', sagte der große Fisch.
Sie kehrten um, durchschwammen wieder das weite Meer und setzten den Fuchs an jenem Ufer ab, wo sie ihm zuerst begegnet waren. Vor lauter Lebensfreude sprang er wild umher und wälzte sich im Gras.
'Was machst du da?', fragten die Fische. 'Du sollst dein Herz holen. Beeil dich, wir haben keine Zeit.'
Der Fuchs drehte sich noch einmal kurz zu ihnen um. 'Ihr dummen Fische, glaubt ihr denn, ich bräuchte kein Herz, um zu jagen? Ja und ohne mein kluges Herz wäre ich dem grässlichen Leviathan nie entkommen!' Dann beachtete er die Fische nicht mehr, denen es fortan die Sprache verschlagen hatte, und sprang fröhlich in den Wald hinein. – So, Semjon. Und nun schlaf."
Der Junge drehte sich zu Seite und kuschelte sich ein. Sie zog die Decke bis zu seinem Kinn, drehte sich um und zuckte zusammen, als sie die Gestalt im Zimmereingang wahrnahm. Wortlos schob sie sich an Viktor vorbei. Die Großmutter sah auf. "Er wird bald schlafen", sagte Anna. Die verrunzelte Alte nickte dankend. Viktor kam sich wieder ungelegen und sehr ungeschickt vor. "Anna, ich wollte mit dir reden."
"Ach, ja?" Sie gingen in die Kammer, die nur ihnen gehörte. "Und, was willst du?"
"Ich...", wie sagen, was die letzten Tage für ihn bedeuteten?
Sie lächelte, strahlte ihn an. "Es ist schon gut." – Er küsste sie.

16

"Achtung!" Die Offiziere, die am Tisch in der Halle des Gutshauses saßen, erhoben sich. Die breite Tür wurde von innen von zwei Soldaten geöffnet. Mit den eintretenden Offizieren schwallte die Kälte von draußen herein. General Schkuro reichte seine Mütze und den Mantel einem Adjutanten, der sie über einen in der Ecke stehenden Sessel hängte. Zielstrebig steuerte der Offizier auf seinen Platz am Tischende zu, setzte sich aber zunächst nicht, sondern musterte die Anwesenden mit seinen kleinen, listigen Schweinsäuglein. Offensichtlich zufrieden, machte er es sich jetzt bequem und packte in aller Ruhe seine mitgebrachte Tasche aus.
Seine Männer waren die Besten. Diese hervorragende Kavallerie hatte er persönlich bereits vor dem Krieg ausgebildet. In Rumänien und Bulgarien hatten sie große Landstriche erobert. Was dann kam, darüber dachte der General nicht gerne nach. Die Offensive war zusammengebrochen. Der Sieg im großen Krieg rückte in immer weitere Ferne. Dann, im Winter 1917, wurde Zar Nikolaus vom Pöbel zur Abdankung gezwungen. Und folgerichtig dauerte es nicht einmal ein Jahr, bis sich die bolschewistischen, jüdischen Verräter an die Macht geputscht hatten. Das Land war durch den Krieg und die Unruhen so gelähmt, dass sich zunächst kaum einer ernsthaft dagegen wehrte. Selbst der frühere Oberbefehlshaber der Armee des Zaren, Brussilow, war abgetaucht. Aber zum Glück wussten im Gegensatz zu ihm die meisten Offiziere, wo in der Not des Vaterlandes ihr Platz war. Sie würden Russland retten.
General Schkuro räusperte sich und sah herausfordernd in die Runde: "Aber bitte, setzen Sie sich doch, meine Herren."
Allgemeines Stühlerücken. Einige Rekruten brachten Kaffee und Tee aus der Küche und füllten die Tassen.
"Wie Sie wissen, wird ein Teil von uns General Denikin bei seinem Marsch auf Moskau unterstützen. Ich selber werde diese Einheit, die unsere Haupttruppen verstärken wird, anführen, weil ich in der Stunde des Triumphes, dann nämlich, wenn wir Moskau einnehmen, dort sein möchte. Allerdings haben wir das Problem mit den Mushiks am Dnjepr, die wir immer noch nicht geschlagen haben. So wird nicht weniger als die Hälfte unserer Armee hier bleiben müssen. Ziel ist weiterhin, die Front der Aufständischen zu durchstoßen und das Gebiet dieses verfluchten Ataman Machno gänzlich aufzurollen."
Das fettige Gesicht des Generals strahlte. Er machte eine Pause, sah mit einem selbstgefälligen Ausdruck in die Runde. "Und eine neue Entwicklung wird es uns leicht machen, unsere Regimenter mit der notwendigen Stärke auszustatten." – Er nickte seinem Adjutanten zu, der in der zweiten Reihe rechts von ihm an der Tafel saß. Der Adjutant holte einige zerknitterte Zettel aus der Jackentasche seiner Uniform und gab sie dem General.
"Die Roten haben die Kosaken auf das Äußerste gereizt. Hier, sehen Sie sich

das an!" Schkuro breitete das zerknüllte Papier auf dem Tisch aus und glättete es. "Exekutionslisten. Aber nicht Namen von Männern, sondern von Dörfern. Diese Bolschewiki haben schon jetzt Tausende von Kosaken erschossen. Glücklicherweise ist es uns gelungen, starke rote Abteilungen einzukreisen und zu vernichten." Er grinste. "Die Donbass-Kosaken sind zu Recht gefürchtet. Diejenigen Einheiten, welche die Überfälle auf diese Dörfer ausführen sollten, liegen jetzt gefroren am Don. – Die Kosaken werden sich uns jetzt ganz anschließen." Der General hielt kurz inne, überlegte und knallte dann seine Faust auf den Tisch. "Dies ist unsere Stunde. Meine Herren, jetzt geht es darum, wie wir die neuen Freiwilligen in unsere Truppen eingliedern und wer mich nach Moskau begleitet. Irgendwelche Vorschläge dazu?"

Am anderen Ende des Tisches stand ein junger Offizier auf. Er starrte unbeweglich in die Leere und meldete seinen Rang: "Hauptmann Bulygin vom dritten Kavallerieregiment. General Schkuro, gewähren Sie mir die Gunst, eine Bitte vorzutragen."

Schkuro hob die Augenbrauen. "Ja? Was wollen Sie denn?"

"Wie Sie wissen, brennen im südöstlichen Kleinrussland die Höfe der alteingesessenen Familien. Die Rebellen fühlen sich trotz gelegentlicher Vorstöße von uns viel zu sicher."

"Ach", rief Schkuro dazwischen, "ich erinnere mich. Warten Sie mal. Wurde nicht Ihr Vater auf den Schwellen seines Hofes erschlagen?"

Die übrigen Offiziere betrachteten den jungen Mann jetzt interessiert.

"So ist es. Der feige Mord an meinem Vater wurde noch nicht gerächt. Ich kenne aber nicht wenige von den Aufrührern der Bauern aus der Gegend und möchte Sie daher bitten, mir eine kleine Truppe von Männern zu geben, um einzelne Nester der Mushiks auszuräuchern."

Einen Augenblick war es still im Raum.

"Ich verstehe", sagte Schkuro schließlich gedehnt und lehnte sich zurück. "Hauptmann Bulygin, Ihnen ist doch klar, dass persönliche Belange immer den militärischen unterzuordnen sind?"

"Ja, mein General."

Schkuro senkte seine Stimme: "Aber anderseits haben sich ja kleinere Stoßtruppen tatsächlich als wirkungsvoll erwiesen. Ich erfülle Ihnen daher Ihre Bitte."

Der Gesichtsausdruck Bulygins veränderte sich nicht. "Danke, mein General."

"Aber Hauptmann, nur wenn Sie mir auch einen Gefallen tun."

"Was wünschen General?"

Schkuros gelassener Tonfall wurde auf einmal scharf und schneidend, so dass die übrigen Offiziere überrascht in ihren Stühlen erstarrten. "Vergessen Sie nicht, dass die Mushiks von Juden angeführt werden. Sie sind es, die unser Russland zerstören wollen. Lassen Sie daher unter keinen Umständen einen von dieser Brut am Leben. Wie gefährlich sie sein können, zeigen Sverdlov

und Trotzki. Jede Gnade ist ein unnötiges Herauszögern des Sieges."
Bulygin rührte sich noch immer nicht. "Wir werden unser Bestes tun, das ist eine Frage der Ehre."
Der General lächelte jetzt wieder dünn und sagte leiser: "Darauf zähle ich. Und nun lassen Sie uns fortfahren."

17

Sie hatten die Reiter gesehen, ohne entdeckt worden zu sein. Hinter dem Saum eines kleinen Waldes waren sie abgestiegen, hinein in den Schnee, der ihnen bis zu den Knien reichte, und beobachteten den sich nähernden Trupp durch die kahlen Zweige der Bäume. Sie warteten darauf, dass sich die Gruppe von vielleicht fünfzig Berittenen weiterhin in ihre Richtung bewegte, um sie besser erkennen zu können.
"Jedenfalls tragen sie keine Uniformen", sagte Viktor. Sein Freund Boris Weretelnikow starrte angespannt auf die Hügelsenke, von wo aus sich die Reiter näherten. "Aber, ja... , das ist doch ... Stschussj."
Viktor konnte ihn nicht ausmachen. "Wo denn, wo?"
"Na da, der mit den wehenden Locken."
"Ja, jetzt sehe ich ihn auch. Das gibt es doch nicht. Los Leute, die werden Augen machen."
Sie sprangen auf, verließen mit ihren Tieren den Wald und jagten dann durch den stobenden Schnee den Hang hinunter. Unten zügelten sie ihre Pferde und zogen ihre Waffen. Boris winkte den Reitern heftig gestikulierend zu, um sich als Freunde zu erkennen zu geben. Stschussj, der den anderen ein Stück vorausritt, erkannte sie dann auch, rief seinen Männern etwas zu und galoppierte auf sie zu. Er strahlte über das ganze Gesicht, denn in dieser Zeit war jeder Freund, den man lebendig wiedersah, ein von den Toten Auferstandener.
Die beiden etwa gleich großen Reitergruppen ritten ineinander und bildeten einen Augenblick einen sich drehenden Kreis tänzelnder Pferde und freudig rufender Männer. Da sich die meisten Männer kannten, fiel die Begrüßung dementsprechend laut und herzlich aus. Besonders Stschussj war gut gelaunt: "Ich hatte schon befürchtet, dass wir euch gar nicht mehr einholen würden. Wir waren heute morgen in Konstantin, wo wir Anna trafen. Sie berichtete, dass ihr in dieser Richtung davon seid. Da sind wir gleich hinterher. Aber du kennst das ja, jeder Tag bringt etwas anderes, ihr hättet auch schon wieder sonstwo sein können."
"Na ja, nun hast du uns ja gefunden."
"Und ich bin gekommen, um euch abzuholen, Viktor!" – "Tatsächlich?"
"Ja, ich erkläre es dir auf dem Weg. Jetzt nur soviel: Wir wollen uns in Kirilowka sammeln. Du bist in Abwesenheit zum Stabschef der Armee gewählt worden. Wir wollen unsere Aufteilung an der entstehenden Front gegen Denikin besprechen. Also, was sagst du?"

Viktor schüttelte überrascht den Kopf. "Man darf euch auch nicht allein lassen. Ihr verplant einen, ohne zu fragen."
"Komm. Du weißt doch genau, dass keiner von uns Situationen so nüchtern einschätzen kann wie du, wir brauchen dich einfach da unten."
Viktor winkte Boris, der alles mitgehört hatte. Sie erklärten ihren Leuten, worum es ging. Dann setzten die Gruppen gemeinsam den Weg fort, wandten sich in Richtung Kirilowka. Unter dem strahlend blauen Himmel trabten die Anführer ein Stück vor den anderen Männern. Viktor war mit Stschussj gleich auf, während Boris etwas zurückgefallen war. Die beiden Männer an der Spitze des Zuges ritten eine Weile schweigend nebeneinander her, dann fiel Stschussj offensichtlich etwas ein. Er wandte sich seinem Begleiter zu, rückte seine Mütze zurecht und zeigte sein verschmitztes Lächeln. Viktor sah ihn fragend an.
"Weißt du, wie sie die neuen Kommunen genannt haben?"
"Du meinst die Güter, bei denen die Landarbeiter und Bauern alles zusammen geschmissen haben? Nein."
"Also, die erste haben sie Kommune eins genannt, die zweite zwei und so weiter."
"Nicht besonders einfallsreich", meinte Viktor.
"Nee, find ich eben auch. Das heißt, eine Kommune haben sie nach einer deutschen Märtyrerin genannt, die Kommune Rosa Luxemburg. Eine Revolutionärin, die vor einigen Wochen in Deutschland ermordet worden ist. Ich glaube, ich habe mal etwas von ihr gelesen, ich kann mich aber nicht so recht erinnern. Nestor sagt aber, dass diese Frau wie eine Löwin für unsere Sache kämpfte."
Viktor schwieg dazu. Nach einer Weile fragte er: "Und, funktioniert es? In den Kommunen, meine ich. Wie kommen die Bauern klar?"
Stschussj tätschelte den Hals seines unermüdlich trabenden Pferdes. "Nun ja, ich glaube, die Arbeit ist auch nicht groß anders als vorher, der Unterschied ist nur, dass jetzt alles gemeinsam entschieden wird. Niemand, der das Meiste für sich behält. Oh, da fällt mir etwas ein, was ich noch gar nicht erzählt habe: Unsere Abteilung war zunächst mehr als doppelt so stark. Doch wir haben weiter südlich, im Dongebiet, zwei Panzerzüge abgefangen, voll mit Getreide. Korn, das offensichtlich für die Truppen Denikins bestimmt war."
"Wirklich?" Viktor war überrascht. Das war mal eine gute Nachricht.
"Ja, na klar, unsere Männer haben beschlossen, dass wir das zwar natürlich erst mit unseren Räten abstimmen, aber wir werden auf jeden Fall vorschlagen, das Getreide den hungernden Arbeitern von Moskau und St. Petersburg zu schicken. Deshalb habe ich achtzig Männer mit den beiden Zügen vorausgeschickt, genügend, um sich notfalls gegen versprengte Truppen der Weißen durchzuschießen. Ich denke, wir sollten keine Zeit verlieren und die Züge sofort in Richtung Moskau in Bewegung setzen."
Viktor war zufrieden. "Stschussj, ihr angelt euch auch immer die dicksten Fische."

Schließlich kamen sie in das Lager, in dem etwa viertausend Aufständische zusammengezogen waren. Lediglich Kurilenkos Einheit, die zu dieser Zeit im Süden die weißen Truppen in das Asowsche Meer jagte, gehörte nicht dazu. Einige der lang gestreckten Scheunen des Dorfes standen offen. Viktor fiel auf, dass hier überall gebaut wurde. Vor allem wurden die Tatschankis zusammengezimmert, die großen, leichten Pferdewagen, die ihre Infanterie mitführte. Auf diese Weise konnte sich die ganze Armee so schnell bewegen wie es sonst nur einer Kavallerie möglich war. Aus einer der Scheunen kam überraschend Nestor in Begleitung seiner Freundin Galina gelaufen und sie begrüßten die Reiter freudig. "Ihr kommt zur rechten Zeit, Brüder", meinte Machno nach der Begrüßung, "bereits für heute Abend haben wir eine Versammlung einberufen."

Das Gemeindehaus war überfüllt. Die Stühle waren schnell besetzt und so drängten sich die Männer jetzt an den Fensterbänken und auf dem Holzfußboden. Die gewählten Sprecher saßen in der Mitte an einem Tisch, einige hundert Männer um sie herum. Nachdem die Versammlung zur Ruhe gekommen war und begonnen werden konnte, beschlossen sie als erstes, die erbeuteten Getreidezüge mit Begleitung nach Moskau zu schicken. Die entsprechende Nachricht wurde niedergeschrieben und telegraphisch weitergeleitet. Anschließend wurde Viktors Ernennung zum Stabschef der Armee noch einmal bestätigt. Dann besprachen sie die wichtige Frage, wie sie die Front festigen und gleichzeitig gegen die Hauptmacht der weißen Armee vorgehen konnten. Viktors Idee dazu war, mehrere Ausgangsbasen entlang der Front zu schaffen. Diese Stützpunkte sollten stark genug sein, einem unerwarteten Ansturm Stand zu halten, und gleichzeitig die Verteilung ihrer Kämpfer entlang der Frontstrecke ermöglichen. Auch dieser Vorschlag wurde angenommen. – Anschließend ergriff Machnos Freund Karetnik das Wort. "Mir gefällt es nicht, dass wir das Herz unseres Gebietes, Gulai-Pole, fast gänzlich ohne Schutz gelassen haben", sagte er. "Zwar ist es natürlich wahr, dass wir die Weißen hier an der Front aufhalten müssen, aber wir sollten nicht vergessen, auch die Bolschewiki im Norden würden uns am liebsten los sein."

Zustimmendes Gemurmel.

"Was schlägst du vor?", fragte Nestor.

Karetnik räusperte sich.

"Nun, zur Zeit können wir hier ein- bis zweihundert Mann, die nach Gulai-Pole zurückkehren könnten, entbehren. Auch brauchen wir dort einige erfahrene Männer, um die Bewegungen unserer Feinde richtig einschätzen zu können. Außerdem besteht doch, soweit ich weiß, der Beschluss, dort in den nächsten Monaten einen Kriegsrat des gesamten Rayons einzuberufen. Auch der muss vorbereitet werden."

Nestor Machno sagte: "Bisher ist die Rückkehr einer Abteilung allerdings eher auf Ablehnung gestoßen, weil sich niemand gefunden hat, der dazu be-

reit wäre. Alle wollen hier bleiben und kämpfen. Einerseits schön und gut, aber ihr seht, das geht jetzt nicht mehr."
Nach kurzer Diskussion stand Boris Weretelnikow von seinem Stuhl auf und meldete sich freiwillig für die Aufgabe. Viktor hätte es lieber gesehen, wenn es jemand anderes gewesen wäre. Er hätte den fähigen und mutigen Mann gerne bei sich behalten, aber andererseits war es beruhigender, wenn jemand mit Übersicht nach Gulai-Pole ging. Die Versammlung neigte sich ihrem Ende zu. Die Männer waren hungrig und in der Schule des Dorfes wurde jetzt das Essen ausgegeben. Schnell leerte sich der Saal, während es draußen bereits dämmerte. Auf dem Dorfplatz hatten einige Männer ein großes Lagerfeuer entzündet, an dem sie sich wärmten. Einige sangen leise Lieder. Kinder tobten noch immer im pudrigen Schnee herum und fuhren mit selbst gefertigten Schlittschuhen auf dem Eis.

Ihren unspektakulärsten, aber vielleicht größten Sieg hatten die Aufständischen hier in Kirilowka durch die Umwandlung der Schule in eine Feldküche und die Entlassung des alten Lehrers durch den neu gebildeten Dorfrat erreicht. Die Kinder waren begeistert.

Auf dem Weg zur alten Schule machte Viktor Bekanntschaft mit einem etwa zehnjährigen Mädchen, das ihm einen Klumpen Eis in den Nacken warf und dann schnell zwischen den Häusern davon rannte. Er war zu hungrig, um zu schimpfen. Statt dessen schüttelte er sich das Eis aus dem Kragen und betrat den großen Unterrichtsraum der Schule. Er nahm einen der Teller, die gestapelt auf einem Pult bereit gestellt waren, und reihte sich in die Warteschlange ein. Die Fortschritte bei der Essensausgabe ließen hier allerdings zu wünschen übrig. Ungeduldig spähte er zum Anfang der Schlange. Da stockte sein Atem. Hinter einem der großen Töpfe erkannte er Patrizia. Eine Strähne ihres zusammengebundenen roten Haares lugte unter dem Kopftuch hervor. Es schien ihm, als sei sie etwas dicker geworden. Sie hatte ihn wohl noch nicht bemerkt. Unsicher, wie er sich verhalten sollte, beobachtete er sie, bis er schließlich vor ihr stand. – "Patrizia!"

"Hallo, Viktor." Sie lächelte. Anscheinend hatte sie ihn doch schon gesehen, denn sie wirkte nicht überrascht. "Ich werde hier gleich abgelöst", sagte sie, während sie ihm das Essen auffüllte. "Siehst du dahinten den zweiten Flur? Warte da auf mich."

Viktor wurde wieder verlegen, wie oft in Anwesenheit attraktiver Frauen. Er nickte nur und ging weiter. Willenlos steuerte er sofort den genannten Flur an. Aus dem Saal drang das Rumoren der Unterhaltungen in den Gang, der zu einem Geräteraum führte. Er setzte sich auf den Boden, lehnte sich an die Wand, begann seine Suppe zu löffeln und wartete. Es dauerte nicht lange, bis sie vor ihm stand. "Komm", sagte sie wieder lächelnd, "ich weiß einen Raum, wo wir ungestört reden können."

Er zögerte. "Können wir nicht auch hier reden?", fragte er. – "Ach, komm schon. Hier ist es unbequem. Wie lange haben wir uns nicht gesehen?"

Er folgte ihr bis zur Tür am Ende des Ganges. Die Kammer, in die sie ein-

traten, war beheizt, aber verstaubt. Offensichtlich wurden hier Unterrichtsgegenstände der Schule gelagert. Ein schmales Fenster ließ tagsüber von oben etwas Licht in den kleinen Raum fallen, doch jetzt wartete draußen nur die vom Feuerschein durchwirkte Nacht.
Oben auf einem Regal stand eine ausgestopfte Eule und starrte seelenlos in die Dunkelheit. Darunter waren neben einem hölzernen, bunt angemalten Globus einige Gläser mit getrockneten Insekten aufgereiht. In einer Ecke lagen einige Decken übereinander. "Hier schlafe ich zur Zeit", sagte Patrizia. Sie schloss die Tür und sah ihn mit ihren leuchtenden blauen Augen an, die in dem Licht sehr dunkel wirkten. Sie machten es sich auf den Decken bequem und sie begann, von den letzten Monaten zu erzählen, von den Umständen, unter denen sie sich diesem Teil der aufständischen Truppen angeschlossen hatte. – "Und, hast du einen Freund?", fragte er unvermittelt. Sie senkte einen Moment die Lider, dann blickte sie ihn wieder an. Ihr Gesichtsausdruck war schwer zu deuten. "Ja, er kämpft mit Kurilenko am Asowschen Meer. Er ist ein mutiger, junger Hitzkopf, aber noch grün hinter den Ohren."
"Kenn ich ihn?"
"Ich glaube nicht. An wen ich aber in der Zeit oft gedacht habe, bist du, Viktor."
Abrupt richtete er sich auf und nahm seinen leeren Teller. "Es ist schön, dich wiederzusehen, aber ich muss jetzt gehen, Patrizia."
Sie kniete vor ihm, schob ihre Hand unter seine Jacke. Er bekam Angst. "Es geht nicht."
Sie ließ ihre Hand auf seiner Brust. "Ach ja, es geht nicht! Und warum nicht?" – "Ich kann es nicht."
"Es ist die kleine Hexe aus Nowospassowka, nicht wahr? Jemand hat mir alles erzählt."
Viktor verspürte auf einmal einen starken Widerwillen gegen die Frau. "Gerüchte scheinen schneller zu fliegen als der Wind die Wolken treibt. Und wenn du Anna meinst, sie ist keine Hexe."
"Dann stimmt es also doch, was man sich so erzählt. In der Nacht in Gulai-Pole hast du nichts davon gesagt."
"Ich glaube, wir haben überhaupt wenig miteinander gesprochen, oder?"
"Mag sein." Sie rückte dichter an ihn heran. "Und deine Anna, kann sie dir auch das bieten?" Sie knöpfte ihr Hemd auf und entblößte ihre Brüste. Im Gang knallte eine Tür. Der Gesang der Männer und der rauchige Geruch des Feuers drangen von draußen herein. Sie setzte ihre Ellbogen auf seine Knie. Im Saal zerbrach Geschirr. Ein Mann fluchte laut vor ihrem Fenster.

Frühjahr 1919 verstärkt Belasch die Truppen Kurilenkos im äußersten Süden. Sie führen ihre Männer bis zur Festung Taganrog. Der General der Weißen, Mai-Majewski, schickt dreimal Verstärkung aus dem Dongebiet, doch jedes Mal wird diese wieder bis zur Festung zurückgeschlagen.

Währenddessen findet im befreiten Gebiet, in Gulai-Pole, ein Kongress mit Abgesandten aus allen Dörfern statt. Der aus Nowospassowka stammende Dorfschullehrer Tschernoknishnij wird zum Vorsitzenden des Kriegssowjets des Rayosn gewählt. Das Kommando des fast ausschließlich von der jüdischen Bevölkerung gebildeten Artillerie-Regiments übernimmt der Delegierte Schneider. Die jüdischen Anarchisten Josef Emigrant und J. Alay weiten die Tätigkeit der von der Revolutionärin Helene Keller gegründeten Organisation "Nabat" im Aufstandsgebiet und anliegenden großen Städten weiter aus.

Wenig überraschend tauchen die Bolschewiki erneut an der Grenze des Rayons auf und schließen diesmal ein Abkommen mit der Machnowstschina. Gemeinsam wollen sie die Konterrevolution Denikins bekämpfen. Die Front im Dongebiet wird allerdings allein von den Aufständischen gehalten.

Eine einige tausend Mann starke Abteilung der Bolschewiki unter dem früheren zaristischen General Grigorjew wechselt im Raum Odessa die Seiten. Grigorjew beginnt damit, gegen die Bolschewiki einen Partisanenkrieg zu führen und ist einem Bündnis mit Denikin nicht abgeneigt. Währenddessen ahmen die Weißen die Kampfesweise der Aufständischen nach: Kleinere Gruppen der weißen Kosaken fallen immer wieder in das befreite Gebiet ein, schlagen an einer Stelle zu und verschwinden wieder.

"Seht ihr, wir müssen nicht einmal in das Nest hinein."
Das Tal lag in ruhiger nebliger Dunkelheit vor den Kosaken. Nur das Schnauben der Pferde und das leise Gespräch der Männer waren zu hören. Die Wiesen dufteten nach Frühjahr. Jetzt schrien einige Käuze am Waldrand.
"Ja, Sie haben recht gehabt. Ehe die im Dorf merken, was vor sich geht, sind wir bereits fertig hier."
Anscheinend war der Kosak, der seinen Hauptmann von der Seite musterte, erleichtert, es mit einem abgelegenen Hof zu tun zu haben. "Soll ich den Befehl zum Vorrücken geben?"
"Genau." Bulygin war sehr zufrieden. Sie würden aus dem Nichts auftauchen – wie die Reiter der Hölle. Ein Pferd wieherte, als sich nach und nach die Reiter aus dem Wald lösten, in dem sie lediglich zwei Männer mit den Ersatzpferden zurück ließen. Die ersten hundert Meter gingen die Pferde noch im Schritt, dann gab Bulygin ein Zeichen. Sie schlugen den Tieren ihre Fersen in die Flanken und galoppierten hinunter zum Hof, dessen Umrisse schwarz in der Ferne zu erkennen waren. Die Hufe donnerten durch das nächtliche Tal. Bulygin mit seinem mächtigen Grauschimmel ritt vorne weg. Bald waren sie angelangt, zügelten die Pferde und entzündeten Fackeln.

Ohne zu zögern, warfen sie diese Fackeln auf die Dächer des Hauses und der Scheune. Ein alter Mann riss die Eingangstür des Wohnhauses auf und starrte verwirrt in den Feuerschein. Sofort schossen die Kosaken ihn nieder, so dass der Greis wortlos in der Tür zusammensackte. Sie lachten. Dann aber klirrte eine Scheibe. Aus dem zerbrochenen Fenster feuerte jemand auf sie. Der Reiter, der dem Haus am nächsten stand, stürzte vom Pferd. Ein weiterer wurde in die Hüfte getroffen und krümmte sich in seinem Sattel. Bulygin handelte sofort. "Zurück Männer, schnell!", rief er. Sie ritten hinter die Scheune, die inzwischen bereits zur Hälfte in Flammen stand. Dort stiegen sie ab und Bulygin winkte seinen Männern, im Schutze des Feuerinfernos zu Fuß anzugreifen.

In diesem Augenblick warf die Sonne ihre ersten Strahlen über den Hang des schmalen Tales, enthüllte nach und nach die ganze gespenstische Szene. Das Gebrüll des Viehes und die wahnsinnige Hitze ließen selbst bei den Angreifern Beklommenheit aufkommen. Einer der Soldaten schrie auf: "Hauptmann, da seht!" Im Rücken des Hauses rannten mehrere Menschen in Richtung des dichten Waldes. Bulygin, der versuchte, sein ängstlich an den Zügeln zerrendes Pferd zu beruhigen, wandte sich an eine Gruppe von sieben seiner Leute: "Ihr da, holt sie euch und bringt mir ihre Köpfe mit!" Die Kosaken, auf die er gezeigt hatte, sprangen wieder in ihre Sättel und jagten den Flüchtenden hinterher. Wie Bulygin vermutete, waren nicht alle Hausbewohner in Richtung des Waldes gerannt. Einer schoss erneut aus dem Haus auf die Kosaken und traf zwei der Pferde, die unter ihren Reitern zusammenbrachen. Die flüchtende Bauernfamilie hatte bereits einige Zäune überquert, so dass die fünf Reiter, die ihnen folgten, Umwege reiten mussten, um sie einzuholen. Vor ihnen rannten zwei Frauen und zwei halbwüchsige Kinder, als letzter ein Mann, der die anderen immer wieder anfeuerte, schneller zu laufen. Der Mann drehte sich um, sah, wie nahe die Kosaken schon gekommen waren, sprang über einen Zaun, duckte sich, nahm das Gewehr von der Schulter und zielte auf die anstürmenden Reiter. Diese hatten seine Bewegung verfolgt und sprengten auseinander, um ihm kein Ziel zu liefern. Doch für einen von ihnen war es zu spät. Der vorderste Reiter wurde mit dem ersten Schuss aus dem Sattel geschleudert und blieb mit zerschmettertem Schädel auf der feuchten Wiese liegen. Die anderen Kosaken waren jetzt fast bei Michael Belasch angelangt. Er schoss noch einmal, doch diesmal verfehlte er. Michael sprang den ersten Verfolger, der jetzt bei ihm angelangt war, an. Der wich geschickt aus und hieb mit dem Säbel nach ihm, ohne ihn zu treffen. Viktors Bruder schaffte es, den Arm des nächsten Reiters festzuhalten und den Kosaken vom Pferd zu schleudern. Halb im Fallen stieß er ihm das schnell gezogene Messer in die Brust, der Soldat sackte röchelnd zusammen. In diesem Augenblick trafen Michael gleich mehrere Schüsse. Er schaffte es noch, sich einmal aufzurichten und blickte zum Wald hinüber, sah, wie seine Frau und seine Mutter mit den Kindern die ersten Baumreihen erreichten. Sie würden entkommen. Von den Kugeln

fühlte er jetzt nur noch kurz starke, stechende Schmerzen im Rücken. Dann wurde es dunkel um ihn.
Unten im Hof brüllte das Vieh in der Scheune. Bulygin hatte keine Verwendung für die Tiere und so ließen die Kosaken sie verbrennen. Pferde hatten sie genug, alles andere interessierte nicht. Doch weil sich ihr Überfall hinzog, wurde der Hauptmann langsam nervös. Innerhalb von einer viertel Stunde würde wohl jemand aus dem Dorf da sein, um der Familie Belasch zu helfen. Sie selber waren nur zu zwanzig gewesen und hatten trotz des Vorteils der Überraschung einige Männer verloren. Wenn diese Mushiks nicht herauskommen wollten, obwohl das Feuer im Haus tobte, musste er es eben auf die harte Tour versuchen. Er sagte seinen Männern, was sie zu tun hatten. Die Hitze flimmerte um ihre Beine. Schnell rannten vier von ihnen vor und schleuderten Handgranaten in das Fenster des brennenden Hauses, von wo aus die Verteidiger sich noch immer wehrten. Einer der Angreifer wurde, bevor er werfen konnte, getroffen und blieb vor der brennenden Scheune liegen, aber die Granaten der anderen zerrissen nicht nur die Wand des Hauses, sondern töteten auch Viktors Vater und seinen zweiten Bruder Iwan. Bulygin beobachtete das mit Befriedigung und war bereits wieder auf seinen Schimmel gestiegen. "Nun gut, Leute, jetzt lasst uns abrücken."
Die zwei Kosaken, die ihre Pferde verloren hatten, saßen bei anderen hinten auf. Schnell durchquerten sie das Tal und verschwanden in dem östlichen Wald, wo die beiden zurückgelassenen Wachen mit den Ersatzpferden auf sie warteten.
Kurz nachdem die Kosaken sich davon gemacht hatten, trafen Bauern aus Nowospassowka ein. Sie konnten noch den größten Teil des Viehes aus der Scheune retten, aber nicht verhindern, dass das Haus und die Scheune bis auf die Grundmauern niederbrannten. Noch während der Hof in Flammen stand, kamen die zwei Frauen mit ihren Kindern aus dem nördlichen Wald gelaufen. Auf der Weide blieben sie bei dem getöteten Michael stehen. Die junge Frau sackte mit Schmerz verzerrtem Gesicht zusammen und begann zu schluchzen. Die Ältere legte ihr kurz die Hand auf die Schulter und schritt dann langsam, wie versteinert, den Hang hinauf zum noch brennenden Haus. Die Bauern aus dem Dorf dachten zwar an Verfolgung, doch sie erschien ihnen aussichtslos. Die toten Kosaken verscharrten sie schnell am Waldrand.
– Die eigenen Toten im Haus konnten sie nicht mehr aus dem Flammenmeer bergen. Sie würden sie später begraben.

19

Hauptmann Bulygin war zufrieden. Gut, er hatte vier seiner Männer verloren. Aber dafür waren ebenso viele dieser verfluchten Sippschaft ausgelöscht worden. Es freute ihn, dass er zwei der Belasch-Brüder angetroffen hatte und nicht nur den Vater und Großvater.
Die Frauen waren zwar entkommen, aber wenn seine Männer, die, wie er es nannte, "Spaß" über alles liebten, sie erwischt hätten, hätte ihre Aktion vielleicht auch zu lange gedauert. Ärgerlich war eigentlich nur, dass die Aufrührer nicht lange litten; außerdem hatten seine Männer ihm nicht den Kopf des einen Mannes gebracht, die dachten wohl, er habe den Befehl nicht ernst gemeint. Sie hatten noch viel zu lernen. Aber alles in allem hätte sich sein Vater wohl gefreut. Und das war die Hauptsache.
Später am Tag traf sich sein Trupp an einem vereinbarten Treffpunkt mit einer anderen Gruppe Kosaken. Diese hatten einen Gefangenen gemacht, einen Bauern, den sie mit Waffen angetroffen hatten. In einem Gewaltmarsch, mit dem sie unbemerkt die feindlichen Linien durchquerten, kehrten sie in die Festungsanlage Taganrog zurück.
Truffant schlenderte in Gedanken versunken durch die Festung. Er hatte schlechte Laune. Seine Gastgeber entpuppten sich immer mehr als Bestien in Menschengestalt und er hätte am liebsten all seine Arbeit hier hingeschmissen. Erst gestern war er wieder Zeuge einer Grausamkeit geworden, die ihn immer mehr abschreckte. Die Soldaten hatten einen gefangenen Machno-Kämpfer vor eine Kanone gestellt und diese abgefeuert; es hatte ihn zerrissen. Es war ekelhaft. Hoffentlich musste er nicht mehr lange hier am Schwarzen Meer bleiben.
Als Offizier der französischen Armee war es seine Aufgabe, General Mai-Majewski zu beraten, die Verbindung nach Frankreich sicherzustellen und die Ankunft von Waffen und Material aus Marseille zu überwachen. Es war letztendlich seine Herkunft gewesen, die ihm diese undankbare Aufgabe eingebracht hatte: Truffant war das uneheliche Kind eines Jesuiten mit der Tochter eines russischen Spediteurs, der eine Filiale in seiner Heimatstadt eröffnet hatte. Nachdem "tolldreiste Gerüchte" dem obersten Rat der Jesuiten zu Ohren gekommen waren, war sein Vater vorgeladen worden. Er gab seine Vaterschaft zu und zeigte obendrein keine Reue. Das reichte, um ihn aus dem Orden auszuschließen. Der lebenslustige, kleine Mann hatte sich nie viel aus dem Gerede der Menschen gemacht, sein ganzes Interesse galt Gott und den Blumen und Kräutern im weit angelegten Klostergarten. Einige Freunde aus dem Kloster erreichten, dass er als Gärtner bleiben und arbeiten konnte, und umgingen so den Bann des Ordens. – Der stille Junge wuchs bei der Mutter auf und ähnelte bald dem Vater in seiner beschaulichen Art. Heiß und innig betete er als Kind jeden Abend zum lieben Gott und Jesus Christus, sie sollten den Herren der Stadt verständlich machen, dass Mutter und Vater zusammenleben dürften. Doch dieser Wunsch wurde nie erfüllt.

Heute, in Taganrog, hatte sich Gott allerdings den weltlichen Machthabern angeschlossen, jedenfalls wenn man den Worten der in der Burg reichlich vertretenen Popen Glauben schenken sollte. Angeblich war es nämlich Christenpflicht, die gottlosen Strauchdiebe und Mörder ehrwürdiger Familien von der Erde zu tilgen. Truffant aber musste sich immer mehr eingestehen, dass er nicht von seiner Arbeit überzeugt war. Im Gegenteil. Seine Sympathien lagen bei den zerlumpten Bauernkämpfern, nicht bei den arroganten, adligen Militärs, mit denen er seine Nachmittage bei Kaffee und Gebäck und geistlosem Geschwätz verbrachte. Es musste eigentlich selbst ein Blinder merken, dass in diesem Land ein Klassenkrieg tobte.

Um auf andere Gedanken zu kommen, hatte er sich einen halben Tag frei genommen. Da vor den Mauern der Burg die Aufständischen lagerten und außer dem Hafen kein Weg von hier fort führte, erkundete er notgedrungen die Gassen Taganrogs. Gerade hatte er einen schmalen Gang in der alten Festung entdeckt, der offensichtlich nicht oft begangen wurde. Entlang den langen Schatten der Mauern wucherten Schlingpflanzen, deren rote und gelbe Blüten einen angenehmen Duft verströmten. Der Offizier erinnerte sich daran, wie er als Kind in den weiten Gartenanlagen des Klosters gespielt hatte. Er erinnerte sich gerne an diese Zeit, wogegen er sich bemühte, nicht an die unmittelbare Vergangenheit zu denken: Giftgas und Trommelfeuer. Wer dies überlebt und dabei nicht den Verstand verloren hatte, wurde praktisch von selbst befördert, selbst er als Bastard eines Mönches. So war er zum Leutnant der republikanischen Armee geworden.

Während er noch überlegte, ob er in sein Quartier zurückkehren und endlich damit beginnen sollte, den unerledigten Papierkram zu bearbeiten, hörte er vom Ende des Ganges her einen unterdrückten, dumpfen Schrei. Schaudern ergriff ihn. Truffant hatte schon zu viel gesehen, um nicht sofort etwas Grauenhaftes zu vermuten. Kurz entschlossen lief er die Gasse hinunter. Nach dem Schrei wirkte die nun eintretende Stille unheimlich. An einem Gebäude, das unmittelbar an der Außenmauer gebaut war, führte eine Treppe hinab zu einem Kellergewölbe, dessen schwere Holztür mit einem kleinen, vergitterten Fenster halb geöffnet stand. Er hörte die Stimmen mehrerer Männer. Ein Ekel erregender Geruch stieg ihm in die Nase, Truffant erkannte ihn. Stockend ging er die Treppe hinunter und zog seinen Revolver. Das Gewölbe schluckte das gleißende Licht der Sonne und verwandelte es in kalte, graue Schatten. "Mon dieu!", flüsterte er und betrat den Raum. Einige Männer standen mit dem Rücken zu ihm. Er wusste, was sie taten, ehe er es sah. – "Guten Tag, meine Herren", sagte er laut. Die Männer wirbelten herum. Sie alle trugen Offiziersuniformen. Hinter ihnen lag ein bewusstloser Mann, der mit Hand- und Fußgelenken an einem Rost gekettet war. Der Rost konnte von einem Soldaten an einer Kette immer tiefer über die heißen Kohlen gelassen werden. Während ein Mann Wasser in einen Eimer schöpfte, um den Bewusstlosen wieder zu sich zu bringen, hielt ein anderer

Offizier eine glühende Eisenstange, mit der er den Gefangenen gefoltert hatte. Der Franzose war entsetzt. "Ich glaube einfach nicht, was ich da sehe." Er wandte sich an den Mann in der Mitte. "Sie da, Sie sind doch Hauptmann, ich verlange, dass sie diesen Mann sofort zu einem Arzt bringen lassen." Bulygin kam auf ihn zu. Er zischte fast: "Was geht Sie das hier an? Wir brauchen Informationen und Sie haben hier gar nichts zu melden, machen Sie, dass Sie fortkommen. Oder wollen Sie Ihrem Freund hier Gesellschaft leisten?" Truffant ließ sich nicht einschüchtern. "Ich warne Sie, ich bin ein Vertrauter Ihres Generals, lassen Sie sofort den Mann frei oder ich bringe Sie vor ein Kriegsgericht." Die Offiziere lachten. "Mein Lieber, Sie machen mir Spaß", sagte Bulygin scheinbar freundlich, doch im plötzlichen Zorn packte er den kleinen Mann und zerrte ihn am Kragen nach draußen. "Wenn Sie hier nicht gleich verschwinden, wird Ihr heutiger Tod leider ein bedauernswerter Unglücksfall sein! Verstanden?"
"Verstanden", keuchte Truffant und stellte seinen Stiefel in die Tür, die Bulygin zuschlagen wollte. Dann versetzte er dem Hauptmann einen solchen Schlag vor die Brust, dass er zurücktaumelte. In Sekundenbruchteilen überstürzten sich Truffants Gedanken. Sie waren zu fünft. Ein Kampf war also aussichtslos. Alleine kam er nicht gegen sie an. Aber vielleicht konnte er doch etwas tun. Er konnte den Mann nicht mehr retten, denn obwohl er mit dem General gedroht hatte, glaubte er nicht daran, dass der sich einmischen würde. Und er wusste nicht, wer ihm, einem Ausländer, zur Hilfe eilen würde. Die Folterer aber würden den Gefangenen unter Umständen noch stundenlang weiter quälen. Ihm schien, den Mann von den Schmerzen zu erlösen, war das Einzige, was ihm blieb. In Gedanken bat er Gott dafür um Vergebung. Er zog seinen Revolver und schoss dem noch immer bewusstlosen Gefangenen in den Kopf. Dann sprang er zurück und die Treppe hoch, rannte um sein Leben. Die Offiziere fluchten hinter ihm her, verfolgten ihn aber nur die ersten Meter, blieben dann zurück. Atemlos suchte Truffant sofort das Hauptquartier auf. Als General Mai-Majewski als einzige Reaktion auf den Bericht des Franzosen ärgerlich mit den Schultern zuckte und ihn mit hochrotem Kopf stehen ließ, zerbrach etwas in ihm. Noch am gleichen Abend telegraphierte er nach Paris und nahm das letzte Schiff, das an diesem Tag die Festung verließ. Zu lange hatte er diese Verbrechen mit angesehen. Sollten seine Vorgesetzten doch jemand anderes schicken. Lieber nahm er das Ende seiner Laufbahn in Kauf, als weiterhin seine Seele diesen Teufeln zu verschreiben, die Gott an ihrer Seite wähnten.

20

Es war Wdowitschenko, der Viktor die Nachricht überbrachte. Sie lagerten an den Klippen des Asowschen Meeres. Er wartete, bis die Zelte aufgestellt, die Wachen eingeteilt und die Pferde versorgt waren. Zunächst hatte er zu Anna gehen wollen, die sich vor einigen Wochen ihrer Truppe überraschend angeschlossen hatte, überlegte, ob er es nicht ihr überlassen sollte, es ihm zu sagen. Aber es wäre feige, die Verantwortung jemand anderem aufzudrücken. Unglücklich ging er zu Viktors Zelt, das unmittelbar neben einer der Tatschankis aufgebaut war. Er war noch wach. Wdowitschenko schob das Eingangstuch beiseite und setzte sich. "Viktor, ich muss dich sprechen! Heute Nachmittag, als du auf Erkundung ausgeritten warst, haben wir eine Depesche aus Nowospassowka erhalten."
"Ah ja, worum geht es?"
Wdowitschenko sah den Freund an. "Es ist deine Familie Viktor", er zögerte und berichtete dann leise mit gepresster Stimme: "Es gab einen Überfall der Kosaken. Dein Vater, deine Brüder und dein Großvater sind getötet worden. Die Frauen und Kinder konnten entkommen."
Viktors Gesicht fiel in sich zusammen. "Nein! Das kann nicht wahr sein!" Der ungläubige Schrecken verzerrte seine Züge.
Der Freund starrte auf die Erde und schwieg.
"Zeig mir den Bericht!"
Viktor ging vor das Zelt, entfaltete den Brief und las im Schein des verwaisten Lagerfeuers. Wdowitschenko folgte und legte ihm die Hand auf die Schulter. Viktors Rücken war angespannt und steinhart.
"Ich danke dir, mein Freund", sagte Viktor leise, "aber bitte, lass mich jetzt allein."
Auf dem Weg durch das Lager erkannte Viktor niemanden von den Männern, die noch wach waren und ihn grüßten. Langsam ging er zum Meer hinunter, über ihm die Sterne, vor ihm die Nacht. Der Freund sah ihm nach und Traurigkeit überflutete ihn wie die schweren Schwingen schwarzer Vögel. Wie ein Blinder ertastete sich Viktor den Weg zu den Klippen. Die Nacht im Mai war noch kalt, der Wind wehte kühl vom Meer, aber auch das merkte er nicht. Hier in der Nähe ihres Lagerplatzes waren die Klippen etwas aufgelockert und gaben an mehreren Stellen den Weg zum Wasser frei. Er sah vor sich die dunklen Wellen, schlug seinen Mantel fester um sich und setzte sich auf einen Felsen direkt am Wasser. Tränenlos starrte er auf das schwarze Meer hinaus und erinnerte sich an seine Familie. Er hatte keine Tränen, düsterer Schmerz verbreitete sich in seinem Körper. Der volle Mond wanderte am Himmel.
Nach einer Ewigkeit hörte er den Muschelkies hinter sich knirschen. Er drehte sich um. Hinter ihm stand eine kleine Gestalt, die einige Decken trug. Anna machte die letzten Schritte zu ihm hin.
"Du musst doch frieren!" Ihre Stimme war rauher und noch tiefer als sonst.

Ohne dass er etwas geantwortet hatte, legte sie ihm eine Decke um und setzte sich zu ihm. Er betrachtete sie. Anscheinend hatte sie geweint, denn ihr Gesicht war verquollen und leicht aufgedunsen. Zärtlich berührte er ihre Wange. Sie küsste seine Hand. Etwas in ihm gab nach. Der Schmerz in seiner Brust löste sich zusammen mit der Erstarrung, die ihn gefangen hielt. Wie ein kleines Kind schluchzte er auf und legte hilflos seinen Kopf in Annas Schoß. Sanft streichelte sie ihn. Nach einer Weile versiegten seine Tränen. Da neigte sich Anna zu ihm und küsste ihn.
"Hörst du die Wellen?", fragte sie, als sie sich wieder von ihm löste. "Es ist die gleiche Melodie wie das Pochen unseres Blutes."
Sie breitete die Decken im Windschatten eines großen Felsens aus. "Es ist kalt, aber hier können wir schlafen, wenn du es willst, Viktor."
Als er sich hingelegt hatte, kroch sie dicht an ihn heran. Er nahm sie in den Arm, sie legte seine Hände auf ihre festen Brüste. Er begehrte sie mehr als jemals zuvor.
In dieser kalten, schweren Nacht verwandelten sie sich. Im Rauschen der Wellen verschmolzen ihre Körper zu einem Geschöpf des Meeres, das sein Leid und seine Zärtlichkeit im Rhythmus des Wassers und im Pfeifen der Winde der Erde dem dunklen Himmel mitteilte.

21

Karetnik war wütend. "Wir hatten eine Abmachung. Die wollen uns doch für dumm verkaufen. Es kann einfach nicht angehen, dass gar nichts mehr zu uns gelangt. Wenn du mich fragst, ist das Absicht."
Sie lehnten am Weidezaun. Viktor striegelte an diesem ersten wirklich heißen Tag sein Pferd, das er vor einigen Wochen bekommen hatte und das sich als zäh und ausdauernd erwies. Er warf einen säuerlichen Seitenblick auf seinen Gefährten: "Du weißt doch, was unser angeblicher Genosse Dybenko im Auftrag seiner bolschewistischen Führung erklärt hat. Wir sind jetzt alle Konterrevolutionäre. Alle, Hunderttausende mittellose Bauern und Arbeiter unseres Rayons, selbst die ehemaligen Tagelöhner, die jetzt in Kommunen leben." Er legte die Bürste beiseite und tätschelte den Hals des Tieres. "Und so jemandem hilft man eben nicht. Am wenigsten schickt man ihm Munition."
Karetnik spuckte aus. "Ich frage mich, ob sie wirklich denken, dass wir so die Front halten können oder ob sie das vielleicht gar nicht wollen."
Das Pferd zuckte mit den Ohren. Es war in den Kämpfen verletzt worden, hatte sich aber schnell erholt und nichts von seiner Kraft eingebüßt.
Viktor war sehr nachdenklich. "Kurilenko hat Truppen angegriffen, die zig mal stärker waren als seine, nur um Munition zu erbeuten. Und die Weißen haben wieder neue starke Verbände herangeführt, die wir nur mit äußerster Kraftanstrengung aufhalten können. Morgen früh wollen wir ja einen kleineren Versorgungsstützpunkt der Weißen angreifen, aber selbst wenn wir

Erfolg haben – das alles ist lediglich ein Hinhalten. Ohne Zusammenarbeit mit dem von den Bolschewiki besetzten Teil der Ukraine wird unser Rayon schließlich untergehen."
Überrascht fragte Karetnik. "Dann bist du also auch dafür, dass Machno das Kommando über die Aufstandsarmee niederlegt und sie in die Roten Truppen eingliedert?"
"Das bin ich, Semjon. Machno weiß, was er tut. Wenn wir in diesem Moment gegen die Bolschewiki eine zweite Front eröffnen, werden wir Mai-Majewski wohl kaum aufhalten können, oder? Schließlich werden wir in unseren Einheiten weiterhin die Fäden in der Hand halten."
Sie schwiegen einen Augenblick. Plötzlich scheute Viktors Pferd, stampfte mit den Hufen auf. Ein Reiter kam den Hang vom Lager hinunter galoppiert. Viktor erkannte seinen alten Kampfgefährten Martyn aus Nowopassowka, der schon vom Weiten aufgeregt winkte. Er ahnte nichts Gutes. Als Martyn sie erreicht hatte, sprang er vom Pferd. Der sonst so ruhige und besonnene Mann schwitzte, war völlig aufgelöst.
"Viktor, sie haben die Front durchbrochen."
"Was! Wo?"
"Im Südwesten, wo Einheiten der Bolschewiki standen. An der linken Flanke der Front ist eine ganze Armee der Denikin-Truppen durchgebrochen. Sie marschieren auf Gulai-Pole zu und werden wohl schon morgen dort sein."
Viktor griff nach den hölzernen Planken des Zaunes und umklammerte sie. Seine Knöchel wurden weiß. Am Himmel sah er die Herden weißer, runder Wolken ziehen. Es war unmöglich, egal wie lange er überlegte. Wenn der Bericht stimmte, konnten die Denikin-Truppen nicht mehr abgefangen werden, ehe sie Gulai-Pole erreicht hatten. Er ließ los und wandte sich wieder an Martyn: "Wie stark ist ihre Armee?"
"Mehrere Tausend Mann, darunter die Reiter des Simferopoler Offiziersregiments."
"Verdammt!"
"Wir haben die Nachricht von Machno. Aber auch er ist frühestens in zwei Tagen dort. Und wir brauchen ja mindestens drei."
"Das war's dann wohl mit unserer Front hier", meinte Karetnik bitter. "Seit Wochen beschimpfen uns die bolschewistischen Blätter, dass wir die Front verraten würden, und jetzt sind sie es, die die Weißen durchbrechen lassen."
Martyn meinte: "Eines Tages werden wir mit ihnen abrechnen."
Viktor bestieg sein Pferd. Er sagte nichts mehr.

Die letzten Stunden des Boris Weretelnikow.
Der frühere Arbeiter in der Eisengießerei von Gulai-Pole arbeitete mehrere Jahre in den großen Fabriken St. Petersburgs und schloss sich dort den Sozialrevolutionären an. Zurück in Gulai-Pole nahm der zweifache Familienvater dann mit Begeisterung an dem Aufstand teil, war Anarchist geworden und die Bauern wählten ihn zu einem ihrer Anführer.
Bei der Nachricht vom Durchbruch der Denikin-Truppen war ihm sofort klar, dass sie Gulai-Pole nie erreichen durften. Sofort hatte er eine Versammlung auf dem Marktplatz einberufen und zur angekündigten Zeit kamen einige hundert Bauern, die meisten allerdings lediglich mit Sensen und Knüppeln bewaffnet.
Weretelnikow stellte sich auf die sonnenbeschienene Holzplattform des Karussells. "Genossen, Bauern von Gulai-Pole. Wie ihr gehört habt, ist der Feind durchgebrochen und auf dem Weg hierher. Wir haben keine andere Wahl, als zu kämpfen. Wenn wir nicht handeln, werden die Weißen unsere Familien und uns abschlachten. Wir müssen versuchen, die feindlichen Truppen zu besiegen, was auf Grund ihrer Übermacht sehr schwer sein wird."
Ein Raunen lief durch die Reihen. Boris fuhr fort: "Unsere eigenen Truppen an der Front sind zwar benachrichtigt, die Weißen werden aber vor ihnen da sein. Wir sind also auf uns gestellt. Aber – wenn wir es schaffen, die Weiße Armee ein oder zwei Tage aufzuhalten, dann sind unsere Kämpfer da, dann ist Gulai-Pole gerettet."
Viele der Bauern stimmten ihm zu, einige wurden blass, standen mit versteinerten Gesichtern in der Menge. Rufe forderten auf, jetzt sofort loszuziehen.
Innerhalb weniger Stunden hatte Weretelnikow 1500 schlecht bewaffnete Männer aufgestellt. Wegen der Blockadepolitik Dybenkos hatten sie zu wenig Munition für ihre Gewehre und Pistolen erhalten; es konnten also nicht einmal alle eingesetzt werden, die sich gemeldet hatten. Dennoch, sie rückten gegen die sich nähernden Don- und Kuban-Kosaken aus. Etwa fünfzehn Kilometer von Gulai-Pole entfernt, beim Dorf Swjatoduchowka, trafen sie aufeinander. Es wurde ein Blutbad. Fast alle Bauern wurden in dieser Schlacht getötet.
Als einer der letzten wurde auch ihr Anführer Boris Weretelnikow erschossen, als er die Flucht einiger kleiner Gruppen, die entkommen konnten, abschirmte.

23

Jemand drehte den Schlüssel in der Tür und trat ein. Es war Galina, die sie im Flur rumoren hörten. Sie schlüpfte aus dem Mantel, warf ihn auf die Garderobe und rief in das Wohnzimmer: "Puh, das war vielleicht ein erster Tag in der Fabrik. Tschernoknishnj, ich habe uns ein Huhn mitgebracht." Sie trat in die Stube und ihr abgearbeitetes Gesicht leuchtete auf. "Ah, Mama. Das ist schön, das du schon da bist. Ihr habt euch bereits bekannt gemacht?" "Ja, ich bin schon seit heute morgen hier. Du hattest recht, er ist es tatsächlich." Galina war froh. Sie hatte den alten Mann lieb gewonnen und war erleichtert, dass ihre Mutter sich freute.

Nach einer Weile gingen die Frauen in die Küche, um das bereits ausgenommene und gerupfte Huhn zuzubereiten; sie schnitten Knoblauch und Zwiebeln ins Öl und legten das Fleisch dazu, um es später zu braten. Auf dem Herd kochte das Teewasser. Anna erzählte inzwischen ihrer Tochter von dem Gespräch mit Tschernoknishnj. "Und stell dir vor, er hat die Aufzeichnungen eines unserer Anführer über die ganze Zeit hinüber gerettet. Ich weiß nicht, wie er das schaffte, aber sie sind da, hier, heute in deiner Wohnung."

Galina brühte den Tee auf. "Wirklich? Mir hat er nie davon erzählt."

"Ich weiß nicht, vielleicht hat er es über die Jahre so verinnerlicht, nicht über den versteckten Bericht zu sprechen, dass er auch dir nicht davon erzählen konnte."

"Und, hast du schon etwas gelesen?"

"Ja, es gibt sogar eine Schrift, die er selber verfasst hat. Ich lese sie dir gleich vor."

Sie trockneten sich die Hände ab, nahmen den Tee und gingen in die Stube, wo Tschernoknishnj am Fenster stand und hinaus sah. Als sie herein kamen, lächelte er und setzte sich. Anna stellte Kanne und Tassen ab und ließ sich in den Sessel fallen. Sie suchte etwas in dem Papierstapel, der auf dem Tisch ausgebreitet war, fischte ein Blatt heraus. "Hier steht es ganz unten: '*Tschernoknishnij*'", sie zeigte Galina die Unterschrift und las dann: "*Dybenko, Steht Ihnen, einem einzelnen Menschen, das Recht zu, mehr als eine Million des Volkes für konterrevolutionär zu erklären, ein Volk, das mit seinen schwieligen Händen die Knechtschaft zerbrochen hat und nun selber nach eigenem Ermessen sein Leben aufbaut? Nein, wenn Sie ein echter Revolutionär sind, müssen Sie ihm in seinem Kampf gegen die Bedrücker beim Aufbau eines neuen, freien Lebens helfen. Kann es denn Gesetze einzelner Menschen geben, die sich für Revolutionäre halten, die das Recht verleihen, ein revolutionäres Volk für vogelfrei zu erklären? Ist es erlaubt und ist es vernünftig, Gesetze der Gewalt im Land eines Volkes einzuführen, das eben erst alle Vertreter dieser Gesetze und alle Gesetze selbst abgeschüttelt hat? Gibt es ein solches Gesetz, demzufolge einem Revolutionär das Recht zusteht,*

85

die strengsten Strafmaßnahmen auf die revolutionäre Masse in Anwendung zu bringen, für die er kämpft, und dafür, dass die Volksmasse sich ohne Erlaubnis das Gute – nämlich Freiheit und Gleichheit – genommen hat, was der Revolutionär versprochen hatte? Wie kann die revolutionäre Volksmasse schweigen, wenn der Revolutionär ihr die erlangte Freiheit wieder nimmt? Der revolutionäre Kriegssowjet steht außerhalb der Abhängigkeit und des Einflusses aller Parteien. Er steht nur unter dem Einfluss des Volkes, das ihn gewählt hat. Genosse Dybenko. Fahrt fort, die Einberufer von Rayonkongressen und Kongressen, die einberufen wurden, als Sie und Ihre Partei noch in Kursk saßen, für außerhalb der Gesetze stehend zu erklären. Fahrt fort, alle für konterrevolutionär zu erklären, die als erste das Banner des Aufstandes, das Banner der sozialen Revolution in der Ukraine aufgerollt haben und ohne Eure Erlaubnis überall vorrückten, und zwar nicht genau nach Eurem Programm, sondern ein wenig mehr nach links. Fahrt fort, auch all jene für vogelfrei zu erklären, die ihre Vertreter auf die Rayonkongresse, die ihr für konterrevolutionär erklärt habt, entsandt haben. Erklärt auch alle gefallenen Kämpfer für vogelfrei, die ohne Eure Erlaubnis an der Aufstandsbewegung für die Befreiung des ganzen werktätigen Volkes teilgenommen haben. Erklärt also alle revolutionären Kongresse, die ohne Eure Erlaubnis tagten, für konterrevolutionär und ungesetzlich, wisset aber, dass die Gewalt von der Wahrheit besiegt wird. Der Sowjet wird trotz Eurer Drohungen auf die Erfüllung der ihm auferlegten Pflichten nicht verzichten, da ihm hierzu kein Recht zusteht und auch nicht das Recht, die Rechte des Volkes zu usurpieren.
Der revolutionäre Kriegssowjet des Gulai-Polsker Rayons, Vorsitzender Tschernoknishnij."
"Das haben Sie geschrieben?", fragte Galina ungläubig.
"Ja und nein. Ich habe mitgeschrieben, ja. Aber den Text hat zum großen Teil Koshin formuliert. Ein Mann, der mit der Zunge so schnell war wie mit dem Maschinengewehr."
Er nippte an seiner Tasse Tee. "Wir hielten damals unseren dritten Kongress ab. Der Text ist ein Teil unserer Antwort an die Bolschewiki, die den Kongress für ungesetzlich und uns alle zu ihren Feinden erklärt hatten. Ich glaube, die Bolschewiki wären schon zu diesem Zeitpunkt gegen uns vorgegangen, wenn nicht Ataman Grigorjew die Waffen gegen sie erhoben hätte. So blieben sie zwar mit uns verbündet, aber sie ließen uns am ausgestreckten Arm verbluten, verweigerten uns die Waffen. In den entscheidenden Tagen stand ich leider völlig neben mir. Ich habe mich der Verantwortung nicht gewachsen gezeigt. Es fing damit an, dass ich mir unnötigerweise den Arm brach – nicht im Kampf, sondern beim Arbeiten. Wir bauten an einer Scheune, als ein Balken von oben abrutschte und mir den Knochen zerschmetterte. Als die Kosaken auf Gulai-Pole vorrückten, habe ich mich deshalb nicht den Männern angeschlossen, die sie aufhalten wollten. Der Genosse, der sie angeführt hat, war Boris Weretelnikow. Aber weder er noch die

anderen Bauern sind zurückgekehrt. Anstatt zu kämpfen blieb ich also in der Stadt und bin dann im letzten Augenblick vor dem Einrücken des Kosakenheeres geflohen. Einige Tage später gelang es mir, mich zu unserer Reiterei durchzuschlagen, so konnte ich mich wieder Nestor Machno anschließen."
Sie tranken weiter Tee. Der alte Mann geriet ins Erzählen. Es wurde Nachmittag in der kleinen Zweizimmerwohnung im neuen Wohnblock. Tschernoknishnij sprach weiter von Ereignissen, die er in sich verschlossen und vor anderen verborgen hatte. Anna widersprach ihm ab und zu und erinnerte an Begebenheiten, die er vergessen hatte. Ein seltsames Gefühl der Geborgenheit keimte in ihm auf, als er zwischen den beiden Frauen saß und zurückblickte. Ein Gefühl, das er seit seiner Flucht vor vielen Jahrzehnten aus dem Rayon nicht mehr gekannt hatte.
Galina, die aufstand, um in der Küche neues Wasser aufzusetzen, hörte draußen auf der Straße einen Wagen vorbeifahren. Autos waren in dieser Gegend noch immer eine Seltenheit und so trat sie an das Fenster und warf einen Blick nach unten. In einem hellblauen Wagen saßen zwei Uniformierte und fuhren im Schritttempo die staubige Straße hoch. Galina wandte sich um. "Das ist merkwürdig, Mama. Der Wagen stand bereits heute morgen vor unserer Fabrik. Es sieht so aus, als ob die beiden jemanden suchen."
Tschernoknishnij kam zum Fenster. "Ich glaube nicht, dass es etwas mit uns zu tun hat", meinte er.
Langsam bog der Wagen in eine der schmalen Seitengassen.

24

Der drahtige Mann in der grauen Uniform stand halb abgewandt gegenüber Woroschilow hinter seinem Schreibtisch und betrachtete angestrengt eine große Karte, die einen Teil von Russland und der Ukraine zeigte. Der Straßenlärm in der belebten Stadt Kursk drang auch hinauf in den 3. Stock des hohen Geschäftsgebäudes, in dem sie sich befanden. Ohne sich ihm zuzuwenden, bemerkte der drahtige Mann in einem schneidigen Tonfall zu Woroschilow: "Sie können sich vielleicht vorstellen, dass so etwas nicht gerade den Glauben an unsere Sache stärkt, General. Gestern noch habe ich mit Lenin telephoniert und behauptet, dass wir die Ukraine in der Tasche haben, heute sagt man mir, der Durchbruch der Denikin-Truppen habe ungeahnte Ausmaße angenommen und sie würden Jekaterinoslaw und Charkow bedrohen." Er räusperte sich. "Dazu diese bäuerlichen Aufständischen, die offen die Macht unserer Sowjets missachten und verhöhnen. Ich glaube, wir sollten den Eskapaden dieser Abenteurer, die nach eigenem Gutdünken und ohne Rücksicht auf die Kriegssituation vorgehen, ein Ende bereiten."
Der General konnte ihm nicht folgen. "Wie meinen Sie das, Genosse Vorsitzender?"
Jetzt drehte sich Trotzki um, seine durchdringenden, klaren Augen betrach-

teten den Mann, der vor ihm stand, abschätzend. "Woroschilow, Sie wissen, dass ich auf Ihre Disziplin, Ihre Bereitschaft und Verschwiegenheit große Stücke baue. Es kann nicht sein, dass so ein rückständiger und verantwortungsloser Bauerntrampel wie dieser Machno und seine Kumpane uns auf der Nase herumtanzen. Allerdings müssen wir, glaube ich, schrittweise vorgehen, damit erst gar keine Missverständnisse unter den leichtgläubigen Bauern aufkommen. Zunächst ist fest damit zu rechnen, dass Machno seine Truppen zusammenzieht. Etwas anderes bleibt ihm gar nicht übrig. Diese Männer kämpfen gegen Denikin. Sollen sie auch ruhig. Die Weißen müssen geschlagen werden. Deshalb habe ich auch einen Panzerzug geordert, den Sie nutzen sollen, Woroschilow."
Er löste sich von der Karte und schritt unruhig im Zimmer auf und ab. "Die Aufgabe ist folgende: Schlagen Sie die Weißen so gut es geht zurück. Gleichzeitig ist aber entscheidend, dass vom Stab der Machno-Armee nach den Kämpfen keiner mehr übrig bleibt und wir diese Armee entweder übernehmen oder zerstreuen können. In der zu erwartenden, doch sehr unübersichtlichen Kampfsituation können wir uns, vorausgesetzt, wir handeln erfolgreich, so beider Gefahren entledigen, die unsere Revolution bedrohen."
Der General runzelte die Stirn. "Sie meinen also, ich soll den Stab der Aufständischen exekutieren?"
Ohne zu zögern antwortete Trotzki: "Besonders Nestor Machno, ja."
Woroschilow kratze sich im Nacken und sagte leise: "Genosse, bei so einem nicht alltäglichen Unternehmen hätte ich gern den betreffenden Befehl in der Tasche."
Trotzki strich über seinen Spitzbart und grinste geringschätzig. "Ich war noch nie der Mann, der sich seiner Verantwortung entzog." Er beugte sich über den Schreibtisch, kramte einen vorbereiteten Zettel hervor und kritzelte seine Unterschrift darunter. Dann haute er einen Stempel drauf und reichte den Befehl seinem Offizier. "Da, bitte."
Der General verabschiedete sich salutierend. "Sie können sich auf mich verlassen."
"Genau deswegen habe ich Sie kommen lassen, Woroschilow", antwortete der Vorsitzende kühl und wandte sich wieder der Karte zu, während der andere den Raum verließ.
Der Panzerzug hatte erneut seine ganze Feuerkraft entfaltet. Unerwartet war er im Rücken der Weißen aufgetaucht und hatte ihren Truppen schwere Verluste zugefügt. Das Gefährt war Waffe, Transportmittel und Hauptquartier der alliierten bolschewistischen und aufständischen Armeen in einem. Hier hielten die militärischen Leitungen ihre Treffen ab.
Doch in dieser Nacht saß Woroschilow allein in seinem Abteil und trank Wodka. Er überlegte: Im Ganzen gesehen, war die Situation für die Aufständischen und damit auch für die Bolschewiki in dem Rayon noch immer ungünstig. Zwar hatte Machno, als er mit seinen Reitern von der Front zurückkehrte, für einen Tag Gulai-Pole zurückerobert, doch wegen der nach-

rückenden Verstärkung der Weißen hatte er die Stadt gleich wieder aufgeben müssen. Jetzt, nachdem der General mehrere Treffen mit dem Stab der Aufständischen durchgeführt hatte, war er überrascht, dass sie sich als fähige Militärs erwiesen. Er hatte nichts dagegen, den aufständischen Stab in seinem Panzerzug in der Gegend herumzufahren. Leider hatte Trotzki noch einmal telegraphiert und unmissverständlich klar gemacht, dass dieser verfluchte Befehl ausgeführt werden sollte. Nun war alles arrangiert. Und wahrscheinlich war es ja doch besser so. Die Ergebenheit der Aufständischen ihrem kleingewachsenen "Väterchen" gegenüber konnte für die Rote Armee noch gefährlich werden, sollte Machno eigene Pläne entwickeln, was wahrscheinlich war. Wenn morgen früh der Zug in der Station Gjaitschur einlief, würden die zusätzlichen Polizeikräfte diesem Spuk ein Ende bereiten. Er nahm noch einen kräftigen Schluck. Zugegeben, es war eine Sauerei, aber im Krieg wurde nun einmal nur die Sprache des Stärkeren gesprochen.

Er leerte ein weiteres Glas Wodka, der ihm immer schlechter schmeckte, warf sich auf sein Lager und war bald darauf trotz des Ratterns der Räder in tiefen Schlaf gefallen.

Es kam ihm vor, als wäre er gerade eingenickt, als ihn heftiges Hämmern an der Tür seines Abteils weckte. "General, Woroschilow!"
Er stöhnte auf. "Ja?"
"Wir fahren gleich in Gjaitschur ein."
Er sprang auf, riss die Tür auf und starrte den Unteroffizier, der im Flur stand, verständnislos an.
"Entschuldigung, General, aber wir haben in der letzten Station Nachricht aus Gjaitschur erhalten. Dort sind bereits Angehörige des aufständischen Stabes festgesetzt worden, die die Tscheka nachts unbemerkt festgenommen hatte. Die festgenommenen aufständischen Offiziere hatten eine Erklärung zur Zusammenarbeit mit uns dabei, die anscheinend von Machno unterzeichnet werden soll. Im Zug ist alles ruhig."
Der Schädel des Generals brummte und er verstand nicht ganz, was sein Unteroffizier eigentlich berichtete.
Ärgerlich murmelte er. "Es ist also schon soweit, ja!" Er wischte sich mit beiden Händen über das Gesicht mit den Bartstoppeln. "Es ist schon gut, ich komme gleich."
Den Wagen, in dem die Delegierten der Machnowstschina schliefen, hatte man unauffällig abgeriegelt, aber noch nicht betreten. Die Falle sollte erst im Bahnhofsgebäude, in dem sich eine Sonderabteilung der Tscheka versteckt hielt, zuschnappen. Schon rollte der gewaltige, metallene Zug schnaubend in den kleinen Ort ein, wurde langsamer und hielt dampfend. Woroschilow verließ den Zug als einer der Ersten; er war nicht wild darauf, Zeuge dessen zu werden, was kommen würde. Eilig durchquerte er die Bahnhofshalle. Am Ausgang wurde er von einem dort wartenden Polizeioffizier angesprochen.
"General Woroschilow, Sie bringen uns Nestor Machno?"
"Ist noch im Zug", brummte der General. Dann trat er einen Schritt an den

Polizeioffizier heran und sagte leise: "Hören Sie Genosse, tun Sie mir einen Gefallen und ziehen Sie hier das Ganze möglichst schnell und sauber durch." "Natürlich Herr General. Sobald sie aus dem Zug steigen, werden wir die Männer unauffällig verhaften. Überzeugen Sie sich selbst davon." – "Gut." Der eiserne Waggon stand mit seinen geschlossenen Fenstern inmitten des Bahnhofes. Als sich an den Türen nach einigen Minuten nichts tat, schickte der Polizeioffizier einige Soldaten vor. Auf ihr Klopfen antwortete niemand und so stießen sie die Türen auf. Der Wagen war leer.
"Verdammt", murmelte Woroschilow, der im Schatten des kleinen Schalterhäuschens das Vorgehen beobachtet hatte. Gleich kam auch zornig der Hauptmann der Tscheka zu ihm gelaufen. "Was soll das heißen?", schrie er. "Wo sind sie?"
"Scheint, jemand hat sie gewarnt", sagte Woroschilow einigermaßen gefasst. Das Gesicht des Tscheka-Mannes färbte sich rot und er sah den General an, als wollte er ihn erwürgen. "Sie sind mir ja ein Militär, Sie...", zischte er. "Sind wohl unterwegs abgesprungen, wie? Die Sauhunde. Sie haben natürlich nichts gemerkt, was, Genosse?"
Er ließ Woroschilow stehen. Was für ein Fehlschlag! Was würden die Auftraggeber sagen? Zwar hatte er gestern bereits einige Anführer der Aufständischen gefangen genommen, unter ihnen einen Stabschef. Aber gegenüber der nun verpatzten Festnahme Machnos war das bedeutungslos. Die großen Fische waren entkommen. Nun gut, wenigstens stand er nicht mit ganz leeren Händen da.
Ohne weitere Formalitäten ließ er die Gefangenen, die sie gestern abend gemacht hatten, exekutieren. Dann telegraphierte er Trotzki nach Kursk. Der Empfänger notierte nüchtern die drei Namen: Oderoff, Michael Pawlenko, Burbyga.

25

Die Reiterarmee hatte etwa zweihundert Kämpfer bei den aus dem Rayon geflohenen Frauen und Kindern zurückgelassen. Machno war mit dem größten Teil seiner Reiterei in den Raum Cherson aufgebrochen, wo er eine Verabredung mit den Truppen des Ataman Grigorjew getroffen hatte.
Die Zurückgebliebenen lagerten in einem großen Zeltlager im weiten Tal des Dnjeprs, der an dieser Stelle langsam und träge in der Ebene dahinfloss und sein Wasser in einige halb ausgetrocknete Seitenarme verteilte. An einem etwas höher stehenden Sandufer hatten Schwalben ihre Höhlennester gebaut und sausten über das Wasser. Ihr helles Zwitschern vermischte sich mit dem Lachen der kleinen Kinder, die in einem flachen Tümpel badeten. Flussaufwärts sah man ab und zu einen Fisch aus dem Wasser springen. Die Abendsonne brachte eine angenehme Kühle am Ende dieses heißen Tages. Anna und Galina waren nach ihrer Arbeit aus dem Lager zum Fluss gewandert, um an einer abgelegenen Stelle zu baden. Zusammen mit einigen tau-

send anderen Flüchtlingen schlossen sie sich Machnos Reiterei an, die ihnen als einzige Macht Schutz bot vor den Kosaken Denikins, die den Rayon überrannt hatten.
Das Wasser hatte ihnen gut getan. Wieder angekleidet, lagen sie ausgestreckt und entspannt nebeneinander auf einer Decke in der Abendsonne. Das Sonnenlicht fiel durch die Zweige einiger Weiden und malte dünne Schatten auf ihre Gesichter.
Anna biss auf einem Grashalm herum. Sie hatte ihren Kopf auf den Arm gestützt und ihre grauen Augen funkelten die Freundin an. "Ich hätte nie gedacht, dass die Bolschewiki wenigstens in einer Beziehung so konsequent sind. Jetzt, wo Charkow gefallen ist, haben sie das ganze Land mit Ausnahme der Krim vollständig verlassen."
Galina lächelte böse. "Die roten Kommissare lassen uns bluten, weil Denikin vor den Toren Moskaus steht."
"Ob ihnen egal ist, was mit uns passiert?"
"Vielleicht freuen sie sich nicht darüber, aber sie haben anscheinend nur ein Ziel, nämlich ihre Herrschaft zu erhalten, alles andere ist ihnen egal. Anna, manchmal glaube ich, ich kann einfach nicht mehr. Vieles, was passiert, ist nicht zu fassen." Sie drehte sich auf den Rücken und starrte in den Himmel. Nach einem Augenblick fuhr sie fort: "Schrecklich, dass die Weißen bereits an ihrem ersten Tag in Gulai-Pole fast alle unserer jüdischen Schwestern vergewaltigt oder umgebracht haben. Viele haben es mir erzählt, aber ich will es nicht glauben."
Auch Anna beobachtete nun den sich rötlich verfärbenden Abendhimmel. Einige Schnaken umschwirrten ihre nackten Füße. Schließlich meinte sie: "Viktor sagt, die Religion löse bei den meisten Menschen die niedrigsten Instinkte aus. Aber ich glaube, sie verkleiden ihre Gier und Bosheit nur mit heiligen Worten, um nicht selber vor ihrer Erbärmlichkeit zu erschrecken. Auch Ataman Grigorjew hat in Jelisawetgrad eines der schlimmsten Judenpogrome ausgelöst, die in diesem Krieg stattfanden. Er ist eine große Gefahr für unsere Revolution, weil er sich an uns, die einfachen Bauern, wendet. Sein Hass vergiftet den Verstand und vernebelt die Ziele, für die wir kämpfen."
"Und, hast du nicht auch Angst, dass es da unten in Cherson schief geht?", fragte Galina.
"Ich hoffe unsere Männer wissen, was sie tun!"
"Das hoffe ich auch." – Galina hatte jetzt die Augen geschlossen, sog die letzten Strahlen der Abendsonne über ihre Haut ein. "Weißt du, Anna, mir gefallen an dem Vorhaben zwei Dinge nicht: Zum einen, dass sie Grigorjew unter dem Vorwand eines gemeinsamen Treffens ausschalten wollen, das schmeckt nach Verrat. Und dann will Nestor Grigorjew auch noch öffentlich entlarven und ihn von der Aufstandsarmee hinrichten lassen. Was, wenn es ein Blutbad gibt?"
Anna setzte sich auf. Was redete ihre Freundin da? "Galina, wie sprichst du

über deinen Mann?", wunderte sie sich. "Ist nicht jedes Mittel recht, um diesen Schuft auszuschalten? Und wir hoffen darauf, dass sich die meisten von Grigorjews Männern uns anschließen. Es sind ja Bauern wie wir, wir sollten nicht gegen sie kämpfen, selbst wenn sich ein Teil von ihnen an den Verbrechen beteiligt hat. Aber gerade die werden wohl kaum mit uns zusammen kämpfen wollen. Galina, überleg doch mal. Wir brauchen mehr Männer, um Mai-Majewski aus dem Rayon zu werfen."
"Es ist nur, ich befürchte, dass wir den Bolschewiki immer ähnlicher werden. Grigorjew ist ein Schuft und wir werden viele Menschen retten, wenn er tot ist. Aber er wird sterben, weil er Machno vertraut hat."
Es klang beinahe verbittert. Irgendwie hatte Anna den Eindruck, dass es gar nicht so sehr um Grigorjew ging, der ihrer Meinung nach mehr als einen einzigen Tod verdient hatte. "Galina, darf ich dich mal was fragen?"
Die Freundin nickte, ohne sie anzusehen.
"Ich glaube, du und Machno, ihr habt in den letzten Monaten wenig Zeit miteinander verbracht. Wenn ihr in meiner Anwesenheit miteinander geredet habt, dann kamst du mir ihm gegenüber kühl vor. Was ist zwischen euch vorgefallen?" Jetzt richtete sich auch Galina auf und sah Anna ernst und ein wenig traurig in die Augen, dann schweifte ihr Blick unruhig über den Fluss.
"Du hast also noch nichts davon gehört?"
"Nein, wovon denn?" – "Du musst wissen, dass Nestor ein anderer Mensch wird, wenn er betrunken ist." Anna meinte spöttisch: "Na gut, aber werden wir das nicht ein Stück weit alle?"
"Schon, aber nicht so wie er. Einmal hat er eine Verabredung nicht eingehalten, auf die ich mich besonders gefreut hatte. Wir wollten zusammen etwas essen und ich hatte lange gekocht. Also ging ich ihn suchen. Es war schon spät. Aber er war nirgendwo aufzutreiben. Erst als ich zurück ging und gerade die Tür hinter mir schließen wollte, stürzte er herein. Sein Blick war glasig und er lallte irgend etwas Unverständliches, stank nach Schnaps. Vielleicht kam es mir auch nur so vor, aber ich hätte schwören können, er trug den Geruch einer anderen Frau mit in die Stube. Die Nacht hat er kein vernünftiges Wort mehr herausbekommen. Ich weiß nicht einmal, ob er mich überhaupt wahrgenommen hat. Er machte ein paar Schritte in den Raum, fasste das Tischtuch und knallte mitsamt dem Tuch und dem Geschirr auf den Boden. Nicht einmal das hat ihn zur Besinnung gebracht. Er blieb einfach liegen und schlief ein."
"Kommt mir irgendwie bekannt vor", sagte Anna trocken. Sie legte ihren Arm um Galinas Schultern. "Aber im Ernst, es lastet viel auf ihm. Ist es da verwunderlich, wenn er einmal im Schnaps Vergessen sucht? Es betrinken sich doch viele unserer Männer regelmäßig." – "Und viele unserer Männer betrügen ihre Frauen", meinte Galina bitter. "Außerdem ist er der Batjko", fuhr sie fort. "Er sollte den anderen ein Vorbild sein und kein hilfloses, stammelndes Etwas." – "Hat er dir denn gestanden, dass er was mit einer anderen hatte?" – "Eben nicht." Galina schüttete der Freundin jetzt ihr Herz

aus. "Am nächsten Tag meinte er nur, er könne sich an nichts erinnern. Aber ich weiß nicht, ob ich das glauben soll. Seitdem ist das Vertrauen verschwunden und er hat mich auch seitdem nicht mehr angerührt. Erst ist er fort zur Front im Süden. Dann mussten wir fliehen und er hat ja die ganze Zeit nur gekämpft. Ich habe versucht, mir die Angst um ihn abzugewöhnen. Aber es klappt nicht. Manchmal liege ich nächtelang wach und denke an ihn. Und, es ist beschämend, aber manchmal ist es der Gedanke an eine andere Geliebte, der mich nicht einschlafen lässt. Oft denke ich, ich werde ihn verlieren, so oder so."
Anna war befremdet. "Glaube ihm. Oder glaube ihm nicht und verzeih ihm. Wenn du das nicht kannst, lass ihn sausen. Wenn er wirklich noch eine andere hätte, verdient er dich nicht. Gut, er ist unser Batjko, aber es gibt auch noch andere Männer." Galina lächelte matt. "Ach Anna. Du bist eine wunderbare Freundin, aber wenn es nur so einfach wäre." Sie seufzte, kreuzte die Arme hinter dem Kopf und streckte sich wieder auf der Decke aus. "Ich will ihn nicht verlassen. Wenn er nicht betrunken ist, ist er der Mann, von dem ich immer geträumt habe, der Batjko, zu dem alle aufschauen." Anna meinte: "Aber nicht, wenn er die Grenzen verliert. Ich würde nur bei ihm bleiben, wenn er mit dem Trinken aufhört." Doch gegen ihren Willen tauchte, noch während sie das sagte, das Leuchten in Nestors Augen vor ihr auf, wenn er von seinem Traum und der sozialen Revolution sprach, und sie schämte sich.

26

Der heiße Sommer forderte seinen Tribut. Die Weiden des Dorfes Zentowo im Gebiet Cherson waren völlig ausgedörrt, die Erde knochentrocken, und der Staub machte die Julihitze für die etwa 20.000 Menschen, die auf dem Feld zusammengekommen waren, noch unerträglicher. Trotz der Hitze trugen viele der Männer ihre Kosakenmützen. Alle waren bewaffnet und ließen von daher kein Missverständnis aufkommen, worum es bei dieser Versammlung gehen sollte: um Krieg. Die Männer beider Armeen spürten, dass sie, sollten sie sich zusammenschließen, eine Macht darstellen würden, mit der sowohl die Don-Kosaken als auch die Bolschewiki rechnen müssten. Die Redner standen auf einer leichten Anhöhe. Zwischen den versammelten Männern waren nur sehr wenige Frauen. Unruhig versuchten auch die Hinteren mitzubekommen, was vorne vor sich ging. Alle waren gespannt, was geschehen würde.
Als erster kletterte Ataman Grigorjew auf die schnell errichtete Tribüne. Er war ein Redner, der weniger durch seine Worte, als durch die Gewalt seiner Stimme beeindruckte. Er rief dazu auf, alle Kräfte zu vereinigen, um gegen die Bolschewiki zu kämpfen, die in der Krim noch einige Truppen zurückgelassen hatten. Warum auch nicht zeitweilig mit den Weißen einen Waffenstillstand schließen, wenn sie die eigene Unabhängigkeit garantieren

würden? Er wisse zwar, dass Machno und seine Männer geschworene Feinde Denikins seien, aber in einer Revolution müsse man erst einmal gegen die nächstliegenden Gegner vorgehen, dann könne man weitersehen. Mit weiteren ähnlichen Argumenten, warum sich die Truppen zusammenschließen müssten, führte Grigorjew seine Rede zu Ende und sprang von der Bühne, neben der er auf den nächsten Redner wartete.
Grigorjews Männer klatschten Beifall. Sie und die Anhänger Machnos, die schwiegen, hatten sich bunt durcheinander gemischt, niemand konnte mehr sagen, wer zu wem gehörte. Die meisten in der ungeheuren Menschenmenge konnten allerdings lediglich sehen, wer gerade sprach, die Worte verstehen konnten die hinteren Reihen nicht.
Grigorjew war mit sich zufrieden. Bewusst hatte er auf seine üblichen Hasstiraden gegen die Juden verzichtet, da er wusste, die Machnowstschina hatte hier eine entgegengesetzte Auffassung. Auch ein unmittelbares Zusammengehen mit Denikin hatte er nicht gefordert. Schließlich waren die Machno-Kämpfer in ihrem Rayon gerade von ihnen abgeschlachtet worden. Man musste geschickt vorgehen. Nur so würde es etwas werden mit dem Bündnis, dass er unbedingt brauchte, um seine Machtposition zu festigen und vielleicht in einigen Monaten in Kiew einzuziehen.
Jetzt wartete Grigorjew sehr gespannt, ob der nächste Redner, Tschubenko von der Aufständischen Armee, auf seine Argumente eingehen würde. Doch je länger er zuhörte, desto unruhiger wurde er. Immer deutlicher fühlte er sich als Angeklagter vor der Versammlung. Eindringlich sprach Tschubenko über die Verbrechen und das unmenschliche Vorgehen, wie er es nannte, Grigorjews gegen die Juden in Jelisawetgrad. Schließlich schwang sich Machno selbst neben Tschubenko auf die Tribüne, ergriff übergangslos das Wort und klagte ihn weiter an, die Revolution verraten zu haben, sich selber als neuen Herrscher einsetzen zu wollen. Mit immer größer werdendem Schrecken erkannte Grigorjew, dass Machno gekommen war, um ihn zu vernichten. Er suchte den Blickkontakt zu seinen Hauptleuten. Die waren ebenfalls erstarrt und warteten wohl auf ein Zeichen von ihm.
"Er oder ich", dachte Grigorjew und zog seinen Revolver.
Doch Machnos Freund Semjon Karetnik hatte ihn die ganze Zeit beobachtet. Bevor Grigorjew schießen konnte, wurde er von den Kugeln Karetniks niedergestreckt. Machno sprang von der Bühne und stürzte sich auf ihn. Der schwerverletzte Grigorjew sah als letztes das entschlossene Gesicht des kleinen Mannes, der seine Pistole auf ihn anlegte und "Tod dem Ataman" rief. Grigorjew starb unmittelbar vor seinen Männern. – Die Aufständischen aus dem Gulai-Polsker Rayon hatten mit einer entsprechenden Reaktion des ehemaligen Generals auf die Reden Tschubenkos und Machnos gerechnet. Deshalb hatten sie einige ihrer Männer unauffällig zwischen den anderen Anführern von Grigorjews Armee verteilt. Als ihr Ataman erschossen wurde, griffen natürlich auch seine Hauptleute zu den Waffen. Doch innerhalb weniger Sekunden lagen sieben von ihnen erschossen im Staub. Wüste

Tumulte waren die Folge. Aber diese Abrechnung mit Grigorjew und seinen Hauptleuten kam für die Männer vollkommen überraschend. Sie waren mehr verwirrt als zornig, die Bauern von der Machno-Armee redeten auf sie ein. Schließlich gelang es Tschubenko mit viel Mühe, sich erneut Gehör zu verschaffen und die Tat zu rechtfertigen. Nach langen erregten Diskussionen beruhigten sich Grigorjews Männer nach und nach. Viele erklärten schließlich, sie seien bereit, in der aufständischen Armee zu kämpfen.

27

Der Genosse Trotzki war außer sich. "Wie, 'Sind zu ihm übergelaufen.' Was soll das heißen? Präzisieren Sie."
Der Arbeiter Rybin ließ sich von der Entrüstung Trotzkis nicht aus der Ruhe bringen. "Die Berichte stimmen, dass Grigorjew und seine Hauptleute hingerichtet wurden und anschließend die meisten seiner Männer zu Machno übergelaufen sind."
"Unglaublich."
Trotzki rückte seinen Hemdkragen zurecht und ärgerte sich über Rybin, der von alldem gar nicht erschüttert zu sein schien. Ursprünglich hatte Trotzki die Unterredung mit dem Delegierten der Gewerkschaften des Charkowischen Rayons angesetzt, um ihm eine Liste von Gütern zu überreichen, welche die Rote Armee dringend benötigte. Doch der Delegierte hatte gleich diese unglaublichen Botschaften aufgetischt.
"Das ist aber noch nicht alles", fuhr Rybin fort. "Die bolschewistischen Truppen auf der Krim haben sich ebenfalls auf seine Seite geschlagen."
"Sie scherzen."
"Keineswegs. Sie verfügen dort über kein einziges Regiment mehr: bolschewistische Kommissare und Kommandanten sind festgesetzt worden, alle anderen reiten mit Machno. Und, wenn ich mir eine Bemerkung erlauben darf, mich überraschen die Ereignisse nicht, Genosse Trotzki."
"Was Sie nicht sagen", antwortete der und unterdrückte aufkommende Aggressionen gegen den Mann.
"Ja, sage ich. Ich habe in der Zeitung *Wi-Puti* Ihren Artikel *Machnowstschina* gelesen. Dort schrieben Sie, dass Sie die Bewegung für ein getarntes Unternehmen der Großbauern halten. Ich habe Ihnen damals bereits einen kurzen Brief geschrieben, in dem ich darauf hingewiesen habe, dass meiner Meinung nach gerade die Ärmsten und Besitzlosen die Bewegung anführen. Ich halte Ihre ganze Einstellung gegenüber den Aufständischen für falsch. Es sind Revolutionäre wie wir."
Trotzkis unterkühlter Ton wurde schneidend: "Pjotr Rybin. Ich frage Sie, was machen zur Zeit die von Ihnen so hoch geschätzten Revolutionäre, die doch eigentlich nichts weiter als Banditen sind? Während die Weißen auf Moskau zu marschieren, entreißen sie uns das Kommando über unsere letzten Truppen in der Ukraine. Schon vorher haben sie mit ihrem Mangel an

Disziplin und weltfremden Ideen unsere Kampfkraft zersetzt."
Rybin ließ nicht locker. "Aber haben sie nicht vier Monate allein auf sich gestellt die Front gegen Denikin gehalten? Und haben Sie die Aufständischen nicht gelobt, als klar wurde, dass sie sich gegenüber dem Verrat Grigorjews abweisend verhielten? Vielleicht..."
Trotzki unterbrach ihn. "Mein Guter, hören Sie mal. Mir ist bereits schon früher aufgefallen, dass Sie in vielen Punkten zu sehr von Ihrer amerikanischen Zeit beeinflusst sind. Ich konnte mir nach meiner Flucht aus Sibirien, während meines Aufenthalts in New York, selbst ein Bild von den Klassenkämpfen dort machen. Ihre Gewerkschaft der Industriearbeiter hatte in der Tat einen radikalisierenden Einfluss auf die Arbeiterklasse der USA und deshalb war Ihr enormer Einsatz für die Syndikate der IWW in Amerika durchaus revolutionär. Ich sage, in Amerika, denn was dort vor allem, viel mehr als eine kämpferische Gewerkschaft, fehlt, ist der ernsthafte Versuch, eine bewusste Avantgardepartei zu schmieden. Eine Partei, die das Volk zur Revolution führen kann. Genau diese Partei aber existiert in Russland. Und sie existiert nicht nur, sondern hat sich bereits die Macht erkämpft. Deshalb behindern Sie hier mit Ihrem gewerkschaftlichen Querulantentum nur die notwendigen Schritte zur Festigung unserer Sowjetmacht. Die Gewerkschaften sind gegenüber der Partei absolut zweitrangig. Mir ist zu Ohren gekommen, dass die Arbeiter, die Sie vertreten, unzufrieden sind. Sie verstehen nicht, dass die Produktion zu allererst den Kriegsbedarf decken muss. Zur Zeit können wir uns einfach nicht mit Lohnfragen beschäftigen. Wir haben hier doch folgende Situation: Heute ist die Arbeiterklasse mit ihrer Partei in ganz Russland an der Macht, während die Gewerkschaften in jedem Gebiet etwas anderes machen und Wildwest spielen. Die Autorität unserer Partei wird dadurch ausgehöhlt und diese Desorganisation begünstigt die Konterrevolution."
Rybin wartete ab, bis Trotzki fertig war, dann entgegnete er: "Genosse, ich bin aus Amerika zurückgekehrt, um für die Sache der Arbeiter zu kämpfen, nicht für eine bestimmte Partei. Ich dachte, wir würden hier eine neue Gesellschaft aufbauen. Aber wenn ich Sie so reden höre, kommen mir Ihre Argumente seltsam bekannt vor."
Trotzkis Ungeduld wuchs. "Was wollen Sie damit sagen?"
Rybin biss sich auf die Lippen. Er spürte, bei diesem Mann, den nur die eigene Doktrin interessierte, konnte er nichts erreichen, aber er hielt auch nichts davon, Versteck zu spielen. "Lassen Sie mich offen sprechen: Ich denke, dass die Anarchisten nicht völlig daneben liegen mit ihrer Einschätzung, dass ein Staat notwendigerweise Freiheit und Gleichheit verhindert, denn die eigentliche schöpferische Tätigkeit und die Verwaltung laufen nicht durch, sondern trotz des Staatsapparates in den Gemeinden. Ihre Partei kann nicht das Leben selbst ersetzen. Wozu eine Regierung, wenn die Menschen frei sein wollen?"
"Das ist doch albernes Geschwätz", winkte Trotzki ab. "Wer ist denn in der

Lage, den Bürgerkrieg zu führen? Nur die straff organisierte Rote Armee. Wer kann die Wirtschaft lenken? Die Partei." – Er sprach jetzt so, wie einige Menschen mit kleinen Kindern reden.
Sarkastisch meinte Rybin: "Und Menschen? Kommen in Ihrem Konzept auch Menschen vor?"
Trotzki, der während des Gesprächs aufgestanden war und nun neben seinem Schreibtisch stand, machte einen Schritt auf ihn zu. "Ich danke Ihnen für Ihre Offenheit, Genosse, aber ich muss schon sagen, bei Ihrer Haltung wundert es mich, dass Sie sich überhaupt bereit erklärt haben, mit uns zusammen zu arbeiten. Ich hoffe, Sie sind sich im Klaren darüber, dass es in diesem Krieg Notwendigkeiten gibt. Die Konsequenzen für das Überschreiten bestimmter Linien sind hart. Ich werde mir Ihre Arbeit genau ansehen. Wenn die sich auch so verquer wie ihre Einstellung darstellt, dann zweifle ich daran, ob der Posten, den Sie einnehmen, mit Ihnen geeignet besetzt ist."
Rybin zog seine Jacke an. Er hatte genug. "Halten Sie von mir, was Sie wollen. Ich bin Ihnen gegenüber nicht verantwortlich. Denn ich kann mich nicht daran erinnern, dass Sie mich gewählt hätten. Ich empfehle mich."
Trotzki setzte sich. "Tun Sie das, Genosse."
Er blieb allein im Zimmer zurück und ärgerte sich noch eine Weile. Die Beschränktheit der Linksradikalen ödete ihn an. Sie wollten den Himmel auf Erden ohne die notwendigerweise aus Eisen geschmiedete Partei, die die Widerstände zerbrechen konnte. Schließlich kreisten seine Gedanken wieder um die sich immer weiter in Richtung Moskau verlagernde südliche Front. Die Lage war wirklich schwierig geworden. Vorerst würden sie auch noch auf solche Querulanten wie Rybin nicht verzichten können.

28

Die Unruhe unter den ehemals bolschewistischen Truppen an der südlichen Front nutzen die Weißen, um überraschend die Krim zu erobern. Sie beginnen ihre berüchtigte Schreckensherrschaft. Die übrig gebliebenen Regimenter vereinigen sich im Gebiet Dobrowelitschkowka nördlich von Cherson mit Machno.
Die auf 15.000 Mann angewachsene Aufstandsarmee wendet sich gegen die Truppen Mai-Majewskis im Gulai-Polsker Rayon. Täglich kommt es zu schweren Kämpfen. Die Weißen erhalten regelmäßig Verstärkung, zum Beispiel aus dem Kaukasus, so dass die Aufständischen an Boden verlieren. Wieder geht ihnen die Munition aus und Angriffe werden nur geführt, um sich besser zu bewaffnen.
"Das darf doch nicht wahr sein." Machno stemmte die Arme in die Seiten und sah den Freund entgeistert an.
"Ist es aber." Viktor strich nervös über seinen Bart und sagte weiter: "Eine üble Sache, wenn du mich fragst, denn es ist in einem kleinen Dorf passiert, wo außer unseren Männern niemand in der Nähe war. Die Vermutung, dass

die Plünderer vielleicht auch versprengte Weiße sein könnten, hat sich damit erledigt."
Machno starrte auf den Fußboden. Es gab nichts, was er mehr hasste als Verbrechen an Menschen aufgrund ihrer Nationalität oder Religion und hier waren die Opfer wieder Juden gewesen. "Viktor, bitte sieh du nach, was da los ist", sagte er schließlich. Seine Stimme war rauh. "Ich möchte nicht wieder wegen eines Verbrechens einem meiner Männer gegenüberstehen, dem ich vertraut habe, und ihn anklagen müssen."
"Ist schon gut", sagte Viktor und verließ ohne ein weiteres Wort die Hütte. Es war besser, es gleich hinter sich zu bringen. Er steuerte auf die Lagerfeuer zu und besprach die Angelegenheit mit einigen Männern aus der besonderen Hundertschaft Machnos, die immer unmittelbar in der Nähe ihres Anführers blieben. Mit einer Gruppe von ihnen ritt er in das Dorf, wo die Überfälle stattgefunden hatten. Zum Glück ging die Untersuchung schneller und einfacher, als er vermutet hätte.
Von den überfallenen Bauernfamilien waren zwei Frauen bereit mitzukommen, um zu versuchen, die Männer zu identifizieren, die sie ausgeraubt hatten. Bei dem Überfall war ihr Großvater, der sich gewehrt hatte, erschlagen worden. Am wahrscheinlichsten war, dass die Männer zu dem von Grigorjew übernommenen Regiment, das in der Nähe des Dorfes lagerte, gehörten. Viktor ließ das Regiment auf dem Dorfplatz antreten. Etliche der Männer starrten ihre Gruppe feindselig an. Sabudjko, einer der fähigsten Reiter der besonderen Kavallerieeinheit, dessen Pferd neben dem Viktors stand, runzelte die Stirn. "Was machen wir, wenn die alle unter einer Decke stecken, Genosse Belasch? Ich fürchte, dann sieht es nicht besonders gut für uns aus."
Viktor antwortete nicht, saß schweigend auf seinem Pferd und beobachtete die Gesichtszüge der Frauen. Plötzlich zuckte die eine zusammen und schritt an die Seite seines Pferdes. Sie hielt sich an seinem Bein fest. "Batjko Belasch. Ich habe sie erkannt. Die Männer sind hier. Sie halten sich ganz hinten auf dem Platz auf."
Viktor stieg jetzt vom Pferd. "Bist du bereit, mit mir zusammen ihnen gegenüber zu treten?", fragte er die Frau. – Sie nickte.
Die Frau bewies Mut: Laut und vor allen Versammelten klagte sie drei der Männer des Überfalls an. Weitere Zeugen, die den Überfall gesehen hatten, meldeten sich und bestätigten den Vorwurf. Sabudjko befahl den drei angeklagten Männern, die zwischen dreißig und vierzig sein mochten, mit den Zeugen zum Stab der Armee mitzukommen, um sich zu verantworten. Die drei folgten nur widerwillig, aber da ihre Kameraden keine Anstalten machten, sich für sie einzusetzen, blieb ihnen nichts anderes übrig.
Der Stab brauchte nicht lange, um sie schuldig zu sprechen. Viktor war dagegen, sie zu erschießen, aber alle anderen gewählten Vertreter meinten, im Krieg gäbe es keinen Spielraum für andere Maßnahmen. So wurden die drei Männer an den Rand des Lagers geführt und dort erschossen.
Am Abend beriefen die Aufständischen eine besondere Versammlung ein,

die sich mit den häufenden Überfallen auf jüdische Dörfer und Häuser befasste. Es wurde festgestellt, dass alle, die der Taten überführt worden waren, aus Grigorjews früherer Armee stammten. Unter dem Eindruck dieses Ergebnisses beschlossen sie, dass es, trotz der gefährlichen Lage im Kampf gegen die Weißen, keinen anderen Weg gäbe, als sich von diesen Regimentern wieder zu trennen. Die etwa dreitausend Mann, die sich ihnen angeschlossen hatten, wurden am nächsten Tag aufgefordert, das Gebiet zu verlassen. Machno meinte, sie könnten es nicht den vielen hundert Juden, die sich aus freier Entscheidung ihrer Aufstandsarmee angeschlossen hatten, zumuten, neben Männern zu kämpfen, von denen einige fähig waren, sich gegen ihre Familien zu wenden. Und es durfte keine Trennung zwischen der aufständischen Armee und den Bauern geben. Mit Verbrechen gegen die Bevölkerung verlor ihr Krieg jeglichen Sinn. Da es in den täglichen Kämpfen nicht mehr möglich war, aufklärerisch auf die ehemaligen Männer Grigorjews einzuwirken, blieb ihnen als einziger Weg die Trennung von den betreffenden Einheiten. Sie wussten, dass sie damit in Kauf nahmen, weiter gegen ihre Feinde an Boden zu verlieren, aber sie hatten keine Wahl. – Es war ein bitterer Tag für die Bewegung.

Noch in der Nacht, vor Sonnenaufgang, sammelten sich die betreffenden Regimenter und ritten in Richtung Odessa davon. Einige Männer hatten Verständnis geäußert, doch die Mehrheit war verärgert und machte finstere Gesichter, sofern man das im unruhigen Schein der Fackeln überhaupt sehen konnte.

Um einen Kampf zu vermeiden, waren sie nicht entwaffnet worden und Machno hoffte im stillen, dass einige von ihnen – trotz der Trennung – weiter für die Revolution kämpfen würden.

Als die Sonne die Ebene ein weiteres Mal in die Hitze des Hochsommers tauchte, waren die dreitausend Reiter schon hinter dem Horizont verschwunden.

29

Der Druck der weißen Regimenter nimmt von Tag zu Tag zu, da sie wieder neue Truppen ins Feld führen. Der Stab der aufständischen Armee beschließt, nach Westen auszuweichen. Täglich droht die Umzingelung und Vernichtung durch die überlegenen Streitkräfte. Die Gefechte fordern ihren Preis, Tausende sind verwundet. Der Armee schließen sich unzählige Frauen und Kinder an, da sie nur hier Schutz finden können. Das zwingt die Aufständischen, langsamer zu ziehen. Ständige Rückzugsgefechte.

Der verschwitzte Bote zügelte sein Pferd. Belasch, der ihm entgegen geritten war, rief: "Wie viele Kosaken sind es?"
"Einige hundert. Sie greifen unsere linke Flanke an."
Viktor winkte seinem Freund Wassilij Kurilenko zu. Sie verständigten sich

und erklärten dann mit wenigen Worten ihren Männern die Situation. Unter der Führung von Kurilenko sprengten etwa dreihundert Reiter davon. Sie ritten über einige flache Hügel, durchquerten einen schmalen, dünn rieselnden Bach und sahen dann bereits ihre Leute vom linken Flankenschutz, die sich am Rande eines Gehölzes verschanzt hatten und hart von Angreifern bedrängt wurden. Die Kosaken setzten gerade zum entscheidenden Sturm auf die Abteilung an, als sie die Staubwolke über den Hügelkuppen bemerkten, welche die Reiter Kurilenkos ankündigten. Der Hauptmann der Weißen gab ein Zeichen. Die Kosaken wendeten die Pferde und verließen den Kampfplatz.
Die Männer jubelten, als ihre eigenen Reiter sie erreichten, doch die Verluste waren schwer. Von den zweihundert Mann, die die Flanke schützen sollten, waren vierzig getötet und noch mehr verwundet worden. Die Verstärkung war gerade noch rechtzeitig gekommen, um ein völliges Aufreiben der Gruppe zu verhindern. Die Verwundeten und die Toten wurden erst zurück zur Hauptstreitmacht gebracht, nachdem Machno weitere fünfhundert Kämpfer an die linke Flanke geschickt hatte, um auf einen möglichen neuen Vorstoß aus dieser Richtung vorbereitet zu sein.
Noch mehr Verwundete, dachte Viktor. Ihm machte vor allem der Wassermangel Sorgen. Die Hitze in diesem Sommer war fast unerträglich. Die Pferde waren an manchen Tagen völlig entkräftet. Wenn sie, wie jetzt, an einem Bach vorbei kamen, der noch nicht völlig versiegt war, galoppierten viele von ihnen einfach drauflos und waren nur schwer von ihren Reitern zu bändigen. Die Aufständischen versuchten an diesen mageren Rinnsälen, sämtliche Behälter mit Wasser zu füllen. Oft musste es für mehrere Tage reichen. Auch all ihr Material nutzte sich ab: Die Achsen der Wagen brachen und die Schuhe der meisten Männer und Frauen fielen auseinander. Viktor hatte schon öfter für ältere Leute und Kinder, deren Füße bluteten, Platz auf den Tatschankis geschaffen. Ihr Zug hatte inzwischen den Charakter einer kleinen Völkerwanderung angenommen.
Da die Schlinge, die General Mai-Majewski um ihre Armee gelegt hatte, immer enger wurde, hatten sie beschlossen, die Eisenbahnschienen zu verlassen, um den Weißen querfeldein zu entkommen. Deswegen sprengten sie die Panzerzüge, die sich noch in ihrem Besitz befanden, und verließen die Bahnstrecken und großen Straßen. Durch das Zurücklegen unglaublicher Strecken schüttelten sie die Verfolger immer wieder ab. In diesen Wochen hing ihr Überleben einzig von ihrer Verbundenheit mit der Landbevölkerung ab, die das Wenige, was sie besaß, mit ihnen teilte.
Auch am Abend nach dem Angriff auf ihre Flanke hatten sie den Bluthund Mai-Majewski wieder einmal nur mit knapper Not abgeschüttelt. Aber sie konnten es sich nicht erlauben zu rasten, sondern ritten langsam im Vollmond weiter. Seit Wochen zogen sie in diese Richtung, ihr ehemals befreites Gebiet weit hinter sich lassend. Machno rechnete damit, dass nur so, indem er die Truppen der Weißen weit in das Hinterland lockte und sie auseinanderzog,

die aufständische Armee eine Möglichkeit finden würde, sie zu schlagen. Viktor genoss es, im kühlen Nachtschatten zu reiten. Er hatte in dieser Nacht keine Verantwortung für die Bewachung des Trecks. Seine Gedanken kreisten immer wieder um etwas anderes. Schließlich stieg er vom Pferd und bat einen Gefährten, es eine Weile mitzuführen. Dann rannte er zu einem der Wagen, über dessen hölzernen Rahmen eine Zeltplane gegen die Tageshitze und Nachtkälte gespannt war. Leise rief er in die zugezogene Öffnung hinein: "Ist noch jemand wach?"
Eine Frau sah heraus. – "Was willst du?"
"Bitte, ist Anna noch wach?"
"Ja, warte mal." Die Frau huschte wieder zurück.
Bald erschien Annas schwarzer Schopf zwischen dem Vorhang. "Viktor!" Sie sprang vom Wagen und küsste ihn. Sie entfernten sich ein Stück, blieben aber in Sichtweite der Wagen. Anna war aufgewühlt. "Viktor, wie lange soll das noch so weiter gehen. Warum kämpfen wir nicht endlich?"
"Der Feind ist zu stark, wir können noch nicht siegen."
"Aber wenn wir so weiter marschieren, werden die Weißen gar keine Schlacht mehr brauchen, um uns zu vernichten. Sie müssen nur noch hinterher reiten, um unsere Toten aufzusammeln."
"Anna, was glaubst du, die blutigen Füße, die aufgerissenen Lippen, die abgemagerten Gestalten unserer Leute, denkst du, ich sehe das nicht? Aber haben wir wirklich eine andere Wahl? Bereits gestern haben einige Männer den Treck aufgehalten und gefordert, dass wir wieder zum Dnjepr zurückkehren. Nestor und ich haben mit ihnen gesprochen. Wir brauchen einfach den richtigen Zeitpunkt und einen geeigneten Ort für eine Schlacht, um unsere Unterlegenheit auszugleichen."
Sie liefen eine Weile schweigend nebeneinander. Er hatte seinen Arm um sie gelegt, während sie sich an ihn lehnte. Schließlich fragte sie leise: "Glaubst du, unser Marsch wird einmal in den Geschichtsbüchern stehen, so wie die Überquerung der Alpen durch Hannibal und seine Elefanten?"
Er lächelte. "Nun ja, zum einen habe ich noch nie einen Elefanten gesehen. Zum anderen kommt es einfach darauf an, ob wir siegen. Unsere Feinde werden uns sonst aus der Geschichte verschwinden lassen und unser Weg führt ins Nirgendwo."
"Obwohl", meinte Anna, "ich glaube, etwas wird bleiben. Pugatschew hat auch weiter gelebt, obwohl sie ihn gehenkt haben."
"Ja, vielleicht", sagte Viktor und betrachtete die dunkle sich bewegende Silhouette des Zuges.
Seine Gedanken wanderten weiter. Viele Verwundete waren heute gestorben, ihr Zug wurde immer langsamer und ihre Fährte konnte ein Blinder finden. Vielleicht würden die anderen sie bald einholen und es würde doch keine Geschichte mehr geben.
Sie würden sehen.

"Sind alle damit einverstanden?" – Zustimmendes Gemurmel.
"Dann ziehen wir jetzt in die betreffenden Dörfer, jeder weiß, was er zu tun hat."
Die Versammlung zerstreute sich.
Sie waren in die Nähe der von Gulai-Pole über fünfhundert Kilometer entfernten Stadt Umanj gezogen, die von Petljura-Truppen besetzt war. Auch sie kämpften gegen die Weißen. Sowohl Aufständische als auch die Petljura-Truppen hatten angesichts der anrückenden Denikin-Regimenter kein Interesse daran, sich gegenseitig aufzureiben.
Die Petljura-Armee hatte ihnen ein Neutralitätsangebot unterbreitet, das besagte, dass sie in den Dörfern südlich von Umanj lagern und ihre Schwerverwundeten in der Stadt behandeln lassen könnten. Trotzdem hielten es die Anführer der Aufständischen für möglich, dass sich die ukrainischen Petljura-Nationalisten mit den großrussischen Nationalisten, wenn überhaupt, dann über die Vernichtung der Machnowstschina verständigen würden. Aber angesichts ihrer schwierigen Lage beschlossen sie trotzdem, das Angebot wahrzunehmen.
Zwei Tage später, ihre Leute waren gerade etwas zur Ruhe gekommen, näherten sich den Dörfern, in denen sie lagerten, Einheiten der weißen Kosaken vom Norden her, und zwar aus dem Gebiet, das die Petljura-Armee kontrollierte. Ihre Feinde hatten sich also tatsächlich verständigt.
Am Morgen des 25. Septembers 1919 berief der Militärstab eine Versammlung mit dem Großteil der inzwischen nur noch sieben- bis achttausend kampffähigen Männer ein. Die Versammlung fand auf einem weitläufigen Hügel statt, der nach allen Seiten flach auslief. Machno stand auf einer Kiste, neben ihm Wdowitschenko, die anderen Mitglieder des Stabes hatten sich zwischen ihren Leuten verteilt. In die Anspannung hinein begann Nestor seine kurze, aber entschlossene Rede: "Wir sind weit geritten. Etliche unter euch, und ich kann das niemandem übelnehmen, haben über die Strapazen geflucht, waren doch Kugeln das Einzige, was in den letzten Wochen auf uns nieder regnete. Das Einzige, worin wir schwimmen konnten, der Staub und die Hitze. Aber niemand ist umgekehrt. Nur wenige Familien haben auf dem Weg anderswo Unterbringung gesucht und gefunden. Alle Kämpfer sind geblieben. Warum das alles?"
Er hielt einen Augenblick inne und sah in die konzentrierten Gesichter der Menge, dann fuhr er fort: "An diesem Ort hier wird sich das Schicksal der Denikinschen Konterrevolution und damit notwendigerweise auch unser Schicksal entscheiden. Lange sind wir vor ihnen davongezogen, aber wir hatten bisher keinen Ort gefunden, ihnen eine Schlacht zu liefern. Jetzt sind wir umzingelt und die Weißen stehen in allen Himmelsrichtungen. Die Soldaten Petljuras sind aus der Stadt Umanj abgezogen und liefern damit unsere verwundeten Kämpfer schutzlos den mörderischen Kosaken aus. Das ist ein

weiterer Grund, warum sich hier und jetzt unser Schicksal entscheiden muss."
Nestor hob seine Stimme und sprach eindringlich weiter: "Ihr kennt mich alle. Ich bin kein Aufschneider und kein Lügner. Es kann sein, dass die meisten von uns in dieser Nacht oder am nächsten Morgen sterben werden. Es kann sein, dass ich zum letzten Mal zu euch spreche. Aber ich glaube es nicht. Ich glaube, dass sie ihren Krieg in den letzten Monaten führen wollten, und wir haben es vereitelt, indem wir ihnen ausgewichen sind. Und morgen, da beginnt unser Krieg, der eigentliche Krieg. Der Feind hat hier in Umanj fast alle seine Kräfte aus der gesamten Ukraine zusammengezogen. Wir können ihn deshalb vernichtend schlagen. Wir werden morgen gegen eine Übermacht kämpfen, doch wir haben fast immer gegen eine Übermacht gekämpft. Vergesst nicht, dass die Soldaten jene Kosakenregimenter sind, die uns seit Monaten auslöschen wollen. Gewährt ihnen keine Gnade, denn sie werden euch auch keine gewähren. Wenn wir morgen siegen werden, werden wir alle angrenzenden Landstriche und schließlich auch unser eigenes Gebiet mit Leichtigkeit befreien. Die heutige Nacht und der morgige Tag sind entscheidend: Wir werden siegen oder sterben."
Machno sprang von der Kiste und bahnte sich seinen Weg durch die begeisterte Menge.
Anna, die in der Menschenmenge neben Viktor gestanden hatte, stieß diesem ihren Ellbogen in die Hüfte und grinste ihn an. "So wird wohl auch euer Jesus auf dem Berg zu der Menge geredet haben."
Viktor war überrascht, er legt seinen Arm um ihre Hüfte. "Wie kommst du darauf? Predigte Jesus nicht Liebe? Machno spricht von Kampf." Er sah sie von der Seite an und fuhr fort: "Anna. Wieso kommst du eigentlich immer wieder mit diesen uralten, religiösen Geschichten, die sind doch verstaubt, vertrocknet und nichts weiter als Ammenmärchen der Herrschenden."
Sie legte ihren Kopf an seine Schulter und sagte: "Weißt du, einiges wird auch falsch berichtet. Ich glaube, entweder war Jesus nicht so, wie er beschrieben wurde, oder aber er selbst hat die Liebe nie richtig verstanden, denn wirkliche Liebe liegt unter dem Hass begraben, jene Liebe, die wie das Feuer über die Ebene jagt und von dem grünen Gras nichts übrig lässt. Wer das Leben liebt, muss die Leere hassen."
Viktor konnte darauf nicht antworten. Was sie manchmal für merkwürdige Dinge sagte!
Sie sah ihn mit ihren graublauen Augen durchdringend an und meinte: "Es stimmt, was Nestor sagt, vielleicht werden wir morgen sterben. Aber dann werden wir als Menschen sterben, für unsere Freiheit und nicht als willenlose Sklaven."
Sie umarmte ihn und las in seinen Augen. Sie war jetzt nicht mehr der zitternde Vogel, den er beschützen wollte. Sie war die angezogene Sehne eines Bogens und er war der Pfeil. Morgen würde sie ihn loslassen.
Die Armee, die über sechs Wochen lang nach Westen gezogen war, rückte

gegen Abend in die entgegengesetzte Richtung aus. Bereits kurz danach, noch in der Dämmerung, kam es zu einem kurzen, aber heftigen Zusammenstoß zwischen zwei Kavallerieabteilungen. Die Weißen zogen sich zurück und sie verfolgten sie nicht, um nicht zu zeigen, dass ihre ganze Armee Kehrt gemacht hatte.

Die eigentliche Schlacht begann mitten in der Nacht, nahe dem Dorf Peregonowka, wo sie lagerten. Gleich zu Beginn des Kampfes zog Machno mit seiner inneren Kavallerieeinheit von zweihundert Mann ab, um den Feind zu umgehen und ihn überraschend aus einer anderen Richtung anzugreifen.

Vor Peregonowka bewegten sich die gegnerischen und die eigenen Truppen aufeinander zu, doch am Ortseingang bezogen Viktor, Koshin und die anderen Stellung und erwarteten den Angriff der Kosaken. Sie hatten ihre Leute hier geschickt verteilt, so dass die Weißen die Feuerkraft ihrer Maschinengewehre und einiger Mörser kaum einsetzen konnten. Die Aufständischen hatten sich aufgefächert und ihre vordersten Kämpfer waren bald auf einer Höhe mit den vorrückenden Denikin-Soldaten. Diese liefen deswegen zu Beginn des Gefechts Gefahr, durch das Feuer der eigenen weißen Artillerie getroffen zu werden, die gegen die Aufständischen eingesetzt wurde. Doch nach und nach drängten die Weißen die Aufständischen auf eine Linie vor dem Dorf zurück und der Kugelhagel über ihren Köpfen nahm zu. Als im Osten die Sonne über der Schlacht aufging, verstärkten die Weißen ihren Beschuss und die Aufständischen hatten mehr und mehr Verwundete und Tote zu beklagen.

Dann, gegen acht Uhr morgens, war es Denikins Offizieren gelungen, ihre ganze Armee vor Peregonowka zu vereinigen. Langsam rückten sie gegen das Dorf vor. Jetzt wurden die Aufständischen geradezu von Kugeln überschüttet und mussten sich noch weiter zurückziehen. Doch bald gab es nichts mehr, wohin sie gehen konnten. Mit jedem Meter, den sie aufgaben, wurde die Aussichtslosigkeit der Schlacht für sie deutlicher. Schließlich erteilte Viktor den Befehl, dass alle, Männer wie Frauen und Verwundete, sich für den letzten Kampf bereitmachen sollten, denn er schätzte, dass der feindliche Sturmangriff auf das Dorf kurz bevorstand.

Die Alarmrufe wurden weitergegeben. Schon wurde am Dorfrand gekämpft und sie konnten bereits die Gesichter der Denikin-Soldaten erkennen, die entschlossen voran stürmten. Doch dann passierte etwas Unerwartetes: sie gerieten ins Stocken. Die Soldaten starrten irritiert nach hinten und zogen sich im nächsten Augenblick zurück. Alle Aufständischen hielten für einen kurzen Augenblick erstaunt den Atem an. Viktor schrie zu einem etwa sechzehnjährigen Jungen hoch, der aus dem Giebel eines Hauses die Bewegungen des Feindes beobachten sollte: "Was siehst du?"

Der Junge rief: "Es ist der Batjko, er schlägt sie. Der Batjko schlägt sie."

Der Ruf wurde überall aufgenommen. Die Massen der Aufständischen gerieten in Bewegung. Begeisterung, Angst und Liebe zu Nestor ließen sie vorwärts stürmen.

Hauptmann Bulygin triumphierte. Gleich würden seine Soldaten zum Sturm auf Peregonowka ansetzen und die bewaffneten Lumpen ein für alle Mal von der Erde vertilgen. Ein Segen, auf den er schon zu lange gewartet hatte. Da rief ein Soldat von weiter hinten. "Hauptmann, seht dort!"
Als er sich umdrehte, sah Bulygin eine Staubwolke, die sich aus einer Schlucht näherte. Einen kurzen Moment glaubte er, einen kleinen Reiter zu erkennen, der den anderen voraus war. Da schlugen bereits die ersten Kugeln in seiner Nähe ein, die die angreifenden Reiter auf sie abfeuerten.
"Folgt mir", rief Bulygin einigen Kosaken in seiner Nähe zu und ein kleiner Trupp galoppierte den anstürmenden Aufständischen entgegen. Sie trafen aufeinander. Er hatte seinen Säbel gezogen und lenkte sein Pferd dem Anführer entgegen. Kurz sah er den Gesichtsausdruck des Mannes. Er wirkte ruhig und konzentriert. "Verdammt", dachte Bulygin, "der ist gefährlich."
Er schlug zu, doch der Reiter wich mit seinem Pferd aus. Sein Säbel sauste ins Leere. Statt dessen traf ihn der Säbel des anderen und schnitt tief in sein Fleisch. Mit schmerzverzerrtem Gesicht drehte er sich im Sattel um, sah kurz die dunklen, hasserfüllten Augen des Mannes. Bulygin erkannte den Mann und Panik erfasste ihn. Er starrte dem Reiter hinterher, der an ihm vorbeigeflogen war und nun schon etliche Meter entfernt galoppierte. Da blitzte etwas kurz vor ihm auf – ein Säbel. Mit einem mächtigen Hieb schlug Kurilenko den Kopf des Hauptmanns halb ab; der leblose Körper knallte vom Pferd. Die Aufständischen stürmten weiter vor.
Machnos Kavallerieeinheit jagte schweigend, abgequält und staubbedeckt aus der Schlucht und warf sich in die Flanke der Weißen. Hinter Machno und Kurilenko ritten Isidor Ljuty und Grigorij Machno, Nestors leiblicher Bruder. Sie schirmten den Batjko ab, so gut sie konnten.
Die entsetzten Gesichter der feindlichen Kosaken tauchten vor ihnen im Geschrei und in der Hitze auf. Ein Offizier kämpfte auf seinem Pferd mit zwei Säbeln. Isidor griff ihn an, doch der Kosak fing den Säbelhieb ab und erstach Nestors alten Kampfgefährten und Freund. Grigorij trieb mit einem Aufschrei sein Pferd neben das des Kosaken, zog seine Pistole und schoss ihm in die Stirn. Der Kosak fiel in den Staub. Grigorij bemerkte aus dem Augenwinkel, dass einige Infanteristen der Weißen angelaufen kamen, um dem Kosaken zu helfen. Er drehte sich um, sah, wie sie niederknieten und anlegten. "Sie feuern auf mich", dachte er noch. Sein Pferd wieherte schrill auf, als es getroffen wurde. Grigorij spürte, wie er einen Schlag vor die Brust erhielt. Dann begrub ihn sein zusammenbrechendes Pferd unter sich.
In Peregonowka sahen die Aufständischen ihren geliebten Batjko in den sicheren Tod reiten. Sie gerieten in Raserei. Ohne dass es jemand befohlen hätte, stürzten sie aus dem Dorf auf die feindliche Armee zu. Einige lange Momente gab es ein fürchterliches Gemetzel, eine Rubka, wie sie es nannten. Der Ansturm der Aufständischen war so unerwartet und heftig, dass die Reihen der Weißen auseinander fielen. Dann brach in einigen ihrer Abteilungen Panik aus und viele flohen. Als letztes zog sich Bulygins Simferopo-

ler Eliteregiment zurück, zunächst langsam, als aber die Wucht der stürmenden Machno-Kämpfer nicht nachließ, flüchteten sie panikartig. Bei den Aufständischen entluden sich in dieser Schlacht all die Todesängste und Strapazen der vergangenen Monate. In ihrem Rausch verfolgten sie die zurückflutenden weißen Truppen und machten alle nieder, derer sie habhaft werden konnten. Machno eilte mit seiner Kavallerieeinheit den fliehenden Truppen hinterher und holte sie am Fluss Ssinjucha ein. Hier wurde das Simferopoler Offiziersregiment vollständig aufgerieben. Hunderte Soldaten weiterer Regimenter ertranken im Fluss. Die militärische Leitung der Denikin-Armee hatte, wie üblich, nicht an den Kämpfen teilgenommen, sondern auf der anderen Seite des Flusses gelagert. Dort wurde sie von den Aufständischen umzingelt, gefangengenommen und erschossen. Gegen Mittag ebbten die Kämpfe ab und erloschen schließlich ganz. Die Schlacht war vorbei. Denikins südliche Streitkräfte waren vernichtet.

Der gesamte Weg von Peregonowka bis zum Fluss war über und über mit Leichen bedeckt, als hätte der Tod selbst sie gesät. Doch Viktor war glücklich. Der Sieg, an den Nestor immer geglaubt und von dem er bei ihrem Rückzug einige Male gesprochen hatte, war errungen. Sie hatten ihre Pferde am Weg zum Fluss angebunden. Zusammen mit anderen saß er völlig ausgepumpt am Straßenrand und beobachtete seine Leute, die damit begannen, ihre eigenen Toten zu suchen, um sie zu begraben, während sie Denikins Soldaten Waffen, Stiefel, Jacken und Wertgegenstände abnahmen und liegen ließen. – Ein scheußliches Mahl für die Raben.

Machno trieb seine erschöpften Leute zur Eile an. Ungeachtet der Anstrengungen der Schlacht zogen die Aufständischen noch am gleichen Tag in drei Abteilungen zurück in Richtung ihres Rayons. Wieder kam Viktor die Prophezeiung von Pugatschew in den Sinn, jemand würde kommen und die Ausbeuter gnadenlos vernichten. In nur eineinhalb Wochen durchzogen die drei Abteilungen die halbe Ukraine, um nach Gulai-Pole zurückzukehren. Machno ritt mit seiner besonderen Hundertschaft den eigentlichen Truppen stets voraus. Sie waren schneller als die Nachricht von ihrem Durchbruch bei Umanj. Niemand erwartete sie, rechnete mit ihnen. Sie ritten in alle Städte und Dörfer, zerstörten die Polizei- und Kommissariatsreviere, öffneten die Gefängnisse und brannten sie anschließend nieder.

Jeder, der beweisbar für den Tod von Aufständischen verantwortlich war oder sich an der Plünderung der Bauern beteiligt hatte, wurde erschossen. In einigen Dörfern waren es die Popen gewesen, die den Kosaken Listen mit vermeintlichen oder tatsächlichen Aufrührern übergeben hatten, die dann von den Kosaken hingerichtet worden waren. Diese Geistlichen fanden keine Gnade und Viktor freute sich über die schönen neuen schwarzen Fahnen, die einige seiner Männer aus ihren Talaren nähten.

Die großen Städte Alexandrowsk, Berdjansk, Melitopol, Mariupol fielen fast kampflos in ihre Hände zurück, schließlich auch Gulai-Pole. Und noch etwas passierte: ihr Sieg führte zu einer Wende im russischen Bürgerkrieg. Durch die Besetzung des großen Gebietes schnitten sie die nördlichen Denikin-Truppen, die nur noch einige hundert Kilometer vor Moskau standen, von ihrem dringend benötigten Nachschub ab. General Denikin blieb während der Offensive nichts anderes übrig, als Truppen abzuziehen und in die Ukraine zu beordern. Unter diesen Truppen befand sich auch das Regiment General Schkuros. Doch auch diese Elite-Kavalleristen konnten im Herbst des Jahres 1919 nichts mehr ausrichten. Für jede Stadt, die die Kosaken vorübergehend zurückeroberten, besetzten die Aufständischen zwei neue. – Der Sieg von Umanj war ihnen nicht mehr zu nehmen.

31

Es war wieder kälter geworden. Der Herbst hatte Wiesen und Wälder in Gelb, Braun und Rot getaucht, als ob die Natur einen Bühnenwechsel vollzogen hätte. Statt schwirrender Hitze wirbelnder Wind. In ruhigeren Zeiten wären die Kinder wahrscheinlich aus ihren Dörfern auf die Felder gelaufen, um Drachen steigen zu lassen. Doch jetzt waren die Menschen in dem weiten Gebiet zwischen Charkow und Kursk misstrauisch und die Kinder blieben zu Hause, denn den verschiedenen Reitern auf den Straßen war nicht zu trauen. Keiner kannte sich aus, wußte nicht, zu wem die einen oder die anderen der vorbeiziehenden Soldatengruppen gehörten. Schließlich hatten alle Besatzer den Tod gebracht: der Hetman und die Deutschen, Petljura, die Bolschewiki, die Weißen. Lediglich mit der Machnowtschina sympathisierten einige. Man sprach über sie und vieles, was die Bauern hörten, war kaum zu glauben, zum Beispiel der sagenhafte Sieg der Aufständischen bei Umanj.
Und so vermuteten die Bauern, die auf den Feldern arbeiteteten und die drei Reiter beobachteten, die auf einer der Straßen in Richtung Kursk ritten, nicht unbedingt, dass es sich um Angehörige der aufständischen Armee handelte, die aus dem Herzen des Sturmes kamen, den die Machnowtschina im Süden entfacht hatte. Es waren zwei Männer und eine Frau. Anna begleitete Karetnik und den Hünen Petrenko zu einem Treffen mit einer abtrünnigen Einheit der Bolschewiki, die sich Machno anschließen wollten. Als Treffpunkt hatten sie ein kleines Dorf südwestlich von Kursk vereinbart. "Wir sollten auf der Hut sein", meinte Petrenko. "In dieser Gegend hier müssten sich zur Zeit starke Verbände der Weißen befinden, die aus dem Raum Orjol zurückkehren."
"Zum Beispiel direkt vor uns", meinte Karetnik trocken. Petrenko zuckte zusammen und starrte in die Ferne. Anna stellte sich in ihre Steigbügel, um besser sehen zu können. "Als ob du sie herbeigesehnt hättest", meinte sie zu Petrenko. Die Reiter kamen ihnen auf der Straße entgegen. Schon von weitem waren die weißen Turbane und wehenden Umhänge der Männer zu erkennen. Kaukasier, und damit war auch klar, für wen sie kämpften.
"Hört zu", sagte Anna. "Noch können wir ausweichen und ich finde, das sollten wir auch schleunigst tun." Noch einmal starrten sie einen kurzen

Augenblick auf die ihnen entgegen trabende Gruppe von vielleicht zwanzig Mann, dann stießen sie ihren Pferden die Hacken in die Flanken und wechselten die Richtung feldeinwärts. Anna sah beim Reiten über die Schulter zurück und beobachtete die Kaukasier. "Sie verlassen die Straße", rief sie. "Beeilen wir uns", sagte Karetnik.
Jetzt ließen sie ihre Pferde galoppieren. Ihre Verfolger blieben ihnen auf den Fersen, doch sie konnten den Abstand halten. Über den Hals ihres Pferdes gebeugt bemerkte Anna, wie hinter dem Hügelkamp vor ihnen etwas zweimal kurz aufblitzte. "Sonderbar", dachte sie kurz, doch in der hektischen Jagd konnte sie ihre Gedanken nicht ordnen, um zu überlegen, was es mit dem reflektierten Sonnenlicht auf sich haben könnte. Wieder blickte sie zurück und stellte erleichtert fest, dass ihre Verfolger jetzt langsamer wurden. "Die wären wir los", rief sie zu Karetnik hinüber und grinste. Als sich der Abstand zu den Verfolgern weiter vergrößerte, gingen sie zum Trab über. Vor ihnen lag der Hügelkamp, dahinter ein Wald. Jetzt ritten sie auf die leichte Anhöhe und erstarrten: Sie sahen in die Mündung von fünf Gewehren – andere kaukasische Krieger hatten sich hier verborgen gehalten. Sie sahen nicht so aus, als ob Widerstand Erfolg haben würde.
Erst später verstand Anna, warum die fünf Männer so plötzlich vor ihnen auftauchen konnten. Die Männer gehörten zu den anderen, die sie verfolgten. Die Patrouille der Kaukasier hatte sich zuvor aufgeteilt, um ein größeres Gebiet auszukundschaften. So kam es, dass, verborgen zwischen den Bäumen, eine zweite Gruppe die Jagd ihrer Stammesbrüder von dem Hügelkamp aus beobachtete. Als sie merkten, dass die Flüchtenden geradewegs in ihre Richtung ritten, hatte einer von ihnen seinen Leuten ein kurzes Signal mit einem Spiegel gegeben – und das war dieses Glitzern gewesen, das Anna irritierte.
Die Männer, die mit ihren langen Flinten auf sie zielten, bedeuteten ihnen, von ihren Pferden abzusteigen. Die drei Aufständischen folgten der Aufforderung – sie saßen in der Falle.
Die Tschetschenen waren furchtlose Männer, doch allmählich fragten sie sich, ob der Preis, den sie in diesem Krieg zahlten, nicht zu hoch war. Die Scheichs hatten in den Bergen des nördlichen Kaukasus eine Armee aufgestellt, um gegen die rücksichtslosen Beschlagnahmungen durch die Bolschewiki vorzugehen. Als die Freiwilligenverbände in die Ukraine entsandt wurden, erlosch ihre anfängliche Begeisterung sehr schnell.
Die Männer, im Gebirge aufgewachsen, fühlten sich in den Weiten der Ukraine verloren. Vor allem aber wussten sie nicht mehr, wofür sie eigentlich kämpften. Die reaktionären weißen Generäle hatten sich überraschend geweigert, den Völkern des Kaukasus im Fall eines Sieges über die Bolschewiki die Unabhängigkeit zu geben. Und jetzt sollten die Tschetschenen in der Ukraine nicht gegen die verhassten Truppen der bolschewistischen Kommissare kämpfen, sondern gegen einfache Bauern wie sie. Außerdem waren sie darüber wütend, dass die Generäle Mai-Majewski und Schkuro sie

immer an die vorderste Front schickten, um die eigenen Kosakenregimenter zu schonen. Bald bewunderten die Tschetschenen die Kavallerie ihrer Feinde, die sie so gut wie nie schlagen konnten. Ihre Verluste waren dementsprechend sehr hoch.

Nachdem sich General Denikin wegen der Eroberung seines Hinterlandes durch die Machnowstschina wieder von Moskau zurückziehen musste und die Bolschewiki ihm bei Orjol eine weitere Niederlage zugefügt hatten, wussten die weißen Generäle, dass sie ihren Feldzug verloren hatten. Sie versuchten, ihre Enttäuschung dadurch zu bewältigen, dass sie und ihre Soldaten ihre Wut hemmungslos und mit großer Grausamkeit an ihren Gegnern ausließen. Auch das widerte die einfachen moslemischen Bergbauern an, sie wollten kämpfen und nicht foltern. Alles in allem konnte man ohne Übertreibung sagen, die Tschetschenen hatten diesen Krieg gründlich satt.

Akin Ben Jasul war der Anführer eines tschetschenischen Regiments, das von der Hauptstreitmacht, der aus Russland zurückflutenden weißen Armee, abgespalten worden war. Sie lagerten am Dnjepr, ohne Kontakt zu anderen Einheiten herstellen zu können. Eine Patrouille meldete sich im Zelt des Kommandanten zurück.

Neben dem Bett stand nur ein niedriger Tisch, gedeckt mit einer Obstschale, einigem Geschirr und einem Krug Wasser, aus dem Akin einen Becher schöpfte, als die Kundschafter eintraten. Sie kamen nicht allein, sondern brachten drei Gefangene, die sie unterwegs festgenommen hatten und für Angehörige der Machnowstschina hielten. Den beiden Männern hatten sie die Hände auf den Rücken gebunden, bei der zierlichen, attraktiven Frau darauf verzichtet. Der Anführer der Patrouille berichtete Ben Jasul gestikulierend, was vorgefallen war. Die Gefangenen verstanden kein Wort. Verschlossen starrten sie vor sich hin, offensichtlich waren sie auf das Schlimmste gefasst. Akin erhob sich von seinem Lager und musterte die drei eingehend, besonders die Frau.

"Ich möchte mich zunächst vorstellen. Mein Name ist Scheich Akin Ben Jasul. Ich habe hier das Kommando. Ihr seid hier Aufständische, nicht wahr?" Er sprach akzentfreies Russisch.

Anna antwortete klar und gelassen: "Kommandant, wir haben beschlossen, dass wir Euch nichts zu sagen haben. Ihr seid hier in unserem Land und nicht wir in Eurem. Deshalb fordern wir Euch auf, uns freizulassen. Wenn Ihr uns aber töten wollt, so bitten wir darum, schnell getötet zu werden. Sofern Ihr eine Ehre habt, werdet Ihr uns diesen Wunsch erfüllen."

Die Wachen murmelten überrascht, Ben Jasul zog die Augenbrauen hoch. "Du bist stolz, Weib, aber du sorgst dich umsonst. Wir verachten Männer, die ihre Gefangenen bei lebendigem Leib zerschneiden. Unserem Glauben nach sind sie verflucht. Aber töten werden wir euch vielleicht." Er betrachtete sie unentschlossen. "Vielleicht aber auch nicht."

Die grauen Augen Annas faszinierten ihn. Er blieb dicht vor ihr stehen, sah sie unverwandt an. Sie erwiderte unerschrocken den Blick.

"Du bist schön", sagte er. Sie antwortete nicht. Er wandte sich von ihr ab und wollte etwas zu einem seiner Männer sagen. In diesem Augenblick schnellte Anna vor, zog einen Dolch aus seinem Gürtel, sprang zur Seite und setzte ihm das Messer an die Kehle. Ihre Augen funkelten böse. Die Tschetschenen rissen ihre Waffen hoch, doch die beiden gefangenen Männer rempelten sie an. Die Wachen schlugen sie mit ihren Gewehrkolben zu Boden.
"Lasst sie in Ruhe", schrie Anna. Sie fauchte: "Ihr kommt in unser Land und behandelt uns wie Sklaven. Ich sollte dich töten, Akin Ben Jasul. Aber lass uns gehen und ich werde es nicht tun."
Ihre beiden gefesselten Gefährten rappelten sich wieder hoch, die Wachen sahen fragend ihren Anführer an. Der erwiderte ruhig: "Schöne Frau, du bist schnell mit der Zunge und noch schneller mit dem Messer, nur deine Gedanken sind langsam. Du erwartest, dass du mir ein Versprechen abpressen kannst, an das ich mich gebunden fühle? Jeder andere Kommandant würde euch gehen lassen, um euch anschließend zu töten. Was du erwartest, ist töricht."
Anna spürte, dass sie verlieren würde, da er keine Angst zeigte. Doch sie bohrte den Dolch tiefer in seinen Hals, so dass er die Haut aufritzte und etwas Blut floss. "Befiehl deinen Männern, sich zurückzuziehen."
Akin verzog weiterhin keine Miene, antwortete auch nicht. Sie wurde nervös. In diesem Augenblick wurde der Zelteingang von einem Tschetschenen zurückgeschlagen, der zu seinem Kommandanten wollte. Für einen kurzen Moment war sie abgelenkt. Eine schnelle Drehung und Akin umklammerte ihr Handgelenk, presste es so stark, dass sie den Dolch fallen ließ. Er stieß zurück in die Arme einer Wache, die sie festhielt. Akin hob seinen Dolch auf, nahm ein Tuch vom Tisch, wischte das Blut vom Hals und setzte sich im Schneidersitz auf ein Kissen. Nachdenklich beobachtete er die Gefangenen, die, blass geworden, vor ihm standen.
Schließlich sagte er: "Ich glaube, es kann kein Zweifel bestehen, dass ihr zu Machno gehört. In den letzten beiden Monaten sind Tausende von unseren tschetschenischen Kämpfern von euch im Kampf getötet worden." Er lächelte schwach. "Ihr seid ein seltsames Volk. Eure Männer kämpfen wie die leibhaftigen Teufel, lassen aber Frauen für sich sprechen. Na ja. Aber obwohl viele unserer Brüder durch eure Hand gefallen sind, kann ich euch nicht die Schuld dafür geben, denn du hast recht, Frau: Wir sind in euer Land gekommen und nicht umgekehrt. Noch vor zwei Wochen wäret ihr wahrscheinlich bereits getötet worden. Jetzt lasse ich euch frei. Aber...", er grinste spöttisch, "ich würde dies nie mit einem Messer am Hals tun." Er räusperte sich. "Ich bitte euch allerdings, Verbindung mit eurem Anführer Machno herzustellen. Ich möchte mit ihm einen kleinen privaten Waffenstillstand aushandeln." Er überlegte einen Moment. "Sagt ihm, mir und meinen Kämpfern schmeckt dieser Krieg nicht mehr."
Anna war sprachlos. Auch ihre beiden Begleiter blieben weiterhin stumm. Dieser Mann hatte wirklich Mut, seine kühle Überlegenheit beeindruckte sie.

Anna überlegte, ob er sie in falscher Sicherheit wiegen wollte, aber das machte wenig Sinn. Eine Falle? Sie sah ringsum in die Gesichter der Tschetschenen, doch sie konnte nichts darin erkennen. Akin Ben Jasul nickte einem seiner Männer zu. Der zerschnitt die Fesseln von Karetnik und Petrenko. Dann sprach der Scheich mit seinen Leuten. Die waren mit dem, was er sagte, offensichtlich nicht einverstanden und widersprachen ihm. Doch schließlich verließen die Wachen das Zelt, nicht ohne ihnen finstere Blicke zuzuwerfen. Akin nahm blecherne Becher vom Tisch und reichte jedem von ihnen einen. Zu Anna sagte er: "Es ist schade, dass wir uns unter diesen Umständen kennenlernen, aber vielleicht treffen wir uns ein anderes Mal wieder?"

Sie nahm den Becher, trank und über den Becherrand las sie in den dunklen Augen des Mannes. Eine Welle von Sympathie überflutete sie. Ihr Verstand konnte noch so sehr zur Vorsicht mahnen, ihr Gefühl sagte ihr, dieser Scheich aus den Bergen des Kaukasus, den sie fast erstochen hätte, meinte es ernst. Er faszinierte sie, vielleicht auch deshalb, weil er ein sehr gut aussehender, junger Mann war.

Zum ersten mal ergriff jetzt Karetnik das Wort: "Akin Ben Jasul, wir werden unserem Batjko die Botschaft überbringen und wenn ihr wollt, könnt ihr diesen Krieg als beendet ansehen."

Einige Tage später erklärten nicht nur die Männer dieses Regiments, sondern alle tschetschenischen Anführer General Denikin unmissverständlich, dass sie nicht mehr bereit waren, gegen die Aufständischen in der Ukraine zu kämpfen. Ohne eine Erlaubnis oder betreffende Befehle abzuwarten, kehrten sie in ihre kaukasische Heimat zurück. Damit begann der Zerfall der restlichen Armee Denikins, bis sie sich im November fast ganz auflöste.

Dieses endgültige Scheitern des gegenrevolutionären Feldzugs brachte den Aufständischen eine wichtige Atempause in ihrem Versuch, ihr Leben in den Dörfern und Städten selbst in die Hand zu nehmen.

32

Das Krachen kam vom Hafen am Fluss, wo Arbeiter gerade Holz aus den weiten Wäldern des Nordens von langen Frachtern holten. Viktor stand am Ufer und beobachtete den Segelflug der krächzenden Möwen. Es überraschte ihn immer wieder, dass soweit landeinwärts noch Seevögel über die Masten der Kähne jagten. Sie begleiteten die Schiffe bei ihren Fahrten vom Schwarzen Meer den Fluss hinauf und trafen hier auf die vierschrötigen Männer, die aus den Weiten Zentralrusslands den Dnjepr zum Meer hin befuhren. Kräne und Seile waren schwer zu handhaben und die Arbeiter mussten höllisch darauf achten, dass ihre Hände nicht zwischen die schweren Stämme gerieten und zerquetscht wurden.

Viktor war mit dem Quartiermeister der Armee in den Hafen gekommen, um mit den Arbeitern die Menge des Holzes festzulegen, das sie auf den Schiffen

behalten oder aber weiter südlich abliefern sollten.
Seit einigen Wochen hatte die Machnowstschina die Kontrolle über Alexandrowsk übernommen. Die Stadt war der geeignete Ort, um aus dem weiten Land zwischen den beiden großen Flüssen Dnjepr und Don die Bauern zu einem Kongress zusammenzurufen, der über den Aufbau eines von ihnen selbst bestimmten Lebens in dem befreiten Gebiet beraten sollte.
Der Kongress dauerte bereits drei Wochen und näherte sich nun seinem Ende. Fast während der gesamten Zeit hatten Viktor und Nestor Machno im Nordwesten gegen Reste der Weißen gekämpft, die sich jetzt vollständig auf die Krim zurückgezogen hatten. Die beiden Kommandanten waren deshalb erst jetzt für zwei Tage in die Stadt gekommen, um die Beschlüsse des Kongresses entgegenzunehmen und in Verbindung damit eine neue militärische Strategie festzusetzen. Hier, zwischen den Sitzungen, fand Viktor endlich wieder Zeit, sich mit Anna zu treffen, die, wie oft in den letzten Monaten, als Arzthelferin im Lazarett arbeitete. Sie hatten sich zu Mittag verabredet.
Viktor war gerade mit der Besprechung wegen der Holzverladung fertig, als er Annas kleine Gestalt wahrnahm, die die gepflasterte Straße zum Kai hochkam. Sie lief gegen den starken Wind an und hielt ihr Kopftuch fest. Ein kräftiger Windstoß wehte ihr ein abgerissenes Plakat vor die Füße. Sie bückte sich, hob es auf, überflog es und steckte es ein. Viktor winkte. Er lief ihr entgegen und sie begrüßte ihn mit einem kurzen Kuss.
"Weißt du was, lass uns doch heute gleich hier am Hafen essen", schlug er vor. Da sie hungrig war, stimmte sie zu. Also gingen sie zu dem kleinen, gelben Backsteinhäuschen, in dem eine Küche für die Hafenarbeiter eingerichtet worden war.
In der Mitte standen zwei lange Tische, um die schon eine Gruppe Männer saß. Die meisten erkannten Viktor und begrüßten ihn freudig. Bei der breitschultrigen Frau mit dem gutmütigen Lächeln, die hinter dem Tresen stand, bestellte er zwei Portionen Gulasch. Sie setzten sich zwischen die anderen. Das Essen schmeckte sehr gut, wärmte sie angenehm.
"Sieh mal", Anna entfaltete mit einer Hand das gefundene Plakat und kauend las sie vor: "In Anbetracht der schwierigen Lage ist es ratsam, sich bei dem Genuss von Alkohol zu mäßigen. Besonders Trunkenheit an öffentlichen Plätzen würde in der gegenwärtigen Situation Verwirrung stiften. Von daher ist darauf zu achten, dass übermäßiger Alkoholkonsum nicht zu Nachlässigkeit und Gefährdungen führt. – Der Militärkommandant der Stadt Alexandrowsk, Klein."
Sie schluckte den Happen herunter und lachte. "Ich habe gehört, dass Klein vor zwei Tagen selbst ein rauschendes Fest mitten in der Stadt gefeiert hat und zu guter Letzt besinnungslos mit dem Kopf auf den Tisch geknallt sein soll."
"Hat man mir auch erzählt", meinte Viktor. "Beschämend, als gewähltem Kommandanten sollte das einem nicht passieren."
Ein junger Arbeiter am Ende des Tisches mischte sich ein. "Es verhält sich

nicht ganz so, wie es auf den ersten Blick aussieht", sagte er. "Der Kongress hat gestern von dem Vorfall erfahren und Klein gebeten, sich vor der Versammlung zu rechtfertigen. Er ist sofort gekommen, hat nichts abgestritten, sondern sich für sein Verhalten entschuldigt. Er meinte, er wäre zwar zum Kommandanten gewählt worden, halte sich aber für völlig ungeeignet. Er ginge in der Stadt ein, wie eine zu heiß gewaschene Socke, und müsse unbedingt wieder zurück an die Front. Aus lauter Langeweile habe er dann an dem Abend getrunken."
"Verrückter Kerl", sagte Anna.
"Ja, schon", meinte der Arbeiter, der sich freute, dass Viktor und Anna ihm interessiert zuhörten, "aber es ist klar geworden, dass er nicht aus Überheblichkeit seine eigene Empfehlung missachtete, sondern er trank aus Verzweiflung, die ihn beim Unterzeichnen und Stempeln von Papieren in seinem Büro überwältigte. Da hat ihm der Kongress auch gern seinen Wunsch erfüllt, wieder an die Front zu dürfen."
Anna schüttelte den Kopf.
"Ich bin ja erst seit ein paar Tagen hier, aber von dem, was ich mitbekommen habe, finde ich, dass der Kongress ganz gute Arbeit geleistet hat", wechselte Viktor das Thema und brach sich ein Stück Brot ab. Erst dachte ich ja, die linken politischen Parteien hätten vielleicht damit recht, dass wir zu wenig Vorbereitungen für diese große Versammlung getroffen haben. Nur den Aufruf, Gemeindevertreter zu unserem Kongress zu wählen und zu schicken, haben wir verbreitet. Die Sozialrevolutionäre Partei hatte Angst, dass die Bauern bei einem so unbestimmten Aufruf Reaktionäre entsenden würden. Sie vertrauten ihnen nicht. Aber dann zeigte sich, wie verankert die Ideen der Revolution in unserem Rayon sind. Von den dreihundert Delegierten, die sie gewählt haben, hat sich nur ein einziger gegen die soziale Revolution ausgesprochen. Ein einziger. Alle anderen sind jetzt mit Feuereifer dabei, die neuen Versorgungswege auszuarbeiten."
"Du bist also zufrieden?", fragte Anna.
"Sehr sogar. Und es gibt ja auch interessante Ergebnisse, vielleicht gerade deshalb, weil keine politische Partei Vorgaben gemacht hat, die diskutiert werden mussten. Die Bauern wissen selbst am besten, worüber sie sprechen wollen und was ihnen auf den Nägeln brennt."
"Ich bin aber überhaupt nicht zufrieden", meinte Anna und rückte mit dem Stuhl etwas ab. Ihre Fröhlichkeit war verflogen. Die Männer sahen sie überrascht an.
"Nein? Wieso denn nicht?", fragte Viktor. – Es war wieder soweit, er verstand sie nicht.
Sie hob die Stimme. "Dreihundert Delegierte und keine Frau darunter." Sie hielt kurz inne und fuhr dann fort: "Was heißt das für mich als Frau? Ich sage, schön und gut, dass wir die Gutsbesitzer vertrieben haben und sie uns nicht mehr wie Leibeigene behandeln können. Aber viele Männer, auch die einfachen Arbeiter, tun nach wie vor so, als seien wir Frauen ihr Eigentum.

'Ihr versteht mehr von Kindern und Küche', wird uns gesagt, und ich sage, solange wir Frauen nicht die Möglichkeit bekommen, alle Arbeiten in allen Berufen zu erlernen, wird es keine Gleichheit geben. Warum sollen sich Männer und Frauen nicht die gleiche Zeit für ihre Kinder nehmen? Dann hätten wir auch die Möglichkeit, so zu arbeiten wie Männer. Teilweise tun wir das ja sowieso. Wir arbeiten wie ihr auf den Feldern. Warum werden dann keine Frauen als Delegierte der Bauern gewählt? Wir kämpfen und sterben an eurer Seite. Aber wer hat je davon gehört, dass eine Frau eine Abteilung der aufständischen Armee angeführt hat? Und einige Männer behandeln uns hinter den eigenen vier Wänden wie der schlimmste Feind. Für uns Frauen hat sich gar nichts geändert, wenn ihr Männer uns zu Hause weiterhin verprügelt. Ihr habt noch viel zu lernen."
Eisiges Schweigen breitete sich am Tisch aus. Viktor waren ihre Worte peinlich. "Und, habe ich dich denn jemals geschlagen?", fragte er nicht allzu freundlich.
Anna, die spürte, dass die Männer sie feindselig anstarrten, errötete. "Nein, hast du nicht, aber zum einen haben wir nie zusammengelebt und zum anderen gehöre ich dir sowieso nicht, wie eine Frau überhaupt nie einem Mann wie Vieh gehören sollte." Sie starrte auf den leeren Teller, den sie mit einem Stück Brot ausgewischt hatte. "Es stimmt ja auch, nicht alle Männer sind verroht. Trotzdem schlagen viele ihre Frauen. Ich denke manchmal, wenn dieser Krieg vorbei ist, werden wir Frauen unseren eigenen Kongress abhalten müssen. Dort wird viel zu besprechen sein."
"Das möchte ich sehen", sagte ein Mann und lachte.
Anna stand auf. Sie wandte sich an diesen Mann, der selbstzufrieden grinste. "Wenn wir Frauen in der neuen Welt, die wir alle aufbauen wollen, es immer noch mit so aufgeblasenen Spaßvögeln zu tun haben würden, wie du einer zu sein scheinst, hätte ich nicht gekämpft. Die Erde gehört uns allen, nicht nur einer Hälfte der Menschheit!"
Sie ging.
Am anderen Ende des Raumes murmelte jemand: "Da kann man ja nur hoffen, dass der Krieg möglichst lange dauert."
Der eine Mann grinste wieder. Viktor tat so, als hätte er die Bemerkung nicht gehört. Er stand auf und folgte Anna.
Die Kommandanten blieben nur wenige Tage in Alexandrowsk. In der Einschätzung der militärischen Lage waren sie sich nicht ganz einig geworden. Arschinoff, der schon vor dem Rückzug nach Umanj aus Moskau angekommen war und sich ihnen angeschlossen hatte, verlangte, dass gerade jetzt, im Moment des Sieges, eine neue Offensive beginnen müsse: zunächst gegen Petljura und, wenn es sein musste, auch gegen die Bolschewiki. Grundsätzlich gaben ihm einige Mitglieder des Stabes recht. Vor allem Machno aber wollte die neue Situation nutzen, sich mit den Bolschewiki auszusöhnen. Die würden sie wegen des triumphalen Sieges gegen Denikin endgültig als Revolutionäre anerkennen müssen und ihren anderen, anarchi-

stischen Weg zu einer freien Gesellschaft nicht mehr bekämpfen. Arschinoff sprach dagegen. Keiner kannte die Bolschewiki so gut wie er und er verneinte bei ihnen glatt jegliche guten Absichten. Doch im Gefühl der Stärke wollten fast alle anderen Mitglieder des Armeestabs die Dinge zunächst einmal abwarten und nichts überstürzen. Viktor Belasch wurde aufgefordert, erneut nach Gulai-Pole aufzubrechen, wo er kleinere Abteilungen ihrer Armee zusammenfassen sollte. Machno und einige andere Kommandeure wollten dann einen Tag später zusammen mit dem Genossen Klein an die Front zurückkehren.

Es war bereits dunkel, als Anna von ihrer Arbeit im Lazarett nach Hause ging. Wieder war jemand in ihren Armen gestorben und die Tränen, die sie gestern zurückgehalten hatte, als sie sich von Viktor verabschiedete, der nach Gulai-Pole ging, standen ihr jetzt in den Augen. Die Straßen waren dunkel und leer, wie meistens abends während der Werktage. Es war jetzt nicht mehr weit bis zu dem Haus, in dem sie zur Zeit mit anderen Frauen von Kämpfern wohnte, als sie am anderen Ende der Straße die schwankende Gestalt eines Betrunkenen erblickte. Sie zog ihren Mantel enger zusammen und schritt entschlossen weiter.

Der betrunkene Mann kam ihr entgegen, torkelte auf der Straße hin und her und fluchte vor sich hin. Als er schon sehr nah war, erkannte sie Nestor. Wortlos wollte sie an ihm vorbei. Doch scheinbar hatte auch er sie erkannt. Er kam auf sie zu und drückte sie gegen eine Hauswand. Mit einem Arm stützte er sich an der Wand ab, um anzudeuten, dass er sie nicht vorbei lassen wollte. Er sah schrecklich aus. Seine Augen waren blutunterlaufen, die Jacke war aufgeknöpft und sein Hemd stank nach vergossenem Schnaps. Er lallte nur noch. "Wen haben wir denn da? Du, Anna, dich will ich schon lange haben. Kommst du mit mir mit?" Er stierte sie an. Sie versuchte weiterzugehen, doch er hielt sie fest. "Ich will, dass du dich auszieht." Er blies ihr seinen schweren Schnapsatem ins Gesicht. Seine glasigen Augen musterten sie gierig. Er widerte sie an.

Kalt antwortete sie: "Was redest du da, Nestor, lass mich vorbei."

Er zuckte kurz zusammen, dann verzog sich sein Gesicht in jähem Zorn. Er fauchte: "Du hast zu tun, was ich dir sage. Wenn ich will, dass die Frauen mich glücklich machen, dann haben sie gefälligst 'ja' zu sagen. Oder soll ich dich hier an Ort und Stelle nehmen?"

Er beugte sich vor, sein stinkender Atem schlug ihr wieder hart entgegen, er versuchte, sie an sich zu ziehen. Doch sie riss sich los und trat einen Schritt zurück. "Du mieser kleiner Bastard", fuhr sie ihn an. "Das einzige, was du von mir bekommen wirst, ist ein Messer in deinen Hals, wenn du mich anrührst. Was ist das für ein Anführer, der zum grunzenden Schwein wird, wenn er sich betrinkt. Geh zur Seite!"

Etwas in ihrer Stimme ließ ihn zur Besinnung kommen. Er taumelte auf die Straße zurück, stand da wie eine schwankende Tanne und starrte sie unsicher an.

"Is' ja gut, wollte doch nur 'n bisschen Spaß, schöne Anna, sei nicht böse, der Nestor hat nur Spaß gemacht."
Sie spuckte vor seine Füße und ging weiter, ihr Herz raste.
"War doch nur Spaß", brüllte er ihr hinterher.
Sie sah sich nicht um, dachte an Galina und ging schneller.

33

Der Raum war abgedunkelt und auf Anweisung der Ärzte sollte niemand außer den Pflegenden zu den Kranken gelassen werden. Viktor fühlte sich entsetzlich. Er fieberte. Anna saß an seinem Bett und legte ihm kalte Wickel um die Beine.
"Na toll", grummelte er. "Martschenko und Machno hat's also auch erwischt. Ich möchte mal wissen, wer von uns die Krankheit als erster eingeschleppt hat. Wer immer es war, er hat unseren gesamten Stab ausgeschaltet."
Anna strich ihm über die Stirn. "Das spielt doch keine Rolle", sagte sie sanft. "Wichtig ist, dass ihr bald wieder zu Kräften kommt."
Er seufzte. "Gut, wenigstens bist du nicht krank geworden, Typhus ist doch hochgradig ansteckend, wie die Ärzte immer wieder betonen."
"Ich bin eben immun." Sie lächelte.
Unvermittelt richtete er sich halb aus dem Bett auf. "Ist es wahr, was Karetnik gestern über die Erschießungen erzählte?"
Sie runzelte die Stirn und schob ein Kissen hinter seinen Rücken. "Karetnik ist rücksichtslos. Berichtet dir das, wo du im Fieber liegst. Aber es ist wahr, ja. Jedesmal, wenn die Bolschewiki in eines unserer Dörfer einziehen, erschießen sie Dutzende von Bauern. Und zwar wahllos; sie nehmen die, derer sie zuerst habhaft werden."
"Sie sollen verflucht sein", sagte Viktor gepresst. "Wie ich sie hasse."
"Ja", sagte Anna bitter, "Arschinoff hatte recht. Die roten Kommandeure haben uns gezeigt, wie man besonders gut mit Freundlichkeit lügen kann, wie man gute Miene zum bösen Spiel macht. Das war schon beeindruckend. Die Verbrüderung hat ja gerade mal eine Woche gehalten."
Viktor hustete. "Sie haben doch nicht wirklich geglaubt, dass wir mit unserer Armee an die polnische Front ziehen? Sie haben uns die ganze Zeit vernichten wollen und nur einen Vorwand gesucht." Er sank wieder auf das Bett zurück und stöhnte. "Wir hätten hinterher unsere Städte und Dörfer nicht wieder erkannt."
Anna betrachtete ihn mit Sorge. Wie alle hatte er die schwere Form des Typhus, dessen Flecken sich bereits leicht an seinem Unterkörper ausbreiteten, Stirn und Schnurrbart waren völlig verschwitzt. Jeden Tag kochte sie seine Kleider und das Bettzeug, um die Krankheitserreger abzutöten. Sie waren hier abseits in einer von zwei eingeschneiten kleinen Hirtenhütten im Dibrinwsker Wald untergebracht, die vom Dorf Groß-Michailowka aus nur über einen schmalen Pfad zu erreichen waren. Der ebenfalls schwer erkrankte

Machno wurde in Gulai-Pole versteckt. Galina befand sich bei ihm. Die Bolschewiki suchten ihn mehr als jeden anderen in der Ukraine. Aber Anna vertraute Machnos Kämpfern. Sie würden ihren Batjko mit dem Leben verteidigen. Dennoch war ihre Lage durch den Verrat der neuen roten Machthaber bedrohlich. Zwar mochte sie Pjotr Arschinoff nicht besonders, aber sie wünschte, ihre Anführer hätten im letzten Herbst auf ihn gehört. Machno war einfach zu sorglos gewesen. Irgendwie musste dieser Arschinoff wie ein Bolschewik denken, da er bisher stets ihre nächsten taktischen Züge erraten hatte.

Viktor war wieder eingeschlafen. Anna ging von seinem Bett zum Kamin, um Brennholz nachzuschieben. Das Holz wurde jeden Tag neu von den beiden jungen Wachen gehackt, die hier draußen im Wald in der zweiten Hütte lebten und zum Glück gesund geblieben waren. Als das Feuer aufflammte, setzte sie sich wieder zu Viktor. Sein Brustkorb hob und senkte sich unregelmäßig mit schweren, unruhigen Atemzügen, seine Augenlider flackerten. Sie liebte sein verschwitztes, kantiges Gesicht, aber ihr war nicht entgangen, dass der Schalk, der sich früher hin und wieder in seinem Blick gespiegelt hatte, während der andauernden schweren Kämpfe und der Entbehrungen verschwunden war.

Unwillkürlich tauchten Gesichter vor ihr auf: Machno und der ernste tschetschenische Scheich Ben Jasul. Er hatte sie freigelassen, unerwartet, wie ein Habicht, der seine Beute ziehen lässt.

Die Soldaten der Roten Armee hingegen gewährten keine Gnade. Das hatten die letzten Wochen gezeigt. Anna fühlte, sowohl Viktor als auch Nestor waren zu stark, um wie viele andere an der Krankheit zu sterben, doch Trotzkis Soldaten nahmen eben auch auf Kranke keine Rücksicht.

Annas Gesicht verwandelte sich im Schein des Feuers. Sie war keine jugendliche Geliebte mehr. In dem Licht der flackernden Holzscheite des Kamins, in dieser kleinen verschneiten Hütte, wurde sie zur Mutter, die über das Schicksal ihrer kranken Kinder brütete und alles tun würde, um sie zu retten.

34

Die Bauern tragen den schwer an Typhus erkrankten Nestor Machno von Haus zu Haus. Mehr als einmal riskieren sie ihr Leben, um Zeit zu gewinnen, damit er in ein anderes Versteck gebracht werden kann.

Die Tragödie, die sich bei der Ermordung von Machnos Bruder Emilijan abgespielt hat, wiederholt sich bei seinem jüngeren Bruder Sawa: er wird vor seinem Haus erschossen. Diesmal sind die Täter Soldaten der Tscheka, die ihn aus dem einzigen Grund töten, weil er der Bruder von Nestor Machno ist. Doch mit dem Frühling genesen die Mitglieder des Stabes und Hunderte ihrer Kämpfer. Den Aufständischen gelingt eine Neuorganisierung ihrer Armee und sie nehmen den Kampf gegen die Bolschewiki, die im Winter über sie hergefallen waren, wieder auf. Diese führen dagegen die lettische Schützendivision und chinesische Truppen in die Ukraine; ihre Soldaten sollen sich mit den Aufständischen nicht mehr verständigen können. Denn immer wieder schließen sich Hunderte, manchmal Tausende Soldaten aus den bolschewistischen Regimentern Machno an, wechseln die Seiten.

Die Bolschewiki führen immer neue Armeen ins Feld, die jedoch von den Aufständischen regelmäßig geschlagen werden. Von den Gefangenen werden stets nur die Kommissare und Offiziere erschossen. Die einfachen Soldaten werden entwaffnet und freigelassen, wenn sie sich nicht den Aufständischen anschließen wollen. Im Gegensatz dazu erschießen die Bolschewiki stets alle gefangenen Kämpfer der Machnowstschina.

Machnos Reiterarmee muss erneut in unglaublichen Märschen riesige Distanzen überwinden, um der Vernichtung durch die große Übermacht zu entgehen.

Die Bauern zahlen für ihre Vorstellung, Kommunismus sei mit Freiheit und Selbstbestimmung gleichzusetzen, einen entsetzlichen Preis, denn die Bolschewiki führen Krieg gegen die einfache Bevölkerung, ermorden mit systematischem Terror Zehntausende. Es gelingt ihnen auch, fast die gesamte Westukraine in ihre Gewalt zu bringen und Petljuras Armeen zu schlagen.

Zu diesem Zeitpunkt geht Petljura, der ukrainische Nationalist, ein Bündnis mit Pilsudski, dem Feldmarschall der Polen, ein. Dieser hatte zuvor die auf Warschau marschierende Rote Armee zurückgeschlagen und überschreitet nun im Gegenzug gemeinsam mit Petljura die ukrainische Grenze. Am 6. Mai 1920 ziehen sie in Kiew ein. Die Bevölkerung Kiews begegnet der neuerlichen Eroberung mit Gleichgültigkeit. Seit 1917 ist es das elfte Mal, dass ihre Stadt den Machthaber wechselt.

Trotzki erlässt einen Aufruf, um "das Vaterland gegen die polnischen Invasoren zu verteidigen, die dabei sind, Land zu entreißen, das immer den Russen gehört hat".

Der Aufruf hat Erfolg. General Brussilow, einziger erfolgreicher General des Weltkriegs und oberster Befehlshaber der zaristischen Armee, schließt sich den Bolschewiki an, um "Russland zu retten". Schon bald erobert die Rote Armee die Stadt Kiew zurück. Währenddessen geht im Südwesten der Ukraine der Kampf gegen die Machnowstschina weiter.

Dieser Kampf zieht sich über neun Monate hin, ohne dass eine Seite einen militärischen Durchbruch erzielen kann.

35

Sie lagerten einige Kilometer vor der kleinen Stadt Pawlograd, die die Bolschewiki besetzt hielten. Viktor hatte lediglich etwa hundert Reiter, die sich in den nächsten Tagen mit der großen Reiterarmee Machnos vereinigen sollten. Die Arbeiter der Stadt hatten ihnen die Nachricht gebracht, dass ein Angriff auf Pawlograd mit ihren schwachen Kräften aussichtslos sei, selbst wenn man mit einem Aufstand in der Stadt rechnete, der sie unterstützen würde. Viktor und seine Vertrauten hörten sich geduldig die Schilderung mehrerer Verbindungsleute an und kamen zu dem Ergebnis, im Moment nichts ausrichten zu können.
So waren sie gerade dabei, aufzubrechen und weiterzuziehen, als ein Späher einen Ausfall der Roten Armee, die von ihrer Anwesenheit erfahren hatte, meldete. Viktor zögerte nicht eine Sekunde, trieb seine Männer zur Eile, da er auf jeden Fall einen Kampf vermeiden wollte, bei dem viele von ihnen getötet werden würden und sie nichts gewinnen konnten. Sie sprengten davon, die Hälfte der Zelte ihres Lagers zurücklassend. Doch die Bolschewiki hatten ihre Fluchtrichtung vorausgesehen und eilten ihnen über die schneebedeckten Felder nach, um ihnen den Weg abzuschneiden und sie anzugreifen. Die Hufe der Pferde schlugen fast geräuschlos in den Schnee. Der Zusammenstoß schien unausweichlich. Da rettete eine Schwäche der Roten Armee Viktors Leute.
Ihre Reiterei wagte im Gegensatz zu den weißen Kosakenregimentern so gut wie nie einen unvorbereiteten Sturmangriff. Auch jetzt zügelten die vorderen Reihen ihre Pferde, kaum dass sie in Sichtweite waren, stiegen ab und brachten die Tiere nach hinten. Sie warteten auf ihre Artillerie und versuchten, die Machno-Kämpfer einzukreisen, um sie mit ihren nachrückenden Mörsern zu beschießen. Auf leichten Wagen mitgebrachte Maschinengewehre und kleine Kanonen wurden in Stellung gebracht, um die Aufständischen aufzureiben.
Viktor konnte über ihren Dilettantismus nur den Kopf schütteln. Er zügelte sein Pferd, wechselte mit seinen Männern die Richtung und galoppierte in den Südwesten, wo die Bolschewiki noch nicht standen. Der nahe gelegene Wald würde sie verschlucken und er glaubte kaum, dass die Soldaten ihnen folgen würden. Hinter ihnen ratterten einige Maschinengewehre los, aber die Entfernung war inzwischen viel zu groß, um getroffen zu werden.
Sie erreichten unbeschadet den Wald. Die Aufständischen hatten genügend Zeit, zwischen den großen Bäumen abzusteigen und ihre Tiere am Halfter zu führen. Viktor war erleichtert – sie hatten einen Kampf vermieden.
Gerade war der letzte seiner Männer zwischen den tief hängenden, knorrigen Ästen und den Schneeverwehungen am Waldrand verschwunden, als sich doch noch ein Zwischenfall ereignete: Einer der jüngsten Männer aus der Gruppe, ein kräftiger, gut aussehender Bursche Namens Semjon, sah sich um, bestieg sein Pferd und trabte den Pfad, den ihre Tiere gebahnt hatten, wieder

zurück. Viktor, der ganz am Ende der Kolonne sein Pferd führte, sah zu dem Reiter hoch und erwartete eine Erklärung. Doch der junge Mann spornte sein Pferd zum Galopp an und ritt ihn fast über den Haufen.
"He! Was soll das? Komm zurück!", schrie ihm Viktor nach, doch Semjon schien ihn nicht zu hören. Am Waldrand wendete er sein Pferd nach Osten. Offenbar wollte er die Bolschewiki umgehen. Der junge Reiter drehte sich um und rief: "Der Krieg ist für mich vorbei. Ich reite nach Pawlograd."
Einige von Viktors Männern waren umgekehrt und warteten unschlüssig neben ihrem Anführer.
"Keine Ahnung, was der hat", meinte Viktor.
Der Mann neben ihm rückte seine eisbereifte Kosakenmütze zurecht. "Sollen wir ihn zurückholen?"
Viktors schüttelte den Kopf. "Wird nicht möglich sein, sieh doch nur!"
Von dem Trupp Bolschewiki, die, als sie eingesehen hatten, dass ihre Umzingelung jämmerlich missraten war, sich zur Verfolgung der Machno-Kämpfer aufgemacht hatten, löste sich eine Reitergruppe und sprengte auf den jungen Semjon zu.
"Hoffentlich kehrt er um", sagte Viktor und zog die Luft zwischen den Zähnen ein. Doch Semjon hielt seine Richtung. Viktor starrte angestrengt auf das weite, weiße Feld. Die Reiter feuerten auf den Jungen. Der hatte seine Pistole gezogen und schoss zurück. Einer der Angreifer stürzte vom Sattel. Dann waren die Soldaten heran und hieben mit ihren Säbeln von allen Seiten auf Semjon ein. Es war schnell vorbei.
"Sieht wie Selbstmord aus", sagte der Mann neben Viktor schroff. "Komm, lass uns weiter, Genosse Belasch. Es wird Zeit."
Viktor schüttelte ungläubig den Kopf und folgte seinen Leuten in den verschneiten Wald.

36

"Was soll das bedeuten, du gehst?"
Das Zimmer wurde von einer Petroleumlampe matt ausgeleuchtet. Ihr Schein warf flackernde gelbe Lichtwellen an die Wände. Sie waren allein in dem Raum des Hauses, das an das Theatergebäude von Gulai-Pole grenzte. An das Fenster, von wo aus man die Straße überblicken konnte, hatte der Winter bizarre Eisblumen gemalt. Patrizia ärgerte sich. Sie ärgerte sich über den jungen Bauerntölpel vor ihr und über sich selbst. Es hatte alles so abenteuerlich und romantisch angefangen und jetzt war bei ihr nichts als Ärger zurück geblieben. Vielleicht ärgerte sie sich insgeheim am meisten darüber, dass sie sich auf diese Klette eingelassen hatte. Eigentlich hätte sie es kommen sehen müssen. Erste Liebe und so. Vielleicht sagte sie jetzt deshalb Dinge, die sie hinterher bereuen würde. – "Du glaubst wohl, nur weil du mit mir geschlafen hast, gehöre ich dir für alle Zeiten."
"Du hast gesagt, dass du mich liebst."

"Ja, aber jetzt nicht mehr!" Sie nahm ihre Kleider aus dem Schrank, faltete sie zusammen und legte sie in einen Koffer.
"Gefühle können doch nicht so einfach verschwinden, wie Regenwasser in der trockenen Erde."
"Ein schöner Vergleich", entgegnete sie spöttisch, "aber ich fürchte, genau das können sie."
Er war verzweifelt. Diese Frau mit ihrer atemberaubenden Schönheit brachte ihn um den Verstand. "Wohin willst du gehen?", fragte er.
"Nach St. Petersburg. Ich habe die Einladung einer früheren Schauspielerkollegin in der Tasche. Sie ist eine Freundin des Dichters Maxim Gorki, falls dir das was sagt. Niemand wird mich aufhalten. Das ist wie eine Eintrittskarte in ein besseres Leben."
"Du willst zu den Bolschewiki gehen, nach allem was sie uns angetan haben?"
"Ach, was versteht so ein Jüngelchen wie du denn schon davon!" Ärgerlich knallte sie den Koffer zu.
"Sie sind für die Revolution und wir sind für die Revolution. Dass wir uns bekriegen, liegt nur an den selbstherrlichen Mannsbildern auf beiden Seiten."
Semjon wunderte sich, sie so reden zu hören. "Auf beiden Seiten?"
"Ja, sieh dir doch nur unseren Batjko an, alles, was Röcke trägt, muss sich vor ihm in Acht nehmen. Und dann dieser Belasch, der sture Hund ist der schlimmste von allen, oder auch Kurilenko. Kannst du doch alle vergessen."
"Du spinnst."
"Mag sein, jedenfalls muss ich mich nicht auch noch mit einem trotteligen Jungen abgeben, der diese Männer anbetet." – Er senkte den Kopf.
Sie fuhr ihn an: "Tu doch bitte nicht so, als ob du mich brauchst wie deine Mama." Sie hielt inne und betrachtete ihn einen Augenblick, wie er mit hochrotem Kopf da stand und nicht wusste, was er sagen sollte. Milder gestimmt meinte sie: "Wenn du mich wirklich liebst, dann komm eben mit, ich wäre einverstanden."
"Das kann ich nicht."
"Siehst du!"
Seine Verzweiflung steigerte sich in Elend. Tonlos fragte er: "Wann willst du fahren?"
"Na ja, Morgen natürlich. Als erstes nach Pawlograd. In ein, zwei Wochen kommt ein Verwandter, der mich dann in den Norden mitnehmen kann."
"Ich versteh' dich nicht", sagte er leise. "Zu unseren Feinden!"
"Hör auf damit. Aber komm, ich habe noch eine Überraschung für dich." Sie machte einen Schritt auf ihn zu, sah ihn mit großen Augen und einem leicht spöttischen Lächeln an. "Diese Nacht kannst du mich noch einmal haben." Sie legte ihre Arme um seinen Hals. "Das heißt, wenn du willst."
"Ich will", sagte er und nur das Bellen eines Hundes von der Straße durchbrach die Stille des langen Kusses, der folgte.

37

Der Frühling kam und ging rasch in den Sommer über. Wie im vergangenen Jahr schien sich die Sonne vorgenommen zu haben, alles Wasser und damit alles Leben aus dem Land, den Pflanzen und Tieren zu holen und alles in eine Wüste aus Sand und Staub und dürrem Gras zu verwandeln. Lediglich an den Flußläufen fanden die Hirten noch saftiges Gras für ihre Tiere. Hier im wasserreicheren Land in der Nähe des großen Dnjepr lagen zwei Männer flach hinter dem Scheitel eines Hügelkammes und beobachteten den Zug, der da unter ihnen im Tal vorbeiritt.
"Das sind doch keine Truppen der Roten."
"Lass mich mal sehen."
Martschenko gab das Fernglas an Viktor weiter.
"Nein, du hast recht. Solche Uniformen tragen nur die Weißen. Was jetzt?"
"Es werden Truppen ihres neuen Anführers General Wrangel sein." Martschenko drehte sich auf den Rücken.
"Jedenfalls, wenn sie in der Richtung weiterreiten, sind sie ungefähr in zwei Stunden in Tokmak." Viktor sah den Freund an.
"Keine Zeit also."
Sie glitten die ersten Meter den Hang hinunter, dann sprangen sie auf, rannten zu ihren Pferden, die am Fuße des Hügels angepflockt waren, und galoppierten davon. Als Viktors Pferd Schwierigkeiten mit dem einen Hinterbein bekam, ritten sie zunächst etwas langsamer. Schließlich stieg Viktor ab, um Huf und Bein zu untersuchen.
"Verflucht seien die Bolschewiki", rief Martschenko, der ungeduldig auf seinem Pferd kauerte und Viktor beobachtete. "Nur deretwegen konnten sich die Weißen auf der Krim halten, jetzt werden wir und sie gemeinsam dafür die Quittung bekommen."
"Ja, sieht wie ein Vorstoß aus", meinte Viktor. Er tätschelte den Hals seines Tieres. "Ich kann nichts entdecken, scheint verstaucht zu sein. Martschenko, reite schon mal vor. Unsere Armee muss so schnell wie möglich reagieren."
"Alles klar!" Er sprengte davon.
Viktor trabte hinterher. Gerne hätten sie in den vergangenen Monaten das Schreckensregime der Weißen auf der Krim zerschlagen. Die große Halbinsel hatte sich im letzten Jahr in ein Land von lebenden Toten verwandelt. Ein Land, in dem der Adel Ströme von Blut den Göttern der Geschichte opferte, um hier die zaristische Vergangenheit, die im übrigen Russland unwiederbringlich vorbei war, zum Bleiben zu beschwören. Während überall sonst die Adligen verelendet geflohen oder getötet worden waren, konnten sie hier in ihren Sommerhäusern und Zweitresidenzen an ihr früheres Leben anknüpfen. Der erbarmungslose Krieg der Bolschewiki gegen ihre Aufstandsarmee hatte es Machno unmöglich gemacht, auch nur einen einzigen Vorstoß auf die Halbinsel zu wagen. Nun waren es wieder die Weißen, die in die Offensive gingen.

Als Viktor das Lager erreichte, waren schon alle alarmiert und bereit auszurücken. Der Stab besprach noch einmal kurz die Lage. Es galt, schnell zu handeln, auch weil die Gefahr bestand, dass durch eine Schlacht mit den Wrangel-Kosaken die Bolschewiki ihr Lager im Tal des Dnjeprs entdecken würden. Schließlich rückten etwa 1000 Reiter unter dem Kommando Martschenkos und Wdowitschenkos gegen die ungefähr 400 Mann starke Kavallerie der Weißen aus. Sie holten sie noch vor dem Dorf Tokmak ein und töteten etwa die Hälfte von ihnen, die andere Hälfte konnte fliehen. Es war ein leichter Sieg, denn offensichtlich war Wrangel die Existenz ihres Lagers entgangen.
Sie hatten nur wenige Verluste. Wdowitschenko hätte die fliehenden Kosaken gern verfolgt, doch mit der starken Roten Armee im Nacken konnten sie ihre Truppen nicht weit auseinanderziehen. Also kehrten sie zurück. Viktor, der am Kavallerieangriff teilgenommen hatte, ritt schweigsam neben dem Freund.
"Es ist selten, dass wir aus solch einer Überlegenheit heraus kämpfen können", meinte Wdowitschenko.
"Ja, Mann", sagte Viktor matt.
Der Freund sah ihn scharf von der Seite an. "Du bist blass."
"Das kommt wahrscheinlich davon", Viktor schlug seine Jacke zur Seite, sein Hemd war blutdurchtränkt.
Wdowitschenko erschrak. "Verdammt, warum sagst du denn nichts?"
"Ist nicht weiter schlimm", lächelte Viktor und fiel vom Pferd.

38

Anna saß vor ihrer Hütte in der kargen Schönheit der Berge des nördlichen Kaukasus. Die Morgensonne leuchtete zwischen den Felsen in gelben und rötlichen Streifen, während auf der Hochweide ihre Ziegen grasten. Das Klappern von Töpfen aus dem Inneren der Hütte unterbrach ihre Gedanken, die unruhig in die Vergangenheit gewandert waren. Sie erhob sich und ging in den Schatten ihres aus Felsgestein gebauten Hauses mit dem flachen Holzdach zurück. Tschernoknishnij, der schon vor einiger Zeit aufgestanden war und am Türrahmen lehnte, betrachtete sie. Sie hatte die Sonne im Rücken und wirkte wesentlich jünger als sie eigentlich war.
"Nun bin ich alt geworden und noch immer macht mich der Anblick einer schönen Frau verlegen", sagte er.
Anna lachte. "Hast du heute nacht nicht mein welkes Fleisch gefühlt?"
Ohne zu zögern antwortete er: "Nein. Ich habe deine Liebe zum Leben gefühlt, die immer noch stark ist."
"Mach dich nicht lächerlich Tschernoknishnij, wir sind doch beide bereits klapprige Gespenster."
"Sehr witzig, Anna. Komm herein, ich habe den Tisch gedeckt."
Über dem Brot und den gebratenen Eiern begegneten sich immer wieder ihre

Blicke. Die Augen der beiden Alten hatten sich in den Jahren am wenigsten verändert. Er räusperte sich: "Weißt du noch, wie wir uns kennengelernt haben? Ich war Lehrer in der Schule von Nowospassowka."
"Natürlich erinnere ich mich", sagte sie lächelnd. "Du hattest es so eingerichtet, dass ich nach dem Unterricht allein bei dir bleiben konnte."
Der Klassenraum atmete noch den Lärm und den Schweiß der anderen Jugendlichen. Wind schlug blühende Holunderbüsche gegen das Fenster, hinter dem sie saßen, und die Sonne schoss glitzernde Lichtpfeile durch die Zweige und in den schattigen Raum hinein. Schnell war Anna im Gespräch mit ihrem Lehrer wieder auf ihr Lieblingsthema gekommen.
"Und, ist es wahr, dass einige der Landarbeiter in die Wälder gegangen sind, um gegen die Gutsbesitzer zu kämpfen?"
"Ja, noch sind es wenige und sie handeln nur als versprengte kleine Gruppen. Aber es werden immer mehr. Die Tage des Zaren, der protestierende Arbeiter niederschießen lässt, sind gezählt."
"Wenn das so ist... Warum fangt Ihr nicht selbst an, Tschernoknishnij?", fragte etwas neckisch das grauäugige, vielleicht fünfzehnjährige hübsche Mädchen.
"Hm, ich weiß nicht, wem ich wirklich vertrauen kann. Zu viele Männer sind jetzt im Krieg an der Front und wenn meine getreueste Gefährtin ein unerfahrenes Mädchen ist, dann werden wir wohl nicht weit kommen. Aber wenn die Belasch-Brüder, Wassilij Kurilenko und andere nach Nowopassowka zurückkehren... – dann werden wir auch hier anfangen."
Sie lachte und ließ die Beine von dem Tisch baumeln. "Sie sind mir ein drolliger Lehrer. Vielleicht sollte ich einmal die Ochrana davon in Kenntnis setzen, was Sie hier als Beamter so vom Stapel lassen."
Er antwortete ruhig und etwas einfältig: "Ich weiß, das würdest du nie tun."
"Und warum nicht?", fragte sie frech.
"Weil du unser Leben auch hasst. Die Angst, dass wir niemals sagen können, was wir denken. Die Arbeit, die deiner Familie und euch allen hier aufgezwungen wird. Die Gewissheit, dass es für uns keine Gerechtigkeit gibt." Er strahlte sie an. "Nein, du bist keine Verräterin. Du bist klug... und sehr schön."
"Herr Tschernoknischnij!"
"Ja, schön!" Er nahm ihre Hände. "Und unschuldig." Er küsste ihre Handflächen. Sie entzog sie ihm.
"Dafür werden Sie nicht bezahlt." Sie stand auf. "Und wenn Sie das noch einmal versuchen sollten, werden Sie Ihre Verschwörung gegen den Zaren wohl allein betreiben müssen."
Er setzte zu einem schwachen Protest an. "Ich wollte nicht..."
"Denken Sie doch mal an Ihre Frau", unterbrach sie ihn.
Schnell durchquerte sie den Raum, schloss die Tür hinter sich und rannte davon, zur Mutter. Er blieb beschämt zurück.
Anna schnitt eine weitere Scheibe von dem dunklen Brot ab, das sie zum

Frühstück als auch zu Abend aß. Sie beobachtete Tschernoknishnij, der ihr gegenüber am Tisch saß, und erriet, dass er noch immer an die Vergangenheit dachte. Sie sagte: "Damals kamst du mir alt vor. Alt und hässlich, aber ich mochte dich. Jetzt finde ich dich schön, aber ich kann noch nicht genau sagen, was für ein Mensch du geworden bist." Sie lächelte etwas wehmütig. Er schloss die Augen und nahm einen tiefen Schluck Kaffee.

39

Der Stab der südlichen Truppen der Bolschewiki tagte in Charkow in einem alten Herrenhaus am Stadtrand. Wegen der neuen Bedrohung durch General Wrangel war eigens der oberste Befehlshaber der Roten Armee, Leo Trotzki, aus dem Kreml hierher geeilt; die Angelegenheit war zu wichtig, er mußte sie selber in die Hand nehmen.
Nun traf er hier auf seine Kommandanten, die sichtlich erregt waren und unruhig im Zimmer auf und ab gingen. "Es ist eine Schande, dass wir drei Jahre nach der Revolution noch zu einem solchen Bündnis gezwungen sind." Der Bevollmächtigte im Ledermantel schimpfte laut vor sich hin. "Aber, wenn wir dieses Bündnis nicht eingehen, werden die Weißen mit ihrer Offensive vielleicht sogar soweit kommen wie das letzte Mal."
Mit seiner schneidigen Stimme sagte Trotzki entschieden: "Das Abkommen darf nicht bekannt werden. Es stellt uns mit Machno auf eine Stufe."
"Das habe ich auch gesagt", meinte Frunse und fuhr fort: "Aber diese Banditen sind misstrauisch. Nicht überraschend, nachdem wir sie neun Monate lang bekämpft haben. Sie weigern sich einfach, sich von der Stelle zu bewegen, solange wir den mit ihnen abgeschlossenen Vertrag nicht in unseren Zeitungen abdrucken."
Der Mann im Ledermantel war Bela Kun, der zur Zeit in der militärischen Leitung der Südfront arbeitete. Er setzte sich, kreuzte die Hände hinter seinem Kopf und lehnte sich im Sessel zurück. "Nun gut, das heißt, wir müssen wohl oder übel dieses Abkommen veröffentlichen. Aber hat es nicht zwei Teile, einen militärischen und einen politischen? Warum nicht zuerst den militärischen Teil veröffentlichen? Militärabkommen schließt man auch mit seinem größten Feind. Das politische Abkommen ist es, das die Machnowstschina unnötig aufwertet! Und das veröffentlichen wir später pro forma unter 'Sonstiges', wenn sich die erste Aufregung gelegt hat und die Bevölkerung nicht mehr darauf achtet."
Frunse war begeistert. "Eine gute Idee, Bela. Genossen, wenn unsere Einschätzung stimmt, dann werden die Machno-Kämpfer für Wrangel ein tödliches Hindernis darstellen. Aber danach sollten sie auch uns nicht mehr im Weg stehen. Die Welt braucht nichts mehr von der Machnowstschina zu hören, das hat sie schon zur Genüge." Er sah in die Runde. "Wir verstehen uns."
Frunse biss sich auf die Unterlippe. "Sie werden damit rechnen, dass wir nach Wrangels Sturz erneut gegen sie vorgehen. Deshalb müssen wir die

Vorbereitungen genau abstimmen, so dass wir schneller zuschlagen, als sie es für möglich halten."
Bela Kun antwortete: "Aber, mein lieber Genosse, das wird nicht weiter schwierig sein, oder irre ich mich?"
Frunse stand auf und wirkte jetzt entschlossen. "Nein. Sie irren sich nicht, Genosse. Meine Herren, in den nächsten Wochen werden wir die entscheidenden Schritte zum Sieg machen. Erst lassen wir unsere Feinde ausbluten, indem wir sie gegeneinander kämpfen lassen, dann zermalmen wir denjenigen, der diesen Feldzug überlebt. Lassen Sie uns an die Arbeit gehen, damit dieser lange Bürgerkrieg bald ein Ende findet."
Die Kommandeure applaudierten, nur Trotzki verzog keine Miene.
So einfach würde es wohl nicht werden.

40

Tschernoknischnij ging das ständige Versteckspielen auf die Nerven. Außerdem hatte er in dieser schwierigen Situation das Gefühl, dass die Redakteure der Zeitschrift "Nabat" in Charkow auch ohne ihn zurechtkommen würden. Aber seine Freunde hatten ihm unmissverständlich klargemacht, dass er hier in der Stadt in der Propaganda tätig sein müsse.
"Deine Waffe ist die Feder, nicht das Gewehr", hatte Viktor Belasch gesagt und ihn in die Untergrundarbeit der Anarchisten nach Charkow geschickt. Die ständige Gefahr, dass ihre Druckerei entdeckt würde, und die Angst, beim Verteilen der Zeitung verhaftet zu werden, die durchgearbeiteten Nächte, all das hatte ihn müde und reizbar gemacht. Wenigstens sah es jetzt endlich so aus, als würde ihre Zeitung nach langen Monaten in der von den Bolschewiki kontrollierten Stadt erstmals legalisiert werden. Denn wegen der Vorstöße der Wrangel-Armee wurde ein Waffenstillstand zwischen der Roten Armee und der Machnowstschina immer wahrscheinlicher und in diesem Fall würden sich die Behörden in Charkow mit einem Verbot der "Nabat", einer Zeitung anarcho-syndikalistischer Tendenz, gegenüber den Machno-Kämpfern unglaubwürdig machen.
Vielleicht war es aber auch gar nicht allein seine Arbeit, die ihn aufrieb, sondern zusätzlich die Anwesenheit der schönen Jüdin Helene Keller. Sie war Sekretärin der Kulturabteilung der Machno-Armee gewesen, hatte ihn nach Charkow begleitet und wollte nichts von ihm, jedenfalls nicht so, wie er sich das vorstellte. Ihre gemeinsame Aufgabe war es, die losen Verbindungen der anarchistischen Organisationen in der Stadt zu festigen. Und bei der Redaktionsarbeit für die "Nabat" sahen sie sich fast täglich.
Ihr heutiges Treffen begann mit einer Überraschung. "Hör zu", sagte sie und setzte sich ihm gegenüber an den Schreibtisch. "Ein Bauer aus unserer Föderation hat mir heute einen Stapel Schriftstücke gebracht, die wahrscheinlich Arschinoff verfasst hat. Es ist schon einige Wochen her, dass sie in die Hände des Mannes gelangt sind, doch er kam erst jetzt dazu, sie weiterzuge-

ben. Anscheinend war eine Gruppe unserer Kämpfer bei seinem Schwager einquartiert, als sie von den Roten überrascht wurden und fliehen mussten. Dabei hat Arschinoff wohl diese Unterlagen liegen gelassen, der Schwager des Bauern konnte sie gerade noch verstecken."
Sie zögerte einen Moment, trommelte mit ihren Fingern auf dem Pult und sah ihn fragend an: "Du kennst doch die meisten Anführer unserer Armee wesentlich besser als ich. Kannst du dich nicht darum kümmern, dass Arschinoff die Papiere zurück erhält?"
Er nahm den Stapel, der auf dem Tisch lag. "Klar", sagte er, "mach ich!"
"Brav mein Lieber", meinte Helene und zum ersten Mal konnte er ihren Blick nicht deuten.
In einer anderen Straße der gleichen Stadt betrat zu dieser Stunde ein Mann einen kleinen Gemischtwarenladen. Die Regale des Ladens waren gefüllt und die Preise annehmbar. Beides Ausnahmen in einer Zeit, in der sich die meisten Menschen über den Schwarzmarkt versorgten. Zigaretten und Mehl hatten den Rubel als Währung abgelöst. Die Bahnhöfe waren in diesen Monaten überfüllt mit fliegenden Händlern, die ihre Waren auf Karren, in Koffern oder meist in Säcken mit sich herumtrugen. Diese "Sackleute", wie sie genannt wurden, fliegende Händler des Bürgerkriegs, handelten an der verordneten Planwirtschaft vorbei.
Der Laden von Feivel Nussbaum in der kleinen Seitengasse der Charkower Altstadt war von den wirtschaftlichen Umbrüchen wenig betroffen, denn er wurde von der jüdischen Gemeinde getragen, die hier regelmäßig einkaufte. Im Grunde seines Herzen interessierte sich der Händler Nussbaum nicht allzu sehr für seine Waren und auch nicht besonders für die Geschehnisse draußen in der Welt und die Wirren des Krieges. Seine Gedanken waren meistens woanders.
Einmal zerschlugen ihm Jugendliche eine Fensterscheibe. Er hatte einige Bretter genommen, das Fenster vernagelt und war wieder in seine Hinterkammer gegangen. Die Bretter hingen noch heute.
Nussbaum las in jeder freien Minute in dem hinteren, durch einen Vorhang abgetrennten Raum des Ladens in den Schriften alter jüdischer Mystiker. Saß dort über seine Bücher gebeugt und sah ab und zu gedankenverloren aus dem Fenster in den Hof.
Jetzt wurde er mal wieder aus seinen Studien gerissen. Die Glocke an der Tür zeigte Kundschaft an. Feivel fuhr sich über den langen Bart, setzte seine Brille zurecht und schlurfte nach vorn. Im Laden stand ein athletischer Mann um die Vierzig. Er trug ein graues Arbeitshemd, eine dunkle Hose, dazu eine Arbeitermütze. Der Händler freute sich. "Ah Schalom, mein lieber Rybin, was darf's denn sein?"
"Schalom. Heute nehme ich zwei Kilo Mehl", er zeigte auf das Regal.
In diesem Augenblick läutete wieder die helle Glocke und ein weiterer Mann betrat den Laden. Er war uniformiert und trug schwere Reiterstiefel.
Nussbaum grüßte höflich, doch Pjotr beobachtete, dass das bärtige Gesicht

des Verkäufers, das eben noch voller Freude geleuchtet hatte, beim Eintreten des Mannes ausdruckslos geworden war, vorsichtig.
Der Kunde tat so, als wäre er überrascht. "Guten Tag die Herren. Ah, Genosse Rybin, gut, dass ich Sie treffe. Na, ein paar Kleinigkeiten für die Frau Gemahlin besorgen oder doch eher für die Geliebte?" Er zwinkerte ihm zu, was anscheinend vertraulich wirken sollte.
"Ich bin nicht verheiratet, Genosse Rakowsky."
"Nicht? Ein Mann in Ihrem Alter, ich bitte Sie! Aber was nicht ist, kann ja noch werden. Jedenfalls trifft es sich gut, dass ich Sie hier treffe, ich habe etwas Wichtiges mit Ihnen zu besprechen, allerdings lieber unter vier Augen." Er warf einen entsprechenden Blick auf Feivel Nussbaum.
"Sie haben etwas mit mir zu besprechen", wiederholte Rybin, "nun, wenn Sie meinen, Sie können es mir ja vielleicht auf dem Weg sagen." Er zahlte und verabschiedete sich von dem alten Juden.
Rakowsky kaufte nichts. Offensichtlich hat er mich in den Laden gehen sehen und ist mir gefolgt, dachte Rybin. Gemeinsam gingen sie auf die windige Straße. Rakowsky kam gleich zur Sache. "Ich weiß, das muss für Sie etwas überraschend sein, schließlich hatten wir noch nicht allzu viel miteinander zu tun. Aber ich habe hier etwas, was keinen Aufschub duldet. Sehen Sie mal!"
Er kramte zwei Zeitungen aus seiner Aktentasche. Zum Vorschein kamen das Parteiblatt der Bolschewiki und das anarchistische Blatt der gleichnamigen Föderation "Nabat". Rybin ahnte jetzt, worum es ging. "Verdammt, ich kann die Zeitung nicht aufschlagen, der Wind ist zu stark", fluchte Rakowsky. "Kommen Sie, gehen wir in den Hauseingang dort."
Rybin folgte ihm widerwillig.
"Sehen Sie hier, diesen Bericht in unserem 'Aufbruch'."
"Ich weiß, ich kenne ihn", sagte Rybin.
"Dachte ich mir fast. Dann wissen Sie ja auch, dort wird berichtet, dass Sie als erfahrener Revolutionär den untersten Schichten des Volkes entstammen. Auch, dass Sie in Amerika für unsere Sache gekämpft haben und so weiter."
"Ja und?", Rybin war zusehends von diesem Mann mit seiner aufgesetzten Freundlichkeit und Vertrautheit angewidert.
"Nun ja, ein lobender Bericht im 'Roten Aufbruch' kann ja wohl zu recht als eine besondere Auszeichnung angesehen werden, die dann auch gewisse Forderungen an die Disziplin stellt." Rakowsky sah ihn erwartungsvoll an.
"Wie meinen Sie das?" – "Na ja, Sie verstehen schon. Hier habe ich Ihren Artikel in der illegalen 'Nabat', in dem Sie für eine Lockerung des Arbeitstempos und der Vorschriften in den Betrieben eintreten."
Rybin ließ sich nicht aus der Ruhe bringen. "Dazu stehe ich, denn ich denke, dass die Betriebe keine Militäreinrichtungen sind. Und was die Zeitung betrifft: Soweit ich weiß, wird gerade darüber diskutiert, das Verbot der 'Nabat' wieder aufzuheben. Außerdem habe ich schon beim Erlass des diktatorischen Pressegesetzes bekannt gegeben, dass ich mich nicht daran halten werde."

"Wirklich? Das ist mir nicht bekannt." Langsam wurde Rakowsky ärgerlich, versuchte aber, sich nichts anmerken zu lassen. Offenbar hatte er einen Querulanten vor sich. Freundschaftlich klopfte er Rybin auf die Schulter. "Sicherlich kann man über das Presserecht geteilter Meinung sein, aber Sie müssen doch einsehen, dass der Vorgang als solcher die Disziplin untergräbt. Menschenskind, Rybin, Sie sind ein Vorbild, zu dem die Arbeiter aufschauen. Ihre Einstellung gegenüber den Anarchisten und den Banditen Machnos ist da doch eine gefährliche Fehlorientierung, mit der Sie junge Arbeiter verwirren."
Rybin machte einen Schritt rückwärts auf die Straße. "Entschuldigung, Rakowsky, aber mit diesen 'Banditen', wie Sie sagen, verhandelt gerade der militärische Stab der Roten Armee. Was zwar viel zu spät geschieht, aber immerhin. Es hätte nie und unter keinen Umständen zu diesem unseligen Bruderkampf kommen dürfen und es wird höchste Zeit, ihn zu beenden."
"Mein Lieber, Sie wollen doch wohl nicht abstreiten, dass die Machnowstschina der Revolution schweren Schaden zugefügt hat?"
"Ach ja, hat sie das?", unterbrach ihn Rybin schroff. "Ich will Ihnen mal etwas sagen, Genosse Rakowsky. Sie fuchteln mir hier mit zwei Zeitungen vor der Nase herum. Aber mit dem Bericht in eurer Parteizeitung habe ich nichts zu schaffen. Ich habe mich nicht darum gerissen, nicht einmal vorher davon gewusst. Doch ich habe, was Zeitungen betrifft, eine Angewohnheit, die Sie anscheinend nicht kennen, und zwar hebe ich sie mir einige Zeit auf. Erst vor ein paar Tagen habe ich die Ausgaben der vergangenen zweieinhalb Jahre wieder überflogen."
"Wie interessant", meinte Rakowsky ätzend.
"In der Tat. Ich habe da in den Zeitungen der Kommunistischen Partei mehrere Artikel über Nestor Machno gefunden. Zunächst wird er Neunzehnhundertsiebzehn als ein geborener Revolutionär beschrieben, der Großes für die Zukunft verspricht. Dann folgen einige Artikel, die die Bewegung stark kritisieren, doch in dem Augenblick, als er sich gegen Grigorjew wendet, ist er plötzlich wieder ein Volksheld. Anschließend wird er von einem Tag auf den anderen als moralisch völlig minderwertiger Bandit beschrieben. Was werden Ihre Zeitungen morgen schreiben, wenn die Partei sich erneut mit ihm verbündet?"
"Was wollen Sie damit sagen?", fragte Rakowsky entrüstet.
"Ich will damit sagen: Wenn bei euch die Wahrheit an der Grenze der eigenen Partei endet, muss ich mich wohl an andere Revolutionäre halten."
Rakowsky war nun doch wütend geworden, kalt meinte er: "Passen Sie auf, Rybin. Sie stehen hoch auf der Leiter. Vergessen Sie nicht, es ist die Partei, die die Leiter hält. Runterfallen könnte weh tun."
"Ach, von mir aus könnt ihr auch mir morgen in eurem Schmierblatt vorwerfen, ich sei ein Verräter. Die Menschen, die mich kennen, werden es nicht glauben."
"Vorsicht Rybin. Wissen Sie, im Grunde ist mir Ihre Einstellung nicht un-

sympathisch, auch wenn ich sie nicht teile. Aber es gibt viele Neider, die Ihnen aus einigen offenen Worten schnell einen Strick drehen können. Und das hier", er schlug mit den Zeitungen auf den Aktenkoffer, "ist so, als ob Sie sich den Strick selber drehen würden."
Rybin spürte, er mußte jetzt einlenken, wenn er sich diesen Mann nicht zum Feind machen wollte. Er atmete durch. In den letzten Monaten hatte er genug gesehen, was ihn vorsichtiger hatte werden lassen. Mit gespielter Gelassenheit sagte er: "Ich danke Ihnen jedenfalls für Ihre Aufrichtigkeit, Rakowsky. Ich werde darüber nachdenken."
Der andere entspannte sich etwas. "Ja, tun Sie das. Und vergessen Sie nicht: Mit dem Kopf gegen die Wand zu rennen, ist nicht immer der beste Weg, um etwas zu erreichen. Diskutieren Sie in Ruhe mit unseren Genossen und Sie werden feststellen, dass sie Ihnen zuhören, Ihnen aber auch einiges zu sagen haben. Wir sind hier ja schließlich nicht auf einem amerikanischen Viehmarkt. Auf Wiedersehen."
"Auf Wiedersehen, Genosse Rakowsky."
Er sah dem davoneilenden Mann einen Augenblick nach, dann schlug er die entgegengesetzte Richtung ein. Die letzte Bemerkung war wieder eine Anspielung auf seine Zeit in Amerika. Damit hatte die Partei offensichtlich Schwierigkeiten.
"Amerikanischer Viehmarkt!", dachte er und trat wütend gegen einen Stein.

41

Viktors Schussverletzung heilte gut. Die Kugel war nicht tief eingedrungen und hatte keine inneren Organe verletzt; bald schon konnte er seine Aufgaben als Chef des Militärstabs wahrnehmen. Während der Wochen, in denen sie in Charkow mit den Bolschewiki verhandelten, war zum ersten Mal seit Monaten ein gespannter, bewaffneter Friede in den Rayon eingekehrt, im Süden hingegen bildete sich erneut eine Front, die die vorrückende Wrangel-Armee aufhielt. Die Menschen atmeten auf.
Das Zentrum ihres Gebietes war der Marktflecken Gulai-Pole. Hier hielt sich auch Machno auf, der nicht an den Verhandlungen mit der Roten Armee teilnehmen wollte. Zum einen misstraute er noch immer den Bolschewiki, zum anderen ließen es seine Verletzungen noch nicht zu.
Machno war mehrmals bei den Kämpfen gegen die Weißen und Roten schwer verwundet worden. Zuletzt hatte ihm ein Schuss den linken Fußknöchel zerschmettert und so bewegte er sich humpelnd vorwärts. Aber er genoss die letzten warmen Herbsttage und verbrachte einige Zeit bei seiner Mutter. Um ihn herum begann ein Neuanfang in der Selbstverwaltung der kleinen Stadt. Zunächst war es für die Bauern entscheidend, dass sie im Schutz der Verhandlungen die Ernte einbringen konnten. Endlich konnten auch lang geplante Vorhaben, wie die Eröffnung einer freien Schule, wieder aufgegriffen und umgesetzt werden.

In der neuen Schule, die nach den Ideen des vor einigen Jahren ermordeten spanischen Pädagogen Ferrer organisiert wurde, sollte die Entwicklung und Entfaltung der Kinder und Jugendlichen im Mittelpunkt stehen. Machno, der in der Vergangenheit allein, aus eigener Kraft die Schwierigkeiten überwinden mußte, die durch den Mangel an Bildung verursacht werden, freute sich sehr darüber. Die unteren Schichten verschlangen geradezu alles, was mit Kultur zu tun hatte, und stießen in für sie ganz neue Bereiche vor.

Das Theater eröffnete wieder und spielte – diesmal ausschließlich mit Laienschauspielerinnen und Schauspielern – selbst geschriebene Stücke über die Ereignisse der vergangenen Jahre.

Anna war gerade aufgestanden und hatte Wasser vom Brunnen geholt. Jetzt stand sie vor dem Becken, betrachte sich im Spiegel und kämmte ihre Haare, als es klopfte. "Ja, herein!"

Galinas schwarzer Schopf erschien in der Tür. "Hallo Anna, mein Herz."

"Hallo, komm doch herein." Ohne sich umzudrehen, betrachtete sie die Freundin über den Spiegel. "Na, so früh schon auf den Beinen?"

"Ja, ich bin gebeten worden, bei den Wassilewskis zu helfen – die haben gestern abend ihr Schwein geschlachtet."

"Ich helfe auch gern."

"Ich will tatsächlich deine Hilfe, aber es geht nicht um das Schwein."

"Sondern?"

"Es geht um Nestor. Wenn ich nicht aufpasse, mutet er sich viel zu viel mit seinem Bein zu. Würdest du dich heute um ihn kümmern?"

"Ja, schon. Aber was soll ich tun?"

"Macht euch doch einfach einen schönen Tag. Das wird dir bestimmt auch mal ganz gut tun."

Anna war nicht recht wohl bei dem Gedanken. Aber warum sollte sie der Freundin den harmlosen Gefallen nicht tun? Sie zog sich einen Pullover über. "Ich gehe gleich zu ihm."

Galina war erleichtert. "Danke mein Herz."

"Soll das ein Scherz sein, 'mir Gesellschaft leisten'?" Nestor lächelte. "Anna, ich weiß nicht mal mehr, wie das Wort 'alleine' geschrieben wird. Ich bin immer mit anderen zusammen."

Er saß auf seinem Bett und zog sich gerade seine Stiefel an, wobei er noch etwas Mühe hatte. "Galina hat dich doch nur zu mir geschickt, damit du aufpasst, dass ich mit meiner Verletzung keine wilden Kunststücke aufführe." Er betrachtete sie eindringlich. "Aber sie wird verstehen, dass ich bei dem schönen Wetter an die frische Luft möchte. Kommst du mit auf den Markt?"

Jetzt konnte auch sie wieder lächeln. "Gute Idee."

Es war Markttag in Gulai-Pole, der Waffenstillstand hatte die Lebendigkeit der fünf Monate Freiheit vom letzten Jahr zurück in die kleine Stadt gebracht. Sie schlenderten über den Platz. Bei dem Karussell winkten und lachten die Kinder auf ihren hölzernen Pferden. Eine Gruppe älterer Frauen, die ihre

Enkelkinder begleiteten, entdeckte das Paar und winkte ihnen zu. Scherzhaft rief eine: "Na, da haben wir ja ein schönes Liebespaar." Und eine andere: "Sieh dir mal den Mali an, spannt seinem Freund die Frau aus. Ein tüchtiger Kerl ist er ja, aber wir Frauen müssen vor ihm auf der Hut sein." Sie lachten. – Nestor schmunzelte über die Alten, doch Anna war die Situation peinlich.
An einer Bretterbude, in der Schilder zum Umwerfen aufgestellt waren, blieben sie stehen. Vor der Hinterwand waren mehrere kreisförmige Pappen angebracht, immer eine große neben einer kleinen. Darüber steckten auf dünnen Stäben verschiedene Figuren: Katze, Hund, Esel und ein Kasper. Nestor betrachtete die hübschen Holzfiguren. In Körben lagen die Bälle zum Werfen und daneben die Gewinne: Murmeln, geschnitzte Tiere, bunte Trockenblumen.
"Was passiert, wenn ich treffe?", fragte er das Mädchen, das die Lederbälle ausgab.
"Triffst du ein großes Schild, geht die Figur nach rechts und ein Lied ertönt, triffst du das kleine Schild, geht sie nach links und erzählt eine Geschichte. Dann darfst du dir was aussuchen."
"Schön, ich nehm' drei Bälle."
Der erste Wurf traf das große Schild unter dem Kasper, der neigte sich nach rechts und eine Melodie erklang aus einer Spieldose. Der zweite Wurf ging daneben. Einige Kinder, die zugeschaut hatten, lachten. Der dritte Wurf traf das kleine Schild der Katze, sie ging nach links, aber nichts passierte.
"He, wo bleibt die Geschichte?", fragte Nestor das Mädchen.
"Na, was denkst du denn?" Sie sah ihn an, als ob er schwer von Begriff wäre, und lächelte dann verschmitzt. "Ich kann nur verraten, dass die Katze in den Himmel laufen will, aber wie die Geschichte weiter geht, müssen sich alle selber ausdenken. Du hast gewonnen Batjko, was möchtest du?"
Er lächelte etwas verständnislos. "Die Strohblume da, die nehme ich." Er steckte sie Anna ins Haar.
Gegen Mittag gingen sie zurück in das kleine Haus, in dem er zur Zeit mit Galina wohnte. Die Tür fiel ins Schloss. Sie waren allein. Er setzte sich aufs Bett und starrte nachdenklich ins Leere. "Anna, meinst du, die Menschen werden einmal unsere Geschichte erzählen und sich an uns erinnern?"
Sie stand mitten im Raum. Es schien ihm, als ob sich ihre Augen leicht weiteten. "Ja", sagte sie. "Bestimmt." Sie setzte sich neben ihn. "Weißt du, was sie sagen werden, Nestor?" Ihre Stimme war auf einmal überraschend rauh.
"Nein, was denn?"
Sie nahm die Blume aus ihrem Haar und legte sie in seinen Schoß, sie zögerte. Dann, als ob sie mehr zu sich selbst spräche, als zu ihm, sagte sie: "Sie werden behaupten, dass dein Weg von den Sternen vorher bestimmt war, dass dich uns der Himmel geschickt hat, um unsere Bedrücker zu vernichten. Und dass dein Erscheinen wie ein glühender Stern durch das Dunkel fuhr, um den Weg unseres Schicksals zu ändern, das zuvor allein in den Grundbüchern der Landbesitzer eingetragen war. Ein Stern, der mit dem Schweif seiner

Reiter als eine Strafe Gottes über die Untaten der Herrschenden richtete. Sie werden sagen, dass die Asche, die von den Gütern der Großgrundbesitzer blieb, und ihre Gebeine eine Opfergabe an den Barmherzigen und der Teufel unserer Feinde notwendigerweise unser Engel gewesen sein muss. Jemand, der die Furcht besiegt hatte, unser Batjko, unser Anführer."
Sie spürte, wie Nestor in zunehmendem Maße verwirrt und vielleicht auch etwas zornig wurde, als er sie so reden hörte, doch noch ehe er etwas erwidern konnte, fuhr sie fort: "Und dass sein Traum unser aller Traum gewesen ist, der wie ein verzehrender Feuersturm über die Ebenen unseres Landes raste und frisches Gras im Frühling wachsen ließ. Ja, Mali, sie werden Lieder über dich singen."
Er war verlegen. "Du willst dich über mich lustig machen."
Sie sah ihn an, wurde sehr ernst und sagte leise: "Nein Nestor. Ich liebe Viktor, aber ich weiß nicht, wen von euch beiden ich mehr liebe."
Seine Verwirrung schlug in Bestürzung um. Eben hatten sie noch gescherzt und jetzt das.
Sie stand auf, stellte sich vor ihn und flüsterte: "Jetzt weißt du es, Nestor Machno, du bist mein Messias." Dann küsste sie ihn auf die Stirn. Ehe er noch etwas sagen konnte, rannte sie aus dem Raum.
Die Mittagssonne schaute durch die Fenster, doch ihr Licht erreichte ihn nicht mehr. Er beobachtete die Schatten auf den Wänden, sie flossen ineinander über. Nestor streckte sich auf dem Bett aus und starrte zur Decke, die ihm entgegenzukommen schien. Seine Wunde am Bein, die er die ganze Zeit kaum gespürt hatte, schmerzte plötzlich stark. Er wünschte, Anna wäre geblieben, und er hätte ihr sagen können, was er fühlte.

42

"Meinst du nicht, Arschinoff hat die Geschichte unseres Aufstandes verbreitet, solange er in Westeuropa lebte?"
Sie saßen vor der Hütte und Anna schälte Kartoffeln. Der alte Mann neben ihr auf der Bank kreuzte die Arme hinter dem Kopf und schaute in die Ferne. "Das ist gut möglich, aber sich auf so eine Vermutung verlassen?"
"Hör einmal, Tschernoknishnij, es ist ja gut, dass du all die Jahre an diesen Papieren festgehalten und sie sogar durch die Hölle des Gulag gebracht hast, aber für ein Buch reichen sie wohl nicht aus. Es sind Blätter voller Stichworte und einige Dokumente. Du müsstest die Geschichte eigentlich neu schreiben und es wäre dann nicht mehr Arschinoffs Schrift, sondern deine. Außerdem reißt sie im Sommer 1920 ab."
Tschernoknishnij sah an ihr vorbei, ins Leere. "Viele Worte, um zu sagen, dass es umsonst war."
"Nein, nicht umsonst. Schließlich hat dich nicht zuletzt die Schrift zu Galina und mir geführt und du hast bestimmt gemerkt, wie einsam ich vorher war."
Sie ließ eine weitere geschälte Kartoffel in den Topf fallen. Er beugte sich

etwas vor und betrachtete sie von der Seite. Er wurde sehr ernst. "Ist das eine Frage?"
Sie sah ihn nicht an. "Ja." Nach einer kurzen Pause fügte sie hinzu: "Du hättest es gut bei mir. Ist es so verwunderlich, ich habe dich immer gemocht, auch damals schon."
"Aber Liebe ist es nicht?"
"Warum fragst du das? Und was ist schon Liebe", sagte sie leise.
"Anna, etwas habe ich nie verstanden. Ich habe mich immer gewundert, dass du mir damals die harmlosen Küsse so nachgetragen hast. Ich glaubte, du würdest mich hassen."
"Nein. Du irrst dich. Das hatte gar nichts mit dir zu tun. Ich hatte lange Zeit vor allen Männern Angst."
Er sah sie verständnislos an.
Sie seufzte. "Ich habe es nicht oft erzählt, aber ich glaube, du solltest es jetzt wissen."
Er legte seinen Arm um ihre Schulter und sie begann leise zu erzählen.
"Vielleicht erinnerst du dich noch an Jagoda, den Verwalter von Bulygin?"
"Ja, wieso?"
"Als ich an dem Tag, an dem wir uns stritten, aus der Schule lief, bin ich erst nach Hause, aber meine Eltern arbeiteten auf dem Feld. Also ging ich zu meinem Lieblingsplatz am Weiher in der Nähe des Tales, in dem der Hof der Familie Belasch lag. Auf dem Weg dahin stand auf einmal ein Mann vor mir. Die Sonne blendete mich, so dass ich Jagoda erst nicht erkannte. Ich hatte ihn nicht kommen sehen, es war, als wäre er aus einer Spalte der Hölle gekrochen."
Anna legte das Messer weg und umklammerte eine Kartoffel. Ich zittere. Nach vier Jahrzehnten zittere ich noch, dachte sie.
Tschernoknishnij sah sie fragend an.
"Jagoda hatte sich vor mir aufgebaut und stemmte beide Arme in die Hüften. Spöttisch sagte er: 'Wen haben wir denn da, nanu, die kleine Grünbaum. Na, welches Christenblut hast du denn heute wieder zu Mittag getrunken, he'. Dann sagte er weitere, widerliche Dinge zu mir und fasste mich bei den Schultern. Ich wollte schreien, aber er hielt mir den Mund zu. 'Ich will auch mal meinen Spaß haben und nicht immer nur dem Herrn dabei zusehen', zischte er. Er stieß mich vom Weg auf die Böschung. Ich wollte nur noch weg von diesem Mann, aber er hielt mich weiter fest, umklammerte mein Gesicht mit seinen derben Fäusten und zerriss meine Bluse. Ich bekam einen Feldstein zu fassen und schlug damit auf ihn ein. Er schrie auf, ließ mich einen Augenblick los. Verdutzt fasste er sich an den blutenden Kopf. Dann lachte er brutal. 'Für dich wird es heute dein letzter Spaß.' Er schlug mir mit der flachen Hand ins Gesicht, doch ich hatte immer noch den Stein. Mit aller Kraft schlug ich noch einmal zu. Er taumelte etwas zurück. Ich sah sein Messer im Stiefel. Als er sich mir wieder näherte, zog ich es heraus und stieß es ihm schnell in den Unterleib. Er schrie wie ein angestochenes Schwein. Es

war schrecklich. Seine Augen waren weit aufgerissen, Blut lief über sein Gesicht. Er würgte mich mit seinen schrecklichen Händen. Ich bekam keine Luft mehr, doch ich stieß noch einmal zu und noch einmal. Dann wurde mir schwarz vor Augen."
Tschernoknishnij hatte ihr gebannt zugehört. "Und?", fragte er schließlich, als sie reglos neben ihm saß und nicht weitersprach.
"Ich war wohl einige Minuten weggetreten. Als ich wieder zu mir kam, lag Jagoda noch halb auf mir. Ich war über und über mit seinem Blut bedeckt. Ich stieß seinen leblosen Körper zur Seite und rannte zum Weiher. Zum Glück war niemand da. Dort wusch ich mich und meine Kleider. Dann zog ich mich notdürftig wieder an und rannte in den Wald, niemand sollte mich sehen. Dort traf ich eine Frau. Es war die Mutter meines späteren Gefährten Viktor. 'Kind, wie ist dir?', entfuhr es ihr. Ich fiel in ihre Arme. Sie brachte mich auf ihren Hof und auf mein Bitten hin blieb ich in der Scheune, bis sie mir neue Kleider gegeben hatte. Sie versprach mir, niemandem davon ein Wort zu sagen. Am frühen Abend brachte sie mich zu meinen Eltern. Was ich nie verstanden habe ist aber, dass Jagodas Leiche nie gefunden wurde. Anscheinend muss noch jemand vorbeigekommen sein, der sie weggetragen und an einem unbekannten Ort begraben hat."
Tschernoknishnij pfiff durch die Zähne. "Das ist mutig. Wahrscheinlich haben der oder diejenigen vermutet, dass jemand aus dem Dorf den Verwalter getötet haben musste. Und dass jemand dafür bezahlen würde. So haben sie ihn irgendwo verscharrt, auch wenn sie nicht wussten, für wen sie das taten."
Anna nickte. "Tatsächlich hat sich Bulygin ja fürchterlich über das Verschwinden seines Verwalters aufgeregt, aber am Ende war er sich selbst nicht sicher, was mit ihm passiert sein konnte. Niemand wurde dafür bestraft. Und niemand im Dorf hat dem widerlichen Kerl eine Träne nachgeweint. Nur mich hat die Erinnerung an ihn noch nach Jahren nicht verlassen und immer Nachts heimgesucht. Diese Träume verschwanden erst, nachdem wir den alten Bulygin getötet hatten."

43

Der Winter im Jahr 1920 war früh gekommen. Bereits Ende Oktober wurde es bitterkalt und die Temperaturen sanken unter den Gefrierpunkt. Wrangels Armee hatte den größten Teil des Rayons erobert.
Endlich veröffentlichten die Bolschewiki in Charkow die ersten Punkte des Abkommens mit der Machnowstschina, die den militärischen Bereich betrafen. Damit war der Weg für das überfällige Bündnis der revolutionären Bewegungen frei. Machno fasste mehrere verstreute Abteilungen seiner Männer zu einer schlagkräftigen Armee zusammen und Viktor arbeitete erneut einen Angriffsplan aus.
Ohne die Gefahr der Vernichtung durch die Bolschewiki im Nacken gingen die Aufständischen gegen die vorrückenden Weißen in die Gegenoffensive.

Über die schneebedeckten Weiten der Ukraine rückte die Reiterarmee schnell vor. Im Raum Pologi-Orjechow gelang ihnen ein erster großer Sieg über Wrangel, indem sie viertausend seiner Soldaten gefangen nahmen. Bereits drei Wochen später war die ganze südliche Ukraine mit Ausnahme der Krim wieder von den Weißen befreit. Hier, nördlich der großen Halbinsel, traf sich die siegreiche Machno-Armee mit Truppen der Roten. Sie sprachen ab, wer an welcher Stelle der beiden Landverbindungen in die Krim einrücken sollte. Die Aufständische Armee überquerte daraufhin das zugefrorene Meer bei der Landverbindung des Siwaschi, während die Bolschewiki über den Perekop auf die Halbinsel einrückten.

Viktor und auch der bei den Kämpfen der vergangenen Wochen erneut verwundete Machno kehrten mit einigen hundert Mann ihrer Armee nach Gulai-Pole zurück. Sie hatten beschlossen, dass nicht alle ihrer Männer in die Krim einrücken sollten; zum einen, um gegebenenfalls später in die Kämpfe eingreifen zu können, zum anderen wollten sie auf Grund der schlechten Erfahrungen in der Vergangenheit ihren Rayon nicht ganz ohne Schutz lassen.

Währenddessen standen Semjon Karetnik, der für die gesamte Krim-Armee verantwortlich war, und Martschenko, der die gefürchtete Reiterei der Aufständischen anführte, vor einer fast unlösbaren Aufgabe. Sie sollten die gut ausgebauten Stellungen der Weißen in der nördlichen Krim durchbrechen. Die Draht- und Eisenverhaue konnten sie entgegen ihrer Gewohnheit nicht mit ihren Pferden im Sturm angreifen und so rückte zunächst Foma Koshin mit einigen Infanterie- und Maschinengewehrregimentern vor.

Der Zusammenprall ihrer Männer mit den Verteidigungslinien der Weißen war mörderisch. Gleich in den ersten Gefechten wurde Foma Koshin schwer verwundet. Seine Männer konnten ihn aber retten und trugen ihn auf einer Bahre in die hinteren Reihen. Nachdem sich an einigen Stellen die Verteidiger unter dem Artilleriefeuer der Machnowstschina zurückziehen mussten, nutzte Martschenko die Gelegenheit und griff trotz hoher Verluste, die sie dabei erlitten, mit seiner Kavallerie an. Ununterbrochen ritten sie so tollkühn gegen die Verschanzungen an, dass zunächst nur an einigen Stellen, dann aber auf breiter Front die Wrangel-Armee einbrach und sich schließlich zur Flucht wandte. Damit war der Weg auf die Krim frei.

Karetnik führte seine Männer mit einem schnellen Gewaltmarsch nach Simferopol und nahm die Stadt nach kurzem, heftigen Kampf ein. Somit ging eine der beiden großen Städte der Krim an die Aufständischen über. Dieser Sieg war entscheidend. Wrangel verließ mit dem noch bestehenden Teil seiner Armee den von ihm besetzten Perekop, floh nach Süden und schiffte sich hektisch mit dem Rest seiner Truppen in Sewastopol ein, um das Land zu verlassen.

Damit war der Spuk der langen Schreckensherrschaft der Weißen auf der Halbinsel vorbei. Das alte zaristische Russland hatte endgültig ausgespielt.

In der Zwischenzeit warteten Nestor und Viktor mit dem Rest des Stabes in Gulai-Pole vergeblich auf die Veröffentlichung des politischen Teils des Ab-

kommens mit den Bolschewiki in deren Zeitungen. Als nichts passierte, beschlossen die Aufständischen, diesen Teil des Abkommens selbst zu verbreiten. Es sollte den Massen verdeutlichen, worin der Konflikt der Machnowstschina mit den Bolschewiki bestand. Im betreffenden Teil des Vertrages sicherten die Bolschewiki der Aufstandsarmee folgendes zu:
– 1. Freiheit für ihre Gefangenen und alle anderen Anarchisten, die in den bolschewistischen Gefängnissen festgehalten werden, und die Einstellung weiterer Verfolgungen;
– 2. Agitationsfreiheit in Rede und Presse;
– 3. Anerkennung als revolutionäre Organisation;
– 4. Freie Beteiligung an den Sowjetwahlen in der Ukraine.
Täglich wurde die Diskussion im Rayon hitziger. Viele Bauern meinten, es wäre ganz und gar töricht, auf die Ehrlichkeit der Bolschewiki zu setzen. Die Spannung in Gulai-Pole stieg, als sie ein Telegramm über den Sieg ihrer Armee an der zugefrorenen Landenge des Siwaschi erreichte. Wrangels endgültige Niederlage schien eine Frage von Tagen zu sein.
Bei einer Besprechung forderten Arschinoff und Grigorij Wassilewski Maßnahmen gegen einen möglichen neuen Überfall der Bolschewiki. Die zehn Mitglieder des Stabes, die in der Stadt waren, saßen zusammen in der geräumigem Küche des Hauses. Draußen war es dunkel geworden und das flackernde Licht der Petroleumlampe beleuchtete die angespannten Gesichter der Männer. Anna saß neben Viktor, aber ihr Blick suchte immer wieder Nestor Machno. Gerade war Grigorij von seinem Sitz aufgesprungen und rief: "Ich gehe jede Wette ein, dass sie binnen einer Woche wieder über uns herfallen. Wir sollten nicht wie das Kaninchen vor der Schlange sitzen und warten, bis wir gefressen werden!"
Viktor widersprach: "Gut, es kann sein, dass du Recht hast. Aber wenn wir von uns aus in den Kriegszustand übergehen, verspielen wir die Möglichkeit, uns vielleicht doch noch mit den Bolschewiki zu verständigen. Schließlich würden sie allein Wrangel nie so schnell und vollständig besiegen, wie es jetzt mit unserer Hilfe geschieht. Und wir brauchen den Frieden. Nicht zuletzt für uns selbst."
"Wieso für uns selbst?", fragte Machno.
"Sieh uns doch an, Nestor. Wir ähneln immer mehr den Militärs, die wir so hassen. Der Krieg macht uns zu Wölfen. Und versuchst du nicht auch immer öfter, die Dämonen der vielen von uns Getöteten durch Alkohol zu ertränken? Ich glaube, die bösen Folgen des Kampfes auf uns selbst werden erst heilen, wenn wir wirklich erleben, dass er nicht umsonst war."
Genervt rief Arschinoff: "Viktor, ich glaube, du hast dich zu lange mit unserem Schöngeist Volin abgegeben, den wir nicht umsonst nach Charkow geschickt haben, weil er hier unnütz ist. Natürlich ist unser Kampf, mit oder ohne Folgen für uns selbst, erst recht umsonst, wenn die Bolschewiki uns vernichten. Ich glaube nicht, dass sie uns in Frieden unseren Weg gehen und unsere Selbstverwaltung aufbauen lassen. Damit würden sie nämlich ihre

eigene Tyrannei entlarven. Sie werden nicht auf ihre Macht verzichten, eher werden sie hier alle Dörfer in Schutt und Asche legen."
Pjotr Rybin ergriff das Wort. Er hatte Charkow vor einigen Wochen verlassen, um sich der aufständischen Bewegung anzuschließen. "Ich verstehe die Verbitterung und ich teile sie. Aber ich habe mehr als drei Jahre mit den Bolschewiki zusammen gearbeitet und wenn ich auch in ihrer zunehmenden Bürokratisierung schließlich nicht mehr atmen konnte, so kann ich einfach nicht glauben, dass sie jetzt erneut zu einem solchen gemeinen Verrat fähig sind."
Machno ging unruhig im Raum auf und ab. "Es ist vor allem wichtig, wie die Bauern den Krieg zwischen uns und den Bolschewiki erleben. Wenn wir es sind, die das Abkommen brechen, werden sie uns auf längere Sicht nicht folgen."
Anna meinte: "Nestor, die Bolschewiki werden sowieso sagen, dass wir eine Verschwörung begangen haben. Ich finde, lieber begehen wir tatsächlich eine und gewinnen so einen Vorteil, als zu lange zu warten."
Machno sah sie etwas unsicher an, schüttelte dann aber den Kopf. "Nein! Was mich wirklich beunruhigt, ist, dass wir keine Verbindung zu unseren Brüdern auf der Krim haben. Das Bündnis mit Frunse gefällt mir nicht. Die Nachricht vom Durchbruch am Siwatschi ist über eine Woche alt. Inzwischen kann alles mögliche passiert sein. Aber ich habe keine Lust, die Lügen der Bolschewiki Wahrheit werden zu lassen. Ich finde, wir halten unser Abkommen, bis wir sicher erkennen können, wie sie sich weiter verhalten."
Einige Tage später, Ende November, wurden in Gulai-Pole und in Pologi Bolschewiki gefangen genommen, die aussagten, sie hätten den Auftrag, sich an die Fersen der Anführer der Machnowstschina zu heften. Ein Überfall auf den Rayon sei geplant, in dessen Folge man den Stab der Aufstandsarmee liquidieren wolle. Zum ersten Mal waren Viktor und Nestor wirklich ratlos, wie sie sich verhalten sollten. Vor allem konnten sie noch immer keine Verbindung zu ihrer Armee auf der Krim herstellen.
Rybin hängte sich an das Telefon. Er sprach mit mehreren Funktionären in Charkow, mit denen er im letzten Jahr als Gewerkschaftsdelegierter zusammengearbeitet hatte. Schließlich erreichte er Rakowsky, der in der Verwaltung einen entscheidenden Posten innehatte.
"Nichts als ein Missverständnis, mein Lieber", sagte der.
"Nein, ich habe keine Ahnung, was das für Männer sind. Wissen Sie was, wir stellen eine Kommission zusammen, die diese ungeheuerlichen Vorkommnisse untersucht. Schicken Sie doch zwei Ihrer Vertrauten aus Gulai-Pole. Was? Ja, natürlich, Sie können auf mich zählen."
Rakowsky hängte den Hörer ein und wischte sich den Schweiß von der Stirn.
Am nächsten Morgen um neun Uhr telefonierte Rybin erneut mit Rakowsky. Der war, wie gewohnt, gut gelaunt.
"Ja, ganz sicher ein Missverständnis. Und natürlich arbeiten wir hier weiterhin mit Ihren Leuten zusammen. Erst gestern noch hatte ich eine Unter-

redung mit Volin. Was Sie noch nicht wissen: Ich habe übrigens jetzt grünes Licht für die Veröffentlichung des politischen Abkommens erhalten. Diesmal von ganz oben, von Lenin selbst. Sehen Sie, alles entwickelt sich sehr positiv. Ich melde mich wieder bei Ihnen, bis dann."
Rybin legte auf. Zu freundlich, dachte er, er ist einfach zu freundlich.
Er ging zum Stab, um das weitere Vorgehen zu besprechen. Sie diskutierten vielleicht eine halbe Stunde, als ein Bote Truppenbewegungen im Norden meldete. Um kurz nach zehn trafen die ersten Einheiten der Roten Armee vor Gulai-Pole ein, bis um elf Uhr zogen sie immer stärkere Verbände zusammen. Dann begannen sie mit dem Trommelfeuer auf die Stadt.
Zur gleichen Zeit waren auf der Krim die Anführer der dortigen aufständischen Armee auf dem Weg zu einer Besprechung mit der bolschewistischen Militärleitung, die sie zu diesem Treffen eingeladen hatte. Semjon Karetnik führte die Delegation an. Auf dem Weg gerieten sie in einen sorgfältig vorbereiteten Hinterhalt, wurden von bolschewistischen Soldaten verhaftet und sofort erschossen.
In Charkow waren bereits um drei Uhr nachts, also bereits sechs Stunden vor Rybins Anruf bei Rakowsky, alle Mitglieder der aufständischen Armee, die sich in der Stadt befanden, verhaftet worden.
Zusätzlich stürmte die Tscheka die Wohnungen aller bekannten Anarchisten. Wer nicht in seiner Wohnung angetroffen wurde, bei dem ließen sie einige Soldaten zurück, die auf ihn warten sollten. Im Laufe des Tages wurden alle verhaftet, die in Verdacht standen, irgendwie mit der libertären Bewegung Kontakt zu haben. Wer beispielsweise in eine bestimmte Buchhandlung ging, wurde festgenommen, oder auch wer lediglich stehen blieb, um eine Wandzeitungsausgabe der "Nabat" zu lesen, die am Tag zuvor noch legal plakatiert worden war. Der längst geplante Schlag sollte die ungeliebte und einzig verbliebene Opposition im revolutionären Lager vernichten.
Die Krim-Armee der Aufständischen wurde eingekreist und zum großen Teil niedergemacht. Lediglich Martschenkos Kavallerie gelang es, sich zu sammeln, und sie versuchte, nach Norden durchzubrechen. Die Bolschewiki erwarteten sie an der Landenge des Perekop mit einem Geflecht aus Schanzen, Absperrungen, Gräben und Verhauen. Keiner der Angehörigen der aufständischen Armee sollte die Krim lebend verlassen.
Obwohl ein Durchkommen unmöglich erschien, gelang es der Reiterei doch, alle Anlagen zu durchbrechen – wenn auch mit sehr starken Verlusten.
Währenddessen war Gulai-Pole umzingelt worden. In der Stadt befanden sich nur zweihundertfünfzig Mann. Mit versteinertem Gesicht bestieg Machno am frühen Nachmittag sein Pferd. Seine Verletzungen waren noch nicht verheilt, aber er sah keinen Sinn darin, hier widerstandslos auf den Tod zu warten. Seine Männer formierten mit ihren Pferden einen Keil, ritten die Angreifer an einer Stelle über den Haufen und entkamen.
In der Gruppe, die bei Gulai-Pole durchbrach, befanden sich auch Anna und Rybin. Sie hatten zu diesem Zeitpunkt noch keine Nachricht von der Ver-

nichtung der Krim-Armee und wandten sich deshalb nach Südwesten, um zu ihr zu gelangen. Schließlich erfuhren sie, dass Martschenko mit der Reiterei eine Umzingelung auf dem Perekop durchbrochen hätte und auf dem Weg zu ihnen sei. Als sie im Dorf Kermtschik lagerten, erreichte sie ein Bote, der ankündigte, dass ihre Reiterei bereits ganz in der Nähe sei. Voller Freude eilten Machno, Viktor und die anderen ihr entgegen. Doch als sie in der Ferne lediglich eine kleine Abteilung Reiter erblickten, legte sich eine dunkle Ahnung auf die Männer. Schließlich wurde es Gewissheit: anstatt der eintausendfünfhundert Mann starken Kavallerie, die sie vor drei Wochen auf die Krim geschickt hatten, kehrten zweihundert Reiter zurück. Die Kämpfer der anderen Einheiten waren alle getötet worden.
Martschenko ritt zu Machno, der bleich und regungslos auf seinem Pferd saß.
"Ich melde die Rückkehr der Krim-Armee."
Alle lächelten bitter. Machno brachte kein Wort heraus. Wenn er sich auch über jedes bekannte Gesicht in den Reihen der abgekämpften Männer freute, musste er an zwei, drei andere denken, die nicht dabei waren.
"Ja Brüder, nun wissen wir, was es mit den sogenannten Kommunisten auf sich hat", sagte Martschenko.
Auch Rybin war von der Vernichtung fast der gesamten Krim-Armee erschüttert. Er beschloss, seine früheren Mitarbeiter öffentlich anzuklagen und nach Charkow zurückzukehren. Alle versuchten, ihn von der Sinnlosigkeit des Planes zu überzeugen und ihn aufzuhalten, doch er wollte auf niemanden hören. Außer sich vor Wut verließ er das Machno-Lager, ritt nach Alexandrowsk und bestieg dort einen Zug nach Charkow. Vom Bahnhof aus lief er sofort in Rakowskys Büro, der aber nicht anwesend war. Rybin bestand darauf, den Aufenthaltsort zu erfahren, rief dort an und verlangte ihn an den Apparat. Die im Parteibüro Anwesenden hörten mit wachsendem Befremden dem Gespräch zu.
"Rakowsky? – Ja! Du hast mich angelogen, du Schwein, dafür wirst du zahlen. – Ich weiß wirklich nicht, weshalb ich dir vertraut habe. Es lag eigentlich auf der Hand, dass ihr gewissenlose Verbrecher seid, für die nur ihre Posten zählen. – Ach was, du hast alles verraten, wofür wir jemals gekämpft haben. – Ja, du mich auch."
Rybin ließ nicht locker: Er machte einem nach dem anderen der Charkower Parteiführer die Hölle heiß – fünf Tage lang. Dann wurde er verhaftet.
Einige Freunde vom ihm im bolschewistischen Staatsapparat versuchten noch, sich für ihn einzusetzen, aber Rybin wusste zuviel. Die Parteileitung konnte niemanden gebrauchen, der sein Wissen um die Zusammenhänge des wieder aufgenommenen Krieges nicht für sich behalten würde. Vier Wochen nach seiner Festnahme wurde er erschossen.

Die Kämpfe zwischen der Machnowstschina und den Bolschewiki dauerten an. Die Aufstandsarmee, die nach wie vor unmittelbar aus der Bevölkerung des Gebietes hervorging, wuchs schnell auf mehrere tausend Freiwillige an. Die Bauern waren stolz auf ihren Mali, den Kleinen, wie Machno inzwischen allgemein genannt wurde. Sie folgten ihm auch jetzt, obwohl die Aufständischen nur knapp der Vernichtung entkommen waren, mit einer Mischung aus Verzweiflung, Begeisterung und Todesverachtung.
Aber da die Weißen im Bürgerkrieg in diesem Winter vollständig besiegt worden waren, marschierten im Auftrag der Parteileitung nicht mehr gebundene, große Kontingente der Roten Armee in die Ukraine. In den andauernden Gefechten mussten die Aufständischen oft gegen die gleichen Soldaten kämpfen, denn sie hielten sich weiterhin daran, die einfachen Roten Soldaten freizulassen, nachdem sie sie gefangen genommen hatten. Mittlerweile stellten sich die Bolschewiki auf diese Praxis ein und schickten besondere Gruppen aus, welche die Freigelassenen wieder zurück zur Armee holen sollten.
Immer mehr von Machnos und Nestors Freunden fielen in den ununterbrochenen Kämpfen. Grigorij Wassilewski kam noch im Dezember ums Leben. Martschenko fiel Mitte Januar. Für die Frauen und Kinder, die sich bei der Aufstandsarmee aufhielten, mussten Lösungen gefunden werden. In diesem Winter konnten sie die notwendigen schnellen Märsche Machnos nicht durchhalten. Während die meisten auf die Dörfer am Asowschen Meer verteilt wurden, beschwor Viktor seine Freundin Anna, das Land zu verlassen. Sie war als Mitglied der Machnowstschina bekannt genug, um sofort erschossen zu werden, sollten die Bolschewiki sie ausfindig machen.
Der Raum in der kleinen Hafenspelunke war nur schlecht geheizt, sie fror und kuschelte sich in die Decke, die er ihr mitgegeben hatte. Es war noch früh am Abend und sie waren allein.
"Noch haben wir den Zugang. In diesem Hafen haben Eisbrecher die Fahrrinne offengehalten. Ich bitte dich, geh."
"Und du vertraust dem Kapitän?"
"Ja, Rybin kennt ihn und hat für ihn die Hand ins Feuer gelegt."
"Wie für Rakowsky?"
"Nein, nein. Er ist ein Schwede, den er noch aus Amerika kennt und der dort für eine Spedition arbeitet. Sein Frachter läuft als nächsten Hafen erst wieder Suchumi am Fuße des Kaukasus an. Ich denke, das ist weit genug entfernt, so dass du dort sicher bist. Warte dort auf mich."
Sie sah ihn durchdringend mit ihren großen grauen Augen an, sie hatte Angst.
"Sie schicken von überall her Armeen gegen euch aus. Ich will nicht fort."
Er verbarg den Kopf in den Händen. Sie berührte seinen Arm.
"Keine Angst, Viktor, ich werde gehen, doch nicht meinetwegen, sondern wegen dem da."

Sie legte seine Hand auf ihren Bauch. Viktor verstand. Ihm schossen Tränen in die Augen.
"Es wird ein Mädchen", sagte sie leise, "ich bin ganz sicher."
Er stand am Kai und winkte. Der große Kutter kämpfte sich durch die Eisschollen, die die Fahrrinne bedeckten. Sie stand am Heck des Schiffes und sah zu Viktor hinüber, bis er am Horizont verschwunden war. Die Möwen umkreisten schreiend das Schiff, das Eis knirschte. Doch es dauerte nicht lange, bis sie das offene Meer erreicht hatten.
Kapitän Svenson, ein sommersprossiger Riese mit erstem Grau im blonden Haar, beobachtete hinter seinem Steuerrad die schöne, traurige Frau, die er an Bord genommen hatte. Langsam machte er sich Sorgen um ihre Verfassung. Der Kapitän kam zu ihr auf das Heck und stupfte sie an die Schulter. "Frieren sie gar nicht?"
Sie drehte sich zu ihm um. "Doch", sagte sie und lächelte matt. "Doch."
Die Reiterarmee der Aufständischen kämpfte nicht nur gegen die Bolschewiki, sondern auch gegen das Gesetz der Wahrscheinlichkeit, kämpfte mittlerweile gegen jede militärische Logik. Täglich lieferte sie sich Gefechte mit einem Gegner, der drei- bis viermal so stark war. Eine Offensive gegen Charkow scheiterte schon im Ansatz, weil eine Übermacht der Roten Armee den Aufständischen den Weg abschnitt. Innerhalb von zwei Monaten nahmen sie zwanzigtausend Rotarmisten gefangen und ließen sie wieder frei. Weitere Truppen der Roten Armee wurden in die Ukraine geschickt. Inzwischen waren rund um die dreitausend Mann starke Reiterarmee hundertfünfzigtausend Rotarmisten stationiert, jede Einheit, die sich ihnen entgegenwarf, war ihnen zahlenmäßig weit überlegen. Bedingt durch dieses Kräfteverhältnis gelang es den Bolschewiki immer wieder, die Aufstandsarmee fast ganz einzuschließen; ein weiteres Mal stand sie kurz vor der Vernichtung.
Machno kehrte sich mit seiner Armee nach Westen, verließ alle Straßen und marschierte durch die Schneewüste. Geleitet allein durch die Landkenntnisse seiner Männer bahnten sie sich wie durch Zauberkraft, ohne Kompass und Karte ihren Weg. Nur durch diesen gewaltigen, mehrere hundert Kilometer langen Marsch bis nach Galizien, an der Grenze zu Polen, gelang es ihnen, die großen Heeresmassen, von denen sie verfolgt wurden, abzuschütteln. Dann machten sie kehrt und ritten wieder in Richtung ihres Rayon, doch starke feindliche Truppen zwangen sie, sich weiter nördlich zu halten.
Bald wurden sie wieder gejagt und waren froh, wenn es Tage gab, an denen sie nicht kämpfen mussten. Schließlich waren sie gezwungen, sich in mehrere kleinere Gruppen aufzuteilen, um der Aufmerksamkeit der Bolschewiki zu entgehen. Währenddessen terrorisierten Frunses Soldaten in den Dörfern die Bevölkerung. Allein in Gulai-Pole erschossen sie dreihundert Bauern, als sie in den Ort einzogen. In Nowospassowka befahl eine Einheit der Tscheka jungen Müttern, ihre Säuglinge in die Arme zu nehmen, wenn sie sie erschossen – sie wollten so Kugeln sparen. Nur Martyns Frau überlebte das

Massaker schwerverletzt. Im Norden Russlands streikten die hungernden Arbeiter Petrograds und die Matrosen der vor Petrograd gelegenen Marinefestung Kronstadt meuterten. Letztere hatten wesentlich dazu beigetragen, die Bolschewiki an die Macht zu bringen, doch nun wandten sie sich mit der Forderung nach Einhaltung der Grundzüge der sozialen Revolution gegen sie. An das "Vaterland der Arbeiter und Bauern" wurden Forderungen gestellt – wie die nach freier Wahl der Räte, Rede- und Pressefreiheit für alle sozialistischen und anarchistischen Organisationen sowie nach dem Streikrecht. Die Antwort der Bolschewiki ließ an Eindeutigkeit nichts zu wünschen übrig: Über das zugefrorene Meer, das dicke Eis zwischen der Festung und der Stadt, schickten sie Welle um Welle Soldaten und junge Parteimitglieder gegen Kronstadt. Viele von ihnen wurden von den Verteidigern getötet, doch schließlich gelang es den Angreifern, unter schwerem Artillerieeinsatz die Festung zu stürmen. Durch die Lügen der Parteileitung aufgehetzt, massakrierten die Soldaten unter dem Befehl ehemaliger zaristischer Generäle fast alle der zehntausend revolutionären Matrosen und ihre Familien. Einige hundert Männer wurden gefangengenommen und trotz scharfer Proteste aus der bolschewistischen Anhängerschaft, beispielsweise von Gorki, erschossen. Nur wenigen gelang die Flucht aus der brennenden Festung über das Eis nach Finnland. Als die Bolschewiki einige Tage danach auf den Straßen Petrograds den fünfzigsten Jahrestag der Pariser Kommune feiern ließen, weinten einige derjenigen, die soeben die Kommune von Kronstadt liquidiert hatten, bei diesem Schmierentheater Krokodilstränen: Mit ernster Mine gedachten sie der auf den Pariser Barrikaden gefallenen revolutionären Kommunarden. Die Schlächter der Gegenwart verkleideten sich als die Opfer der Vergangenheit.
In der Ukraine gingen die täglichen Kämpfe weiter. Mit dem Ruf "Freiheit oder Tod" warfen sich die Aufständischen jedem feindlichen Angriff entgegen, ohne darauf zu achten, wie stark die Übermacht war. Ihre Verluste waren hoch und es traf jetzt auch die Anführer. Nachdem Wdowitschenko verwundet worden war, wurde er zusammen mit einem verletzten Gefährten in ein Dorf gebracht, wo ihre Verletzungen behandelt werden sollten. Dort wurden die beiden von Männern der Tscheka aufgespürt. Als sie die Soldaten kommen sahen, wollten sie ihrem Leben selbst ein Ende bereiten und griffen zu ihren Pistolen. Während sein Gefährte sofort tot war, blieb die von Wdowitschenko abgefeuerte Kugel in seinem Kopf stecken, ohne ihn zu töten. Die Tscheka brachte ihn nach Alexandrowsk. Hier wurde er von den Geheimpolizisten gefoltert, doch als sie nichts aus ihm herausbekamen, erschossen sie ihn.
Im Mai wurde der lebensfrohe Fjodr Stschussj in einer Schlacht getötet. Im Juni fiel der begabteste Anführer ihrer Armee, Wassilij Kurilenko.
Im gleichen Monat ritt Viktor mit zwei Begleitern der Armee voraus, um die Bewegungen des Feindes auszukundschaften, dem sie in den vergangenen Tagen immer wieder ausgewichen waren.

Zunächst wirkte die Landschaft, durch die die drei Männer ritten, unwirklich, wie im tiefen Frieden. Sie durchquerten weite Wiesen, in denen Sommerblumen in einem Meer aus verschiedenen Farben leuchteten. An einem schmalen Bach, der sich durch das Tal schlängelte, standen mehrere Weiden. Aus dem Ufergebüsch flatterten Enten auf. Die Späher führten die Pferde zur Tränke am Bach. Viktor schloss die Augen, fühlte das angenehme, wärmende Sonnenlicht und atmete tief durch. Es war das Tal in seinem Traum, das Tal, nach dem die Dunkelheit kam. Er spürte die donnernden Hufe, noch bevor er sie hörte. Sie zügelten ihre Pferde und sahen sich um. Etwa fünfzig Soldaten galoppierten den Hang hinunter und stürmten auf sie zu. Sie waren vor Überraschung wie gelähmt. Alles ging so schnell, dass, ehe sie an Flucht denken konnten, sie schon umringt und gefangen genommen waren. Die Rotarmisten entwaffneten sie, banden ihnen die Hände auf die Rücken und brachten sie in das nächste von ihnen besetzte Dorf. Dort wurden sie dem Leiter der Geheimpolizei übergeben. Der fette Offizier war schlecht gelaunt. "Hat jemand von euch etwas zu sagen?", fragte er die Gefangenen. Keiner antwortete. Er spuckte aus. "Nun gut, morgen früh werdet ihr erschossen." Nachdenklich musterte er die unbeweglichen Gesichter der Gefangenen, die stur an ihm vorbei ins Leere starrten. "Außer, ihr entschließt euch, uns zu helfen, diesen Nestor Machno zu fangen. Danach würden wir euch freilassen! Eine Nacht Bedenkzeit. Abführen!"
Während die Soldaten sie zu einem großen, steinernen Hauses zerrten, beschloss der Major, der in dem Stützpunkt das Kommando hatte, dem Hauptquartier zu telegrafieren und die Mappe mit den Fotos der Anführer der Bewegung anzufordern. Wahrscheinlich war es zwar nicht, dass sie einen von ihnen erwischt hatten, aber sicher war sicher. Morgen würde er mehr wissen. Die Gefangenen verbrachten die Nacht in einem Keller, in dem wohl früher jemand Wein gelagert hatte; der säuerlich-süße Geruch verriet es. Der Raum war vollständig leer und außer durch ein kleines, vergittertes Fenster in der Tür drang kein Licht herein. Fieberhaft überlegten sie, ob es eine Möglichkeit gäbe, zu fliehen, aber sie sahen keine Chance. Feste Mauern, die massive Tür, Hunderte von Soldaten im Dorf. Wie konnten sie da entkommen? Im Schneckentempo kroch die Nacht an den drei Männern vorbei. Keiner von ihnen dachte an Schlaf, stattdessen teilten sie ihre Angst. Wassilij, der Jüngste von ihnen, ging im dunklen Raum nervös auf und ab. "Meine Mutter hat immer zu Christus um Erlösung gebetet. Sie sagt, wer ungläubig stirbt, den reißen die vielschwänzigen Teufel in die Finsternis. Ich will nicht im Dunkeln sterben."
"Das wirst du auch nicht", meinte Viktor, der an der Wand kauerte. "Du glaubst doch an das, wofür wir gekämpft haben. Wer weiß schon, auf welcher Seite ihr Christus gestanden hätte. Das Licht ist in dir und es wird weiter brennen, sie können es nicht auslöschen." Sie schwiegen lange. Gegen Ende der Nacht sagte Viktor mit einer vor Erregung tiefen Stimme in die Stille: "Lasst uns wenigstens nicht wehrlos sterben. Wenn sie uns morgen holen,

dann greifen wir sie an. Wenn wir schon nicht entkommen können, dann lasst uns einen oder zwei von ihnen mit in den Tod nehmen. Vielleicht rettet das später einem unserer Brüder das Leben."
Als am nächsten Morgen die Tür aufgestoßen wurde, entrissen sie der ersten Wache, die hereinkam, das Gewehr. Sie erschossen den Mann, doch sein Hintermann rammte Viktor sein Bajonett in den Oberschenkel. Als er sich vor Schmerz zusammenkrümmte, schlug ihn einer der Wachen mit dem Kolben seines Gewehrs auf den Hinterkopf, so dass er das Bewusstsein verlor. Seine Gefährten drängten an ihm vorbei, töteten in dem engen Kellergewölbe zwei weitere Soldaten, bevor sie unter Schlägen und Schüssen blutend zusammenbrachen. Der junge Wassilij schleppte sich noch die Treppe hoch, wo er von herbeieilenden Soldaten erschossen wurde.
"Sauerei", schimpfte der Offizier der Tscheka, der, durch die Schüsse und die Schreie alarmiert, im Unterhemd von seinem Frühstück geeilt kam. "Riesensauerei, das. Was habe ich nur für unfähige Männer, die sich von Unbewaffneten abschlachten lassen." Die Soldaten trugen ihre Toten aus dem Keller und schleppten dann, nachdem sie erkannt hatten, dass ein Mann, halb begraben unter den Leichen, noch lebte, den noch immer bewusstlosen Viktor nach oben. Der alte Soldat, der Viktor an den Armen durch den Sand schleifte, wandte sich seinem Vorgesetzten zu. "Der da lebt noch, Major!" Der Offizier spuckte wieder aus. "Ist gut, lass ihn erst einmal liegen, ich entscheide später, was mit ihm geschieht. Und lasst die Toten begraben, ehe sie anfangen zu stinken, mein Gott." Er befahl, drei Gruben auszuheben. Die Dorfbewohner begruben die Aufständischen getrennt von den Soldaten, etwas abseits der Wege. Am nächsten Tag lagen Blumen auf beiden frischen, namenlosen Gräbern – offensichtlich aus den Gärten der Bauern. Als die Tschekisten die Sträuße entdeckten, trampelten sie wütend auf ihnen herum, zunächst jedenfalls, später ignorierten sie die immer wieder neuen Blumen. Die dritte Grube aber blieb leer. Fast alle Anführer der Aufständischen Armee waren inzwischen getötet worden. Machno selbst hatte die sieben Leben einer Katze. Immer wieder führte er die Gegenangriffe seiner Kavallerie, an der Spitze reitend, an. Dort fing er wie ein Magnet die Kugeln ein, aber keine tötete ihn. Seine Knöchelverletzung war noch immer nicht geheilt, als eine Kugel seine Hüfte und den Blinddarm durchschlug. In dieser Schlacht mussten sie sich schnell zurückziehen, um nicht vernichtet zu werden. Eine Gruppe junger Maschinengewehrschützen rettete dem schwerverletzten Machno das Leben, in dem sie die Verfolger aufhielten. Sie bezogen die aussichtslosen Stellungen, um den Rückzug zu decken. Niemand hatte es ihnen befohlen. In ihrer Liebe zu Nestor Machno kämpften sie hinter ihren Gewehren, bis sie, von Kugeln getroffen, zusammensackten.
Im Spätsommer 1921, in der großen Dürre und nahenden Hungersnot, fielen immer mehr Männer oder wurden schwer verwundet. Mitte August durchschlug eine Kugel Machnos Wange. Seine Leute beschlossen, ihn ins Ausland zu bringen, um ihn dort von dieser und den anderen Verletzungen zu

heilen. Ende des Monats überquerten einige Dutzend Aufständische die Grenze nach Rumänien und brachten ihren Anführer in Sicherheit.
Im kommenden kalten Winter hungerten die Menschen in weiten Teilen der südöstlichen Ukraine, aber auch in anderen Gebieten Russlands, besonders im Wolgagebiet. Die Dürre hatte große Teile der Ernte vernichtet, doch es wäre nicht zur Katastrophe gekommen, hätten die Bauern auf ihre üblichen, für solche Fälle angelegten Reserven an Getreide zurückgreifen können. Die wurden aber von den Bolschewiki beschlagnahmt und in die Städte transportiert. Sie ließen ganze Dörfer ohne Saatgut und Lebensmittel zurück. Während in der Provinz Tausende an Hunger starben, mangelte es in Moskau den neuen Herren, den Kommissaren und Parteileitern, an nichts.
In einigen abgelegenen Ortschaften Russlands gingen die Menschen zum Kannibalismus über. Tote wurden nicht begraben, sondern eingefroren. Banden, die vor Mord nicht zurückschreckten, spezialisierten sich auf den Handel mit Menschenfleisch. Selbst Friedhöfe mussten in einigen Gegenden bewacht werden. Es schien, als ob die Menschen mit der Auslöschung der Freiheit auch ihre Seelen verloren hätten. Auch in der Ukraine fielen der Hungersnot viele Bauern zu Opfer. Nur wenige kleine Gruppen der Aufstandsarmee überstanden diesen Winter, lösten sich aber im folgenden Jahr endgültig auf. Den anderen verbliebenen schwachen Kräften, die noch gegen die Bolschewiki kämpften, wie der Aufstandsbewegung der Grünen und Resten der Petljura-Armee, erging es nicht anders. Trotzkis ruhmreiche Rote Armee hatte mit ihren Panzerzügen und Bajonetten die Diktatur der Partei gegen die soziale Revolution der Massen durchgesetzt. Die Keime des Kommunismus, den sie betrügerisch auf ihre Fahne geschrieben hatte, waren ausgelöscht und zertreten. Der Traum einer freien Gesellschaft versank – vielleicht für Jahrhunderte – in Lüge und Blut. Russland wartete folgerichtig auf die Herrschaft der Kreatur dieser Fehlgeburt einer neuen Welt: den "stählernen" Tyrannen Josef Djugashvili Stalin.

45

Die Körbe waren schwer, doch die Frau sang in den Abend hinein. Nach den verzweifelten Jahren der Verbannung hatte sich die Beziehung zu ihrer Mutter geändert. Sie war ihr eine Freundin geworden, eine ältere Schwester. Tschernoknishnij würde hier bei ihnen, den Tschetschenen, bleiben.
Galina war froh, wieder hier leben zu können, allerdings blieb ein Wunsch für sie noch unerfüllt: ein Mann, der sich für sie interessierte. Zwar würde sie in ihrem Alter kinderlos bleiben, aber ausgeschlossen war eine neue Liebe ja deshalb nicht.
Gemächlich stieg sie die steinige Straße hinauf, die entlang schroffer Felsen zu dem Bergdorf und Annas Hütte führte und fühlte sich seit langer Zeit entspannt und glücklich.
Galina hörte das Auto, bevor sie es sah. Der blaue Kleinwagen der Soldaten

quälte sich knatternd die Straße hoch und hielt an ihrer Seite. Der Beifahrer stützte lässig seinen Arm auf das heruntergekurbelte Fenster. "Guten Tag, schöne Frau, dürfen wir Sie ein Stück mitnehmen?"
Sie überlegte kurz, antwortete dann: "Nein danke, Genosse Offizier, ich bin gleich zu Hause."
Der Soldat griff in seine Brusttasche, holte ein Foto heraus und zeigte es ihr. "Kennen Sie vielleicht zufällig diesen Mann?"
Sie sah sich das Bild an und erkannte auf dem Foto einen der jungen Aktivisten des moslemischen Geheimbundes, der unten in der Stadt lebte. "Nein, Genosse", antwortete sie, "ich glaube nicht."
"Schade. Na ja. Danke und schönen Tag noch!" Staub aufwirbelnd fuhr der Wagen weiter in Richtung des Dorfes.
Sie nahm die abgestellten Körbe wieder auf und setzte ebenfalls ihren Weg fort. Galina machte sich keine Sorgen um den jungen Moslem. Die Soldaten der Militärpolizei würden nichts ausrichten. Gefährlicher wären Agenten mit den Gesichtern von Freunden und Verwandten, wie sie nach der Deportation in den Osten erfahren hatte. Bei den Tschetschenen aber hatten die verschiedenen Methoden des Verrats und der Denunziation weder vor noch während der Verbannung funktioniert. – Im Grunde waren sie unbesiegt.

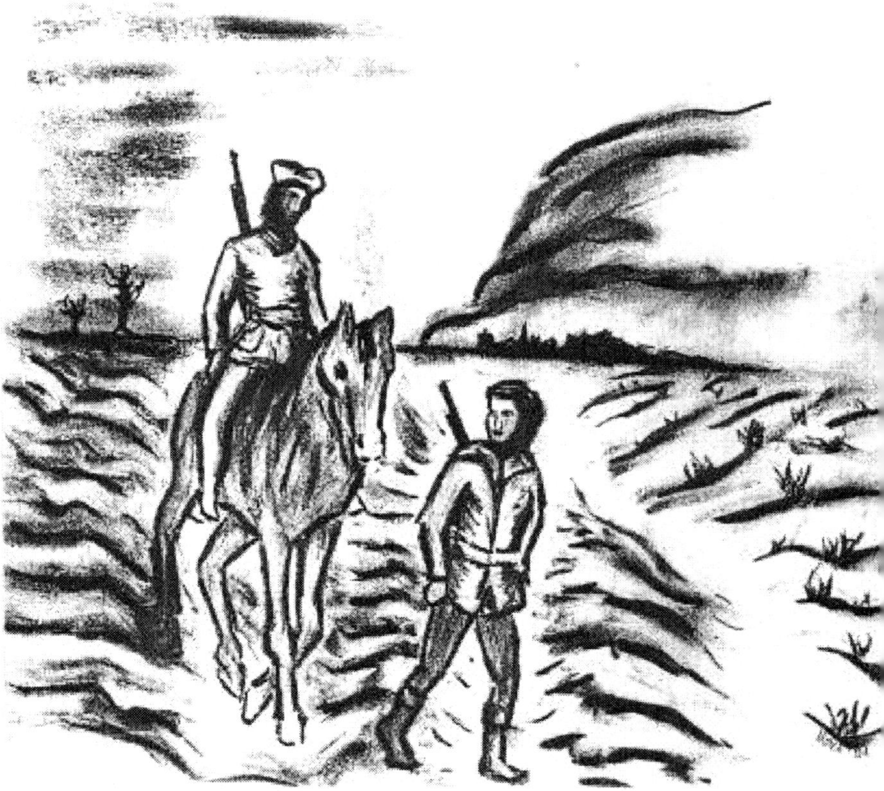

Nachwort und Erläuterungen zu den Personen

Die meisten der in diesem Roman beschriebenen Personen sind authentisch; alle dargestellten Ereignisse, Kämpfe, Abkommen bis hin zu den einzelnen Überfällen sind belegt. Lediglich Anna Grünbaum ist frei erfunden, allerdings gab es historische Persönlichkeiten in der Machnowstschina, die Ähnlichkeiten mit ihr haben. Die jüdische Revolutionärin Helene Keller, über die ich leider wenig in Erfahrung bringen konnte, ist eine davon. Dementsprechend ist auch Annas Beziehung zu Viktor Belasch literarisch, ebenso sein geschildertes Privatleben. Ein Zugeständnis an die dürftige Quellenlage: Mir waren hauptsächlich deutsch- und englischsprachige Bücher und Dokumente zugänglich. Es gibt aber eine Parallele zwischen dem hier dargestellten Leben Annas und dem tatsächlichen Schicksal **Viktor Belaschs**: Als einer der wenigen von den Bolschewiki festgenommenen Anführer der Bewegung wird er Anfang der Zwanziger Jahre aus der Haft entlassen und arbeitet bis zu seiner erneuten Verhaftung als Mechaniker in Krasnodar, einer Stadt, die an den nördlichen Ausläufern des Kaukasus liegt. Im Dezember 1937 wird er verhaftet und erschossen. Die stalinistischen "Säuberungen" laufen auf Hochtouren.

Peter Andreevitsch Arschinoff (ursprünglich Marin; 1887-1937) verdanken wir, dass überhaupt genauere Angaben und Materialien zu der Machnowstschina erhalten sind. Seine "Geschichte der Machno-Bewegung", 1923 erschienen, gilt als das grundlegende Werk über diese weithin unbekannte Revolution. Seine Aufzeichnungen und Dokumente, sogar das begonnene Manuskript kamen ihm allerdings in den Wirren des Bürgerkriegs mehrmals abhanden, zuletzt 1920, so dass er die Arbeit einige Male von vorne beginnen mußte. Arschinoff lebte ein bewegtes Leben als Revolutionär: 1907 begeht er ein Attentat auf den Leiter der Eisenbahnwerkstatt in Alexandrowsk; er wird zum Tode verurteilt, kann aber vor der Vollstreckung von seinen Gefährten aus dem Gefängnis befreit werden. 1909 wird er von der zaristischen Polizei erneut verhaftet und – da er seine Identität verbergen kann – "nur" zu zwanzig Jahren Kerker verurteilt. Im Bityrki-Gefängnis in Moskau lernt er Machno kennen. Zusammen kommen sie durch die Amnestie nach der Februarrevolution frei. Er bleibt zunächst in Moskau, ist in der dortigen Föderation anarchistischer Gruppen tätig und Mitherausgeber der Zeitung "Anarchija". Im Sommer 1918 kehrt er in die Ukraine zurück und wird zu einem der wichtigsten Aktivisten der Aufstandsbewegung. Insbesondere arbeitet er für die Kulturabteilung und gibt verschiedene Zeitschriften heraus. Ende 1921 flieht er nach Berlin. Von 1925 an lebt er in Paris, wo er Machno trifft. 1929 wird er zum ersten Mal aus Frankreich ausgewiesen. In den nächsten Jahren wendet er sich vom Anarchismus ab und kehrt mit Frau und Sohn 1932/33 nach Russland zurück, wo er 1937 ermordet wird.

Nestor Machno (1888-1934) schließt sich als Sohn einer armen, bäuerlichen Familie mit 17 Jahren während der revolutionären Unruhen von 1905 den Anarchisten in seiner Heimatstadt Gulai-Pole an und wird wegen "Ausübung terroristischer Akte" 1908 von der zaristischen Justiz zum Tode verurteilt. Da er noch minderjährig ist, wird das Urteil zu lebenslangem Kerker und Zwangsarbeit (Kartoga) abgeändert. Während der neun Jahre, die er bis zu seiner Befreiung nach der Februarrevolution dort verbringt, muß er wegen "nicht lobenswerten Betragens" Ketten an Händen und Füßen tragen. Zurück in Gulai-Pole stürzt er sich in revolutionäre Tätigkeiten und initiiert im August 1917 die dortige soziale Revolution.
Nestor Machno starb 1934 im französischen Exil. Seine Gesundheit war durch die Lungentuberkulose, die er sich im Gefängnis zugezogen hatte, und die harten Kämpfe in der Ukraine stark angeschlagen. **Galina Kouzmenko,** seine Lebensgefährtin, verstarb 1978, die gemeinsame **Tochter Lucie-Helene Machno** 1993 im Alter von 71 Jahren.

Über die Aufstandsbewegung und über Machno selbst haben die Bolschewiki eine Tirade von Verleumdungen verbreitet, was heute bei Historikern unterschiedlicher politischer Richtungen unbestritten ist. Es ist eine bittere Ironie der Geschichte, dass einem der Initiatoren dieser Methoden, **Leo Trotzki,** später das Gleiche widerfährt: seine Anhängerschaft wird von Stalin verleumdet und vernichtet, er selber 1940 im mexikanischen Exil von einem Geheimagenten ermordet.

Es ist nicht sinnvoll, hier alle bekannten Informationen über Aktivisten der Aufstandsbewegung wiederzugeben, es sei hier, soweit nicht im Roman geschildert, auf Arschinoffs "Kurze Mitteilung über einige Teilnehmer der Bewegung" (Geschichte der Machno-Bewegung) verwiesen. Sicherlich hätte ich aber ebenso gut wie Viktor Belasch **Karetnik, Martschenko, Kurilenko, Wdowitschenko, Koshin oder Stschussj** und auch andere in den Mittelpunkt einer literarischen Auseinandersetzung stellen können. – Sie alle hatten in ähnlich großem Maße wie Belasch Anteil an der Aufstandsbewegung.

Was weitere Bücher zu dem Thema betrifft, ist es mehr als schade, dass sich noch niemand gefunden hat, der die eindrucksvolle Biographie von Alexandre Skirda: *"Nestor Machno, le cosaque libertaire"* aus dem Französischen übersetzt. Es gibt mit wenigen Ausnahmen, in erster Linie ist an Horst Stowasser zu denken, im deutschsprachigen Raum niemanden, der sich in vergleichbarem Maße mit der Machno-Bewegung auseinandergesetzt hat wie der Autor dieser Biographie.

Ich hoffe, es ist deutlich geworden, dass eine revolutionäre Bewegung niemals von einzelnen Personen allein bestimmt wird. Wie im übrigen auch ein

Roman niemals durch den Autor allein entsteht: Bedanken möchte ich mich bei Bernd und Karin Kramer, die mich ermutigt und viele wertvolle Anregungen gegeben haben, ferner bei François, der mir Skirdas Buch zukommen ließ, und bei Mona, Valentin und meiner Mutter, stellvertretend für die vielen Freunde und Bekannten, von denen ich Hilfe, Informationen und Tipps bekommen habe.

Nicht unerwähnt lassen möchte ich, dass es in der Ukraine heute wieder eine anarcho-syndikalistische Bewegung gibt, die sich auf Nestor Machno beruft. Näheres ist über die Osteuropa AG der libertären Gewerkschaft FAU zu erfahren.

Oliver Steinke
Flensburg, im Frühjahr 2003

Zeittafel
nach dem Gregorianischen Kalender
(in Russland galt bis zum Februar 1918 der Julianische Kalender)

1861: Russland beendet offiziell das Mittelalter; die Leibeigenschaft wird abgeschafft – auf dem Papier, an den sozialen Verhältnissen ändert sich wenig.

1881: Zar Alexander II. wird von Sozialrevolutionären ermordet.

Januar 1904: Krieg zwischen den imperialistischen Mächten Japan und Russland.

22. Januar 1905: Blutsonntag in St. Petersburg: Bei der Überbringung einer Bittschrift an den Zaren, die soziale und politische Forderungen enthält, läßt dieser vor dem Winterpalast auf die 30.000 Menschen schießen. Über 1.000 Demonstranten werden getötet.

April – Mai 1905: Nach einer Reihe verheerender Niederlagen wird die russische Baltikumflotte von den Japanern versenkt. In mehreren Städten, z. B. Kronstadt, Sewastopol, Odessa, meutern die Matrosen und jagen ihre Offiziere davon.

27. Juni 1905: In Sewastopol hissen die Matrosen, nachdem sie die Offiziere getötet haben, die Rote Fahne über dem Panzerkreuzer Potemkin.

Sommer 1905: Streiks und revolutionäre Unruhen im ganzen Zarenreich.

30. Oktober 1905: Der Zar stellt unter Druck dem Volk folgende Freiheiten in Aussicht: Versammlungsfreiheit, Wahlrecht, Gründung einer gesetzgebenden Versammlung, der Duma.

Dezember 1905: Aufstand in Moskau und weiten Teilen Russlands gegen das Regime, der Zar setzt rücksichtslos Armee und Polizei ein.

Februar 1913: Zar Nikolai II. läßt in St. Petersburg und Moskau mit großem Prunk dreihundert Jahre Romanow-Herrschaft über Russland feiern.

28. Juni 1914: Der österreich-ungarische Thronfolger Franz Ferdinand wird in Sarajevo erschossen, die europäischen imperialistischen Staaten bereiten sich auf den Krieg vor.

1. August 1914: Beginn des 1. Weltkriegs.

März – September 1915: Die einfachen russischen Bauernsoldaten sehen keinen Sinn darin, unter der Leitung von Offizieren, bei denen es sich fast ausschließlich um ehemalige Gutsbesitzer handelt, zu kämpfen. Beim großen Rückzug aus Polen läßt sich eine Million Soldaten widerstandslos gefangen nehmen, Zehntausende desertieren. Die russische Armee schrumpft auf ein Drittel ihrer Stärke.

10.–11. März 1917: 200.000 Menschen streiken in St. Petersburg. Als der Zar die Niederschlagung durch die Armee befiehlt, verweigern die Soldaten den Gehorsam, verbrüdern sich mit den Aufständischen und entwaffnen die Polizei.

14. März 1917: Der Zar wird zur Abdankung gezwungen, die bürgerliche Duma übernimmt die sogenannte "provisorische Regierung". – Parallele Machtstruktur durch entstehende Arbeiter- und Soldatenräte.

Sommer 1917: Revolutionäre Unruhen in St. Petersburg.
In Gulai-Pole und anderen Gemeinden der südwestlichen Ukraine übernehmen die Räte die alleinige Macht. In der übrigen Ukraine bildet sich die bürgerlich nationalistische Petljura-Bewegung.

7. November 1917: Durch einen Putsch erobert die Partei der Bolschewiki die Macht im Staat, der zeitgleich stattfindende Kongreß der Räte von ganz Russland löst sich im Tumult auf.

19. Januar 1918: Nachdem sie bei der Wahl zur geforderten Verfassung gebenden Versammlung Russlands unterliegen, lösen die Bolschewiki diese auf.

3. März 1918: Frieden der Bolschewiki mit dem deutschen Kaiserreich; Auslieferung u. a. der Ukraine an die deutsch-österreichischen Truppen.

Frühjahr 1918: General Denikin bildet eine starke reaktionäre "weiße" Armee. – Alliierte Truppen dringen von allen Seiten gegen die von Trotzki gebildete Rote Armee vor.

Juni 1919: Komplott der Bolschewiki, die Machno-Bewegung zu zerschlagen.

Juli 1919: Die bolschewistischen Truppen auf der Krim laufen zu Machno über.

26. September 1919: Zwischen der Machno-Armee und den vereinigten südlichen Streitkräften Denikins kommt es zur entscheidenden Schlacht bei Umanj.

Herbst 1919, Winter 1919–1920: Typhusepidemie im Aufstandsgebiet. Die Bolschewiki beginnen ihren gandenlosen Krieg gegen die Machno-Bewegung, er dauert bis in den Herbst 1920 hinein.

Sommer 1920: General Wrangel startet einen neuen Feldzug der Weißen von der Krim aus. Eine polnische Armee unter Pilsudski erobert Kiew.

Oktober 1920: Abkommen zwischen der Machno-Bewegung und den Bolschewiki.

November 1920: Die beiden Armeen rücken gegen Wrangels Streitkräfte auf der Krim vor; anschließend wieder Krieg zwischen der Machnowstschina und der Roten Armee.

März 1921: Der Aufstand der revolutionären Matrosen von Kronstadt wird von den Bolschewiki niedergeschlagen.

August 1921: Nach einem weiteren Jahr Bürgerkrieg überquert Machno die Grenze zu Rumänien.

Winter 1921–1922: Hungersnot in der Ukraine und Russland.

1934: Tod Machnos im Pariser Exil.

19. August 1936: Stalins "Säuberungen" beginnen mit einem ersten großen Schauprozeß gegen die innerparteiliche Opposition.

23. August 1939: Hitler-Stalin Pakt zur Teilung Polens.

1. September 1939: Die Nazis und die ihnen ergebene Wehrmacht überfallen Polen.

22. Juni 1941: Deutsche Truppen überfallen Russland.

1944: Stalin beginnt mit der Deportation der kaukasischen Völker.

Februar 1956: Bruch des neuen sowjetischen Regierungschefs Chruschtschow mit Stalin (gest. 1953). Für viele aus ihrer Heimat Deportierte und Verbannte eröffnet sich die Möglichkeit zur Rückkehr.

Verwendete Literatur zur Machno-Bewegung und der Revolution in Russland:

Arschinoff – "Die Geschichte der Machno-Bewegung", Unrast-Verlag, Münster, April 1998 (Nachdruck der Originalausgabe von 1923)

Arthur Lehning – "Marxismus und Anarchismus in der russischen Revolution" und **G. P. Maximoff** – "Die revolutionär-syndikalistische Bewegung in Russland", Karin Kramer Verlag, Berlin 1971

Orlando Figes – "Die Tragödie eines Volkes. Die Epoche der russischen Revolution 1891-1924", Berlin Verlag, Berlin 1998

Clara und Paul Thalmann – "Revolution für die Freiheit", Trotzdem Verlag, Grafenau 1984 (3. Aufl.)

Horst Stowasser – "Leben ohne Chef und Staat", Karin Kramer Verlag, Berlin 1993

M. Brinton – "Die Bolschewiki und die Arbeiterkontrolle", Verlag Association, Hamburg 1976

FAU-IAA – "Kronstadt, Alle Macht den Sowjets, keine Macht der Partei", Syndikat A, Moers 1991

Alexander Berkman – "Die Kronstadt Rebellion", RP von Berlin 1923, ohne Angabe von Ort und Erscheinungsjahr

Rudolf Rocker – "Der Bankerott des russischen Staatskommunismus", Verlag der Syndikalist, Fritz Kater, Berlin 1921

Volin – "Die Unbekannte Revolution" (Band I-III), Verlag Libertäre Assoziation, Hamburg 1975-1977 und 1983

Augustin Souchy – "Vorsicht Anarchist", Trotzdem Verlag, Grafenau 1982

englischsprachig:
Ossip Tsebry – "Memories of a Makhnovist Partisan"

Nestor Makhno – "My Visit to the Kremlin";
beide Bücher sind zu beziehen über The Kate Sharply Library, BM Hurricane, London WC 1 3XX

französischsprachig:
Alexandre Skirda – "Nestor Makhno, le cosaque libertaire 1888-1934, la guerre civile en Ukraine", Les editions de Paris, 1999 (3. Aufl.), 54, rue des Saints Peres, 75007 Paris
(Vom gleichen Autor sind weitere Schriften zur russischen Revolution erschienen.)

Aus dem Verlagsprogramm:

Rolf Pohle

Gesucht als TOP-Terrorist der RAF. Verhaftung. 6½ Jahre Knast. – 1975 wird CDU-Lorenz von den Mitgliedern des 2. Juni entführt; sie fordern die Freilassung Pohles, was geschieht. Er taucht unter. 1976 Verhaftung in Athen. – In diesem Interview schildert Pohle seinen Werdegang, die Aktionen und politischen Vorstellungen.
220 Seiten / zahlr. Abb. / 18 Euro

Mein Name ist Mensch

*

Der Feuerstuhl

Unter diesem Titel sind die Recherchen von Rolf Recknagel, dem "Papst" der Travenforschung, zu B. Travens (alias Ret Marut, Traven Torsvan, B. T. Torsan, Richard Maurhut) Identität und Herkunft im Briefwechsel mit Erich Wollenberg, Anna Seghers, Irene Zielke, der Tochter Travens, und dem Journalisten Gerd Heidemann dokumentiert.
Mit einer **CD: B.Traven O-Ton**
192 Seiten / zahlr. Abb. / 20 Euro

B. Travens

*

Jack Black

Autobiografie eines Einbrechers und drogenabhängigen Knastbruders in der Zeit zwischen dem gewaltsamen Tod von Jesse James und dem Aufstieg von Al Capone.
320 Seiten / 20,50 Euro

Du kommst nicht durch / You can't win

*

Bodo Saggel

Wie aus einem Knastbruder mit Hilfe der Justiz ein politisch bewußter Mensch wird, der lernt, seine gesellschaftliche Lage zu analysieren, und zum Kämpfer gegen die herrschenden Verhältnisse wird.
141 Seiten / zahlr. Abb. / 13 Euro

Der Antijurist oder die Kriminalität der schwarzen Roben

Aus dem Verlagsprogramm:

Peter-Paul Zahl

Bayern ist es leid, den "Aufschwung Ost" zu finanzieren und erklärt seine Unabhängigkeit, Friesen greifen den Reichstag an; nach einem harten Winter wird Nordhessen moslemisch, die Hanse formiert sich wieder, rebellische Städte schließen sich zu einer "Freien Assoziation der Kommunen" zusammen...
128 Seiten / 11,50 Euro

Das Ende Deutschlands
Roman

*

Karsten Krampitz

Stricher, Fixer, Obdachlose – der Autor kennt ihr Leben, ihr Denken und schildert es mit ironischer Distanz, denunziert und diffamiert nicht. Der Affentöter ist eine grandiose subproletarische "Dokumentation". Sprachwitz und Situationskomik vermengen sich in diesem Roman.
120 Seiten / 12 Euro

Affentöter
Roman

*

Jan-Erik Hubele

Wer ein Buch über die letzte Zeit von Jim Morrison sucht, wird kein besseres als dieses finden. – Akribisch verfolgt der Autor die Spuren Morrisons in Paris, stellt bisher unveröffentlichtes Protokoll- und Bildmaterial vor.
191 Seiten / zahlr. Abb. und Dokumente / Großformat / 19,50 Euro

Zwischen Himmel und Hölle
Jim Morrison in Paris

*

Weitere Themen und Autoren:

Michael Bakunin

*

Texte zum Anarchismus

*

Emma Goldman

*

Philosophie und Soziologie

*

und und und...

Auf Wunsch senden wir ein Gesamtverzeichnis zu.
Im Internet: www.karin-kramer-verlag.de
e-mail to: info@karin-kramer-verlag.de

Karin Kramer Verlag Berlin
Niemetzstraße 19 / 12055 Berlin (Neukölln)
Tel.: 030/684 50 55
Fax.: 030/685 85 77